桐生達也
千原陸
北野愛
伊丹健太郎
目黒真琴
若桜直美
武庫川浩
三田理沙
甘木なつみ
キスから始まる死亡フラグ！
～寝台特急北斗星に揺られて～
瀬戸優奈
豊田 巧
Illustration 甘露アメ

キスから始まる死亡フラグ！

～寝台特急北斗星に揺られて～

豊田 巧

イラスト　甘露アメ

新紀元社

CONTENTS

	7号車	8号車	9号車	10号車	11号車		機関車
	食堂車	二人用A 寝台ツイン DX	一人用A ロイヤル、 Bソロ	Aロイヤル、 Bデュエット	B寝台 乗務員室	電源車	ED-79
		豊島駿 三田理沙	高森亮 若桜直美				

【函館】（スイッチバック）⟶

（函館にて機関車が前後付け替えられ、進行方向が逆となり、ED-79が先頭となって牽引）

寝台特急【北斗星】編成図

機関車: DD-51 DD-51

1号車	2号車	3号車	4号車	5号車	6号車
Bコンパートメント	B寝台	二人用Bデュエット	二人用Bデュエット	一人用Bソロ、乗務員室	Bソロ、ロビー、シャワー
桐生たち4名	伊丹健太郎		鈴鹿久美子 鈴鹿杏	武庫川浩二 北野車掌	

←【札幌】
（機関車：DD-51＝2両で牽引）

キスから始まる死亡フラグ！
～寝台特急北斗星に揺られて～
主要キャラクター相関図

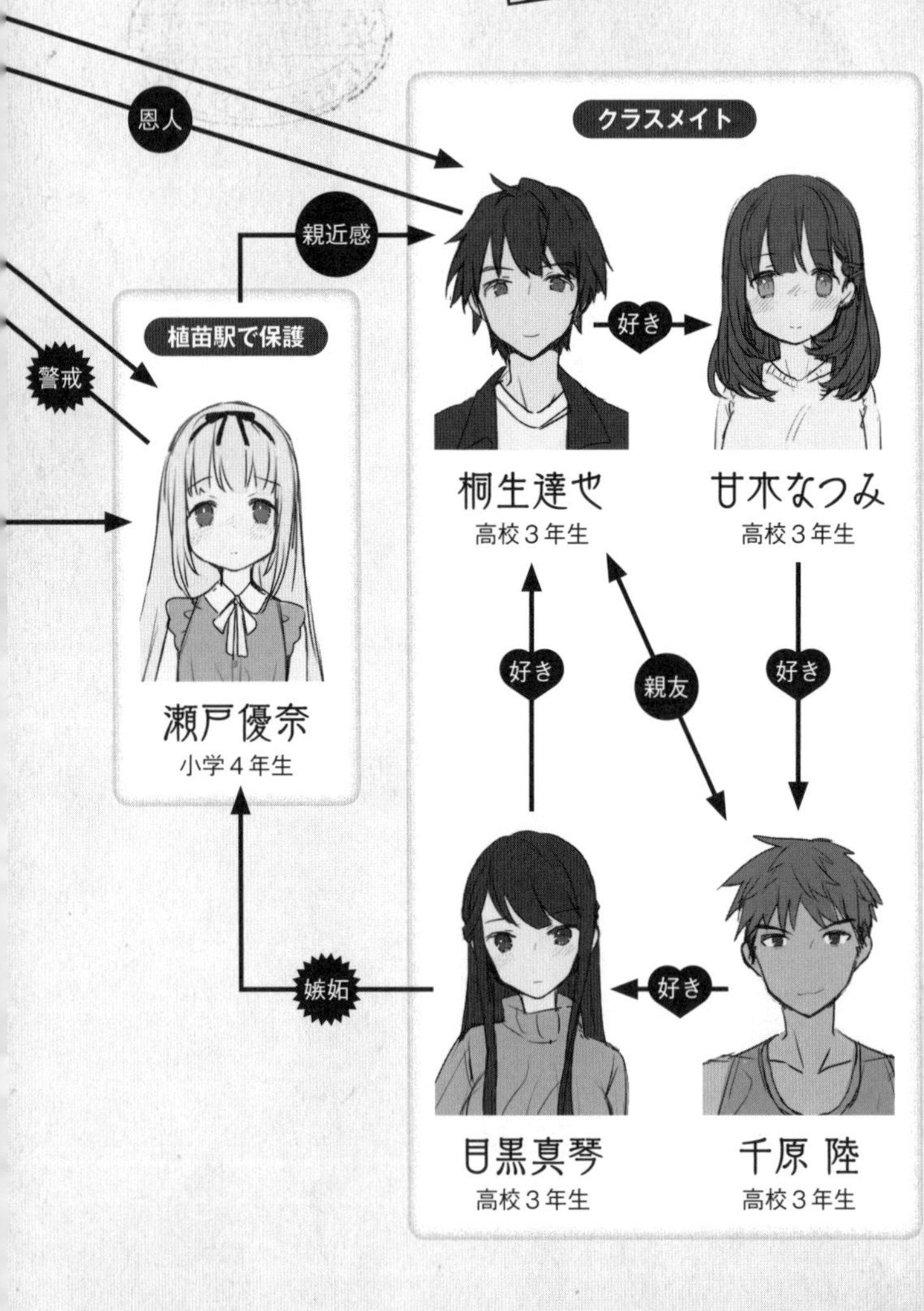

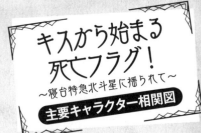

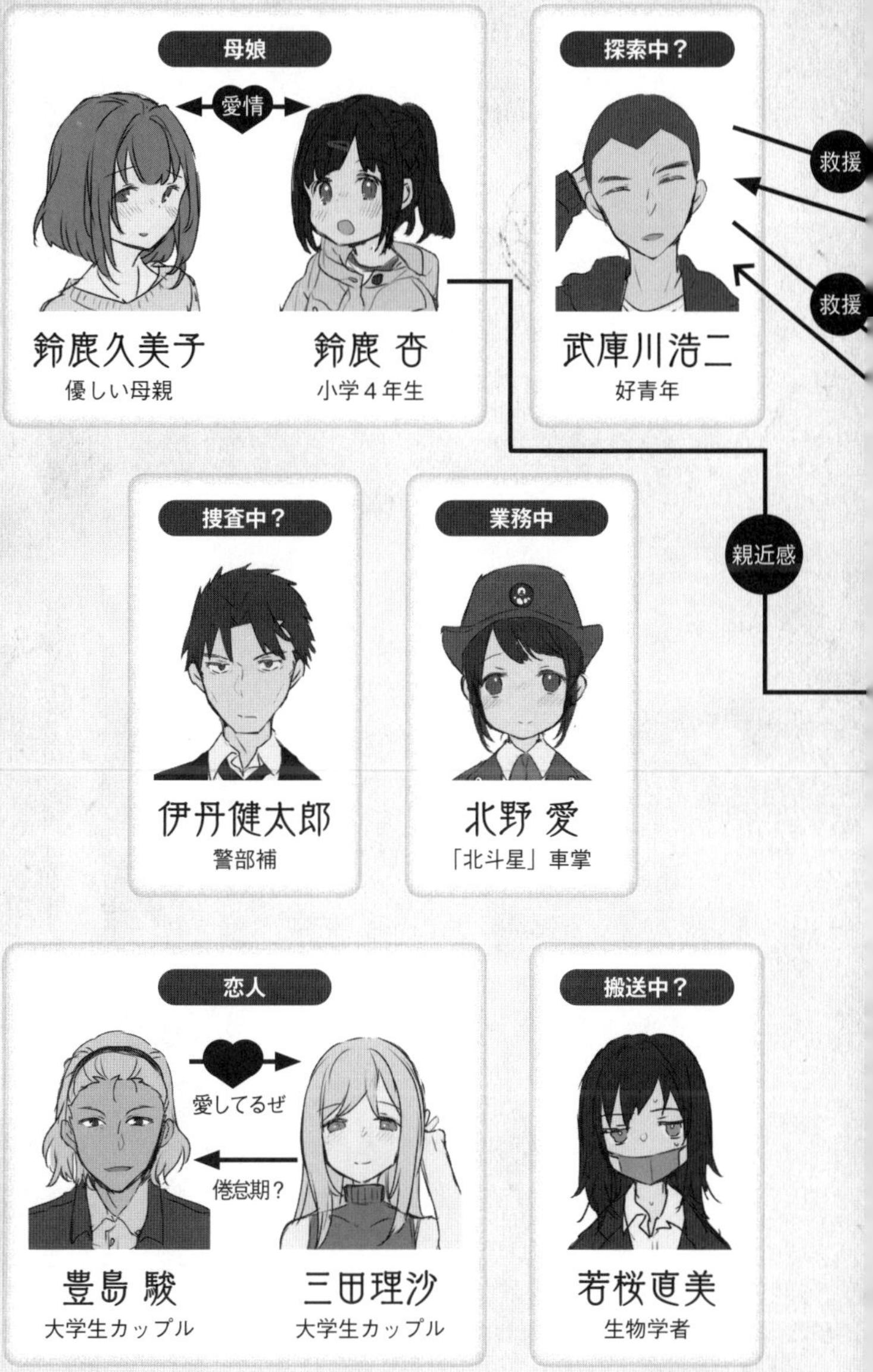
母娘
愛情
鈴鹿久美子
優しい母親
鈴鹿 杏
小学４年生
探索中？
武庫川浩二
好青年
救援
救援
親近感
捜査中？
伊丹健太郎
警部補
業務中
北野 愛
「北斗星」車掌
恋人
愛してるぜ
倦怠期？
豊島 駿
大学生カップル
三田理沙
大学生カップル
搬送中？
若桜直美
生物学者

DD00　雪原に響く銃声

(一) 桐生《きりゅう》達也《たつや》　植苗《うえなえ》駅　18時35分

急速に強まった吹雪によって沿線はホワイトアウト寸前となり、寝台特急北斗《ほくと》星《せい》2号が植苗駅に臨時停車しようとした時だった。

ダァァァァァァァァァァァァン！


突如雷鳴のような音が響き、真っ白な大地に幾度もこだまする。

「こっ、これは、銃声じゃないのか⁉」

素早く立ちあがった俺は、通路側の車窓にピタリと顔をつけた。

植苗駅に佇《たたず》む白い小さな木造駅舎の傍らには、小学生と思しき女の子が立っている。

ダァァァァァァァァァァァン！

再び銃声が響き、女の子の近くをかすめた銃弾が、改札口側面にあった小さな窓を粉砕して、周囲にガラスの破片が散らばるのが見えた。

「誰かが女の子に向かって、発砲しているんだ！」

一瞬、身をかがめた女の子は、サッと立ち上がると必死になって駅舎へと駆け込んでくる。

國鉄室蘭本線《こくてつむろらんほんせん》の植苗駅は、本来なら特急の停まらない小さな無人駅。

採算度外視の國鉄と言えども駅員はおらず、改札口には簡易型の自動改札機すらない。

女の子は躊躇《ちゅうちょ》することなく改札口を走り抜け、札幌方面へ向かう下り線ホームに出る。

ホームに立って左右を見た女の子は、こちらへ助けを求めようとしたのか、上り線ホームに停車していた俺たちの乗る寝台特急北斗星へ向かおうとする。

だが、植苗駅は上下線を挟むようにしてプラットホームがある相対式だから、こちら側へ渡ってくるには室蘭寄りにある歩道橋のような「跨線橋《こせんきょう》」を渡らなくてはいけない。

急ぎ、跨線橋へ向けホームを駆け出そうとするが、どこかをケガしたらしく片足を引きずるようにしながら、必死になって雪のホームを歩き出した。

その時、女の子に銃撃を加えていた殺人鬼の正体が分かった。

「**待ちやがれっ‼　ぶっ殺してやる‼**」

女の子を追うようにして、ニット帽を被り紺の工事用ジャンパーを着た男が駅舎に現れた。

男はその手に鉄パイプを二本横に並べたような、猟銃と思しきものを構えている。

先ほどから続く銃声はこの銃からのものだった。

山林の多い北海道とは言え、こんな駅前で発砲をし、しかも、相手は熊や鹿ではない。

男が標的としているのは小学生の女の子なのだ！

あの男……狂っているのか⁉

その様子から、とても正気には見えなかった。

雪に足をとられながらも、男もなんとかホームへと駆け上がってくる。

「**逃げんじゃねぇ‼**」

男は銃を腰に構えて引き金を引く。

大きな銃声とともに、女の子の横に立っていた駅名看板が無残に破壊される。

その銃撃は女の子には当たらなかったようで、男に背を向けた女の子は跨線橋へと足早に急ぐ。

男は歩きながら銃を折り曲げ、空になった赤いプラスチックの薬きょうを無造作に雪に埋まったホームにばらまく。

「やばい！　あの女の子が殺される！」

とっさに窓から離れた俺は、デッキへ向かって通路を全速力で走り出す。

デッキには女性車掌の北野《きたの》さんがいて、怯えた目で反対側のホームを見つめていた。

俺は北野さんに詰め寄る。

「北野さん、ドアを開けてください！　俺があの子を助けに行きます！」

「でっ、でも……。私たちはお客さまの安全を――」

予想外の事態に狼狽している北野さんの言葉を、俺は大きな声で遮った。

「今はそんなこと言っている場合じゃありませんよ！」

体をビクッとさせた北野さんは「はっ、はい！」と怯えながら返事をする。

デッキのホーム側ドアの前に立った北野さんは、【非常用ドアコック】と表示された扉を開き、中にあったレバーを手前にグッと引く。

プシュユユと空気の抜けるような音がして、ドアはゴトッと一センチくらい開いた。

「こうすれば手で開けられますから。せえのっ！」

両手を隙間に入れた北野さんが一気に横へと引っ張ると、外の冷たい空気がヒューーーッと雪と共に車内へ吹き込んでくる。

「ありがとうございます！」

目に雪が入らないように、額に片手をかざしながら俺はホームへと飛び出す。

そして、逃走中の女の子を救うべく、跨線橋を目指して全速力で駆け出した。

DD01 札幌17時12分発　寝台特急『北斗星2号』上野行

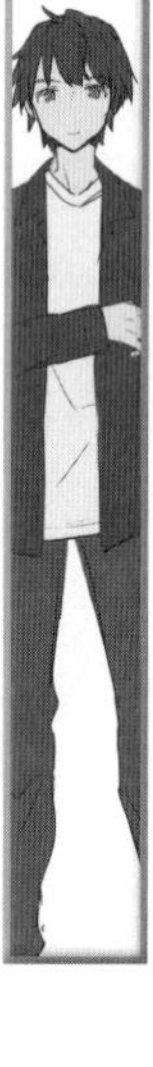

(一) 桐生達也　札幌駅　17時00分

植苗駅でそんな衝撃的な事件に遭遇する、約一時間半前。

俺……いや、俺たち四人は國鉄札幌駅にいた。

長いエスカレーターからホームに上がると、5番線には真っ青な車両が並んでいた。

札幌駅の屋根は波型のスレート板で作られたレトロな感じで、そこから吊り下げられた列車案内板には「17時12分発　寝台特急北斗星2号」と表示されている。

「これが『寝台特急北斗星』か。おぉ～思ったよりも格好いいな」

高校三年生の冬休み。俺はクラスメイトの三人と神奈川から北海道へとスノボ旅行に来ていた。

別に我が家は「冬は毎年北海道ね」なんていうセレブなんかじゃない。

親父が出席した大手出版社の忘年会で、ビンゴ大会の景品だった『國鉄豪華寝台特急北斗星を復路利用の北海道スノボツアー四名様』を当ててきただけだ。

往路は羽田から新千歳まで飛行機を使い、札幌近くにある北海道アルペンスキー場のゲレンデ前に立つタワーホテルで二泊。

三日目に札幌発の『寝台特急北斗星』に乗って東京へと戻る内容だった。

四十代半ばで課長代理という出世遅れの中間管理職の親父は、バブル景気に間に合わなかった遊びにはうとい世代で、「寒いところで板の上に乗ってなにが面白い？」と言って、気前よくツアーチケットを俺に全部くれた。

そこで、クラスでいつも連んでいる友人三人に、

「ツアー代は俺が持つから、冬休みに北海道へスノボ旅行に行かないか？」

と誘って、こうして北海道へとやってきたのだった。

今回のツアーに同行した仲間は、俺の一番の親友でスポーツ万能男子の、千《ち》原《はら》陸《りく》。

物静かだが、気が強くとっつきにくいので、クールビューティーとも称される、目《め》黒《ぐろ》真《ま》琴《こと》。

そして、かわいい容姿と性格の良さから、クラスでも慕われている文系女子の、甘木《あまぎ》なつみだ。

俺の後ろを歩いてきた真琴が横に立ち止まり、車両を見上げて「へぇ～」と声をあげる。

「寝台列車って、こういう感じなのね。私、初めて乗るわ」

「まぁ、俺も初めて乗るんだけどさ」

今日の真琴は体のラインがクッキリ出るような、膝上丈で縦筋の入ったライトグレーのニットワンピースを着て、足元は黒のロングブーツ。

間に残された絶対領域の肌は、ホームに積もる雪と対抗するかのように白く輝いている。

その上から白っぽいチェスターコートをボタンを留めずに羽織っていた。

こんな体のラインがバッチリ出る服を余裕で着こなせるのは、真琴が男子に並ぶくらいの身長が

あって、ファッションモデルのようにスタイルがいいからだろう。

それに加えて、いつも物静かで、キレイな長い黒髪に、透明感のある雪のような白い肌を持ち、吸い込まれそうな大きな黒い瞳に、鼻筋の通ったシャープな美人顔である。なんとなく「冷たくあしらわれそう」って思われてしまう……のも無理はないだろう。

俺が「とっつきにくい」と噂の真琴と気楽に話せているのは、中学校が同じだったからだ。あの頃の真琴はまだ髪が短かく、背も低かったから普通に友達付き合いができた。だから、実はとってもいい奴で、やさしくて怖がりな面があることも知っている。

真琴も相手に気を使われるのは嫌らしく、気楽に付き合える俺といることが多かった。

発車を待つ列車の車体表面は老朽化しており、ところどころ欠けて凸凹しているのを真琴が見つめる。

「豪華列車って聞いていたけれど……、思ったよりも古い感じなのね」

「あぁ～『豪華列車』なんて言われていたのは、三十年以上前の運行し始めたばかりの頃らしいよ。まぁ、内装はリニューアルされているみたいだけど」

真琴が俺に向かって振り返る。

「それ？　吉野《よしの》から聞いた話」

吉野はクラスメイトの一人で「休日はだいたい列車の中」という筋金入りの鉄道ファン。

「そうそう。教室で『冬休みに寝台特急北斗星に乗る』って話していたら、凄い勢いで色々と教えてくれたんだよ」

「吉野ってほんとに鉄道が好きね」

いつものように真琴は、フッとクールに微笑んだ。

きっと、このアンニュイで意味深な微笑みに、みんな耐えられないのだ。

加えて……真琴の親父はＩＴ系会社の社長なので、お金持ちのお嬢さまという事実が、更に「とっつきにくい」イメージに繋がったのだと思う。

頭も悪くはないし、お金持ちなんだからガチガチのお嬢さま私学へ行けばよかったのに、なぜか偏差値が上でも下でもない平均的な「県立相模川《さがみがわ》高校」へ入学してきた。

まぁ、そんな凡庸《ぼんよう》な高校だからこそ、真琴が目立ってしまったのかもしれない。

そんな話をしていた時、突然強烈な風がドッと吹き込んできて、粉雪が激しく舞い上がる。数メートル先も見えなくなってしまう、ホワイトアウト的な現象がプラットホーム内で巻き起こった。

驚いた真琴が「きゃっ」とかわいい悲鳴をあげて俺の肘をギュッと掴む。

架線《かせん》や屋根に強い風が吹き付け、ビュユユユと寒そうな音が周囲に響いた。

視界が晴れてくると、そこに一つの人影がボンヤリと見えてくる。

それは身長百七十センチを少し超えるぐらいの男性の影だった。

エスカレーターから駆けてきたその人影は、必死な顔で俺たちの前に現れた。

「大丈夫か？　目黒！」

そのあまりにも心配そうな声に、真琴は少し呆れたような顔をする。

「大丈夫に決まっているでしょ。ただ、突風が吹いて雪が舞っただけなんだから」

「吹雪で突然見えなくなったから心配したぜ」

目の前の男子はアッハハと照れくさそうに笑った。

この見た瞬間「スポーツできるでしょ？」って言われそうな、筋肉質のいい体格をしているのが、一年生の時から俺とずっと同じクラスだった千原陸だ。

運動は得意だが、勉強は常に赤点ギリギリという典型的な体育会系男子である千原は、誰とでもすぐに仲良くなれる明るい性格でクラスでも男女問わず人気がある。

スポーツ刈りの真面目な高校球児タイプではなく「部活は助っ人でしかやらないよ」という変わり者だ。少し明るい色の髪をセンターで軽く分け、しかも雪の反射光で顔が黒く焼けていたから、今はちょっとチャラい感じにも見える。

千原はポケットがいくつも並ぶ黒いカーゴパンツに、金色に輝くナイロン製のN３フライトジャケットを着込んでいた。

ここまで筋肉の鎧があると冬でも寒くないらしく、フライトジャケットの下はオレンジのタンクトップ一枚ってところに驚かされる。

だから、もし雪山で遭難したら生き残れるのは「絶対千原だ」と、昨日四人で話していた。

そこへ百五十センチ台の小さな人影が、真っ白な雪のカーテンの向こうから現れる。

「ちょっと千原くん。吹雪の中に捨てていかないでよ～」

「あっ、ゴメンな。なつみ」

千原は後頭部に右手をあてながら笑った。

甘木さんが現れた瞬間に、俺は肘を持っていた真琴の手をそっと外す。

「もう、大丈夫だよね」

「あっ、えぇ……ありがとう」

真琴は遠慮がちに答えた。

俺は迎えるように近づき、甘木さんに声をかける。

「甘木さんゴメン。俺が離れたばっかりに……」

甘木さんは両手を前に出して左右にクイクイと振る。

「いいの、いいの。気にしないで、桐生くん。私がトロいのが悪いだけなんだから～」

ニコリとかわいく甘木さんは笑った。

今日の甘木さんのファッションは、長いピンクのスカートにダブっとしたセーターを着て、その上に袖口がふわっと広がったフード付きの赤いダッフルコートを着ている。

風が吹いて白いファー付きフードがフワッと開くと、栗色のセミロングの髪が現れた。

甘木さんはとても明るくて、クラスの男子も女子も全員と友達になるようなタイプ。

生活態度も真面目で、勉強ができて運動は少し苦手なホンワカ女子。

いつもぶ厚い小説を読んでいることが多くて、部活は茶道部に所属している。

文化祭の時にクラスメイトに売っていたチケットを、俺は五枚も買って甘木さんが和服で点《た》ててくれた苦いお茶と甘ったるい和菓子をたらふく食べた。

「やっぱり、吹雪いちゃうと北海道は寒いねっ」

両手を耳の後ろへと入れて、甘木さんはゆっくりと後ろへ髪を流した。

まったく重みを感じさせないサラサラの髪を背景に、キラキラと白く輝く雪が舞い、まるでファンタジー映画のワンシーンのようだった。

そんな甘木さんに見とれながら、俺はネットニュースで見た天気情報をボンヤリと呟く。

「あっ……あぁ。昨日から爆弾低気圧が北海道へ上がってきているところへ、マイナス四十度のシベリア寒気団が流れ込んできているらしいよ」

「そうなんだね。だから、こんなに風が冷たいのね」

甘木さんはフンフンと頷く。

「昨日までは天気よかったのにな」

千原は真っ白な空を見上げた。

北海道に着いて最初の二日間は絶好の好天に恵まれ、四人とも「もう滑れねぇ」というくらいに、朝からナイターまで滑りまくった。

しかし、今日は四人とも足がパンパンの筋肉痛で、誰も小走りすらできなそうな状態だ。

「もう、早く列車に入りましょうよ、寒いわ」

真琴はブルッと体を震わせて、コートの前を合わせた。

「俺たちの席は、何号車だっけ？　桐生」

千原から聞かれた俺は、切符を取り出して指定席の番号をチェックする。

「1号車だな」

横に停まっていた車両の表示を見ると「9号車」となっていたので、先頭方向を指差す。

「一番前の車両だから、機関車のある方へ向かってホームを歩いてくれ」

「分かった。先頭車だな」

千原は自分のデイパックを背負ったまま、右手で巨大な白いキャリーケースをゴロゴロと引きながら先頭を歩き出す。

ちなみに、この巨大なキャリーケースは真琴のもの。

たった三泊の旅行に「引っ越す気か⁉」と言いたくなるくらいの巨大キャリーケースで集合場所の羽田へ真琴はやってきたが、そこからはずっと千原が引いてくれている。

なぜ、千原がそうしているのかは、たぶん真琴に気があるからだろう。

夜寝る前に二人で話した時、千原は「やっぱ目黒って格好いいよな」って目を輝かせながら言っていたから、きっとそうに違いない。

だから、こうして旅行中は真琴の専属ボーイを務め続けているわけだ。

ホームに積もっていた雪を気にすることもなく、千原が除雪車のような勢いでガリガリと進んでいくと、甘木さんが口を無邪気に大きく開く。

「千原くんって、やっぱり凄いよね」

甘木さんが千原を褒めるのが少し気に入らなかった俺は、小さな見えを張っておく。

「あっ、あんなのは俺だってできるさ」

「本当に～？　あれかなり力いるよ～」

甘木さんはリスみたいな顔で、俺を下から見上げた。

「だっ、大丈夫さ」

フフッと笑った甘木さんは、風で飛ばないようにフードの縁をぐっと両手で持ち、タタッと千原を追いかけていく。その瞬間、シャンプーかフレグランスの甘い柑橘《かんきつ》系の香りがパッと広がって、俺の周囲はいい香りに包まれた。

あまりの恍惚感に倒れそうになる……。

前へと走っていった甘木さんは、巨大なキャリーバッグのハンドルをパシンと掴む。

「私も手伝うよ、千原くん」

「ありがとうな、なつみ」

微笑んだ千原が少し力を緩めると、とたんにキャリーケースは雪の上で立ち往生した。

「やっぱり重～い」

「気合だよ。気合を入れて引くんだよ」

両手でハンドルを持って必死に引く甘木さんを千原は笑ってみていた。

たぶん、そんなことは千原にとって、どうってことないシーンなんだろうけど、俺にとっては心がモヤモヤしてしまう。

俺は甘木さんのちょっとした仕草に、一喜一憂しまくっていた。

それは簡単に言えば……俺は甘木さんのことが好き、いや大好きってことだ。

親父から四人分のツアーチケットを貰った時、千原を誘うのはアッサリできたが、あと二人をどうしようかと困ってしまった。

もちろん、千原よりも先に甘木さんを誘いたかったが、俺は「北海道にスノボ旅行に行かない？」なんて、意中の女子に簡単に声をかけられるような突き抜けた性格じゃない。

それは、北海道＝「泊りで行かない？」って誘うことなんだから……。

そんなことを聞いた甘木さんがどう思うか分からなかったけど、頭の中の妄想がパンパンに膨らんでしまい、気楽に誘うことができなくなってしまった。

俺が悶々としていた時、千原が俺に「北海道旅行に、目黒を誘ってくれないか？」と両手を合わせて頼んできた。

まぁ、千原は真琴に気があるみたいだし、甘木さんだと緊張して誘えないが、真琴なら気楽に話せる間柄だから二つ返事で答えた。

そこで、昼ご飯を食べた後に一人でスマホをイジっていた真琴に、

「北海道スノボツアーチケットが四名分あるから一緒に行かないか？」

と声をかけると、「いいわよ、桐生が行くならね」とＯＫしてくれたのだ。

無論、千原は「よしっ‼」とその場で指を鳴らすくらいに大喜び。

「メンバーはもう全員決まっているの？」

そう聞く真琴に、俺は照れながら答えた。

「いや、俺と真琴と千原の三人で、あと一人はまだ……」

すると「ふ～ん」と呟いた真琴は、フラッと立ち上がって甘木さんの席へ向かうと、ゴニョゴニョと耳元で話し、すぐに手を挙げて大きな声で言った。

「なつみも行くって！」

突然の展開に驚いた俺は、その場で「えっ⁉」と固まってしまった。

一瞬、「もしかして真琴が気を使ってくれた？」とも思ったのだが、あとから話を聞いてみたら「私、なつみくらいしか、親しい友人はいないから」というだけの話だった。

残りの一人にあまり付き合いのない人が入ってくる前に、クラス内で唯一の友達と言っていい、甘木さんを真琴は誘うことにしたらしい。

そんなわけで、この四人で北海道へと来ることになったのだ。


俺はホームを並んで歩く千原と甘木さんを追いかけながら、小さなため息をつく。

あぁ～あ……情けない。

甘木さんのことを好きな男子は、俺だけじゃなくクラスどころか学年中にいるはず。

学校では二人きりになるのも難しいが、卒業間近の旅行中なら「どこかで想いを打ち明けるチャンスがあるはず」と狙っていたが、楽しい時間はあっという間に過ぎてしまう。

連日連夜四人で滑りまくり、夕食後の夜は毎晩記憶がなくなるくらいにぐっすりと眠ってしまい、気がつけばもう旅行最終日の夜。

この寝台特急北斗星に乗っているうちに朝になり、上野に着けば現地解散だ。

千載一遇《せんざいいちぐう》のチャンスなのに、甘木さんにそれらしいことを、なに一つ言えていなかった。

旅先の北海道という非日常なのに、俺たち四人の関係性は学校にいる時とまったく変わらない。コースを外れて遭難して二人きりで一晩ビバークするハメにもならないし、夜中に起きたらバッタリ通路で出会い「星、見に行かない？」なんて展開もなかった。

自分で動かなければ、旅行先と言っても教室の延長線上にあるだけで、俺たち四人は見えないシャフトによって結ばれているかのように、その距離はまったく変化しないのだ。

甘木さんに胸のうちを告白して「いいよ」って答えてもらえるなら、俺は雪原で果ててもいい。

もちろん死んだら意味はないが……。

だが、せっかくこうして一緒に旅行へ行けるくらいの良い関係が築けたのに、ここで告白をして「いや……それは」と断られたら、卒業式まで気まずい思いをしながら、クラスメイトとして過ごさなくてはいけなくなる。

そんなカッターナイフのムシロに座れるほど、俺の尻も心もコンクリートで作られてはいない。

きっと、やさしい甘木さんのことだから、告白して断ったとしてもニコニコと相手をしてくれるとは思うが、そんな笑顔を見る俺の顔は常に引きつったままになるだろう。

そんな地獄絵図が思い浮かんでしまい、簡単には告れなかったのだ……。

だが、前を歩く甘木さんを見ていた俺は、改めて心に誓った。

これじゃダメだ！　絶対に今夜のうちに告らないとっ！

こんなチャンスは人生で二度とない。今夜告ることなく大人になったら、きっと、この夜が「俺の最もタイムマシンで戻りたい時」になってしまう。

「よしっ、やるぞ！」

俺が気合を入れると、横を歩いていた真琴が振り向く。

「なにをやるの？」

いくら仲のいい真琴でも、それはさすがに言えない。

「いや……その……なんでもないよ」

俺があいそ笑いでごまかしたら、真琴は「なに呟いているのよ」と呆れた。

ホームを歩く俺と真琴の横には、海を思わせるような深い青色の壁が続いている。

各車両には真横に三本の細い金線が引かれ、前方に一か所ずつ横開きの一枚扉が装備されていて、扉の横にはヨーロッパの王族が用いそうな金の紋章が描かれていた。

青い客車によって構成される國鉄の寝台列車は「ブルートレイン」と呼ばれる。

「こういう列車が走っているのも國鉄だから……ってことよね」

「これが民間会社で採算が悪かったら、すぐに走らせるのを止めちゃうよね」

日本中の多くの鉄道は、国家によって運営される「國鉄」だ。

明治に始まった日本の鉄道事業は、国家が主導して採算度外視で全国に広がり、今でも税金をジャブジャブ使いながら運営され続けている。

バブル期に汐留《しおどめ》の貨物ターミナルの土地を高額で売却したことで赤字を解消し、なんとか「分割民営化」を免れた國鉄は、また採算を考えることもなく続々と新型ブルートレインを製作しているらしい。

　これも全て吉野から聞いた話だが……。

「この列車って、何時に上野に着くの？」

　真琴は俺に聞く。

「明日の朝９時38分上野駅に到着する予定だったと思うけど」

「割と時間がかかるのね」

「北海道、青森、秋田、岩手、福島、栃木、埼玉を走り抜けるからな～」

「そこで旅行も終わりね……」

　真琴の言葉には、少し寂しそうな雰囲気が混じっていた。

　そうなのだ。だから、それまでになんとかしないと……。

　朝から降りだした大雪のために、線路の上もしっかりと雪に覆われていた。

　札幌駅は昔ながらの雰囲気の漂う駅で、屋根には白い蛍光灯がズラリと並んでいたが、それでも少し薄暗い。札幌からは北海道各地へ向かう長距離特急が出ているので、駅弁や温かいお茶をたくさん並べた、少しレトロな雰囲気のお弁当屋さんがホームに並んでいる。

　出発時刻が迫ってくると、寝台特急北斗星に多くのお客さんが乗り込んでいく。

　仲のよさそうな家族連れ、リタイアして悠々自適そうな老夫婦、どう見ても娘じゃなさそうな若い女性を連れたスーツ姿の中年親父など、客層は正に老若男女。

　そんな中、俺は一人の女性が気になってじっと目で追った。

……なんだろう、あの人。

その女性は縦横が五十センチ四方、幅が四十センチはある頑丈そうな、深い緑の重そうなコンテナを両手で慎重に列車に運び込もうとしていた。

セミロングの黒髪はセットすることもなく、小さなマスクをした顔は、大人の女性なのに化粧っけはまったくない。

上着の黒いトレンチコートも普段着としてかなり使い込まれた物のようで、とりあえず近くに掛けてあった物を、急いで引っ掴んで飛び出してきたような雰囲気。

それに、他に旅行バッグなどは持っておらず、手荷物はそのコンテナだけのようだった。

俺が違和感を覚えたのは、その女性が旅行や出張には思えないファッションだったこともあるが、常に周囲を気にしながら歩くおかしな動きをしていたからだ。

気になった理由はもう一つあって……。

「あぁいう人が好みなの?」

真琴が厳しい目つきで俺を見ていた。

「いや、そうじゃなくって、あの人どこかで見たことがあるような気がしてさ」

真琴はすぐにデッキに目を移したが、女性は列車の中へと消えていくところだった。

「あんな地味な感じの芸能人なんているかしら?」

「いや、芸能人とかじゃなくてさ……」

「じゃあ、知り合い?」

「いや、そういう話でもなくてね……」

「もう、ハッキリしなさいよっ」

真琴はキュッと口を尖らせた。

「お～、ここは食堂車だな」

千原は目を閉じてクンクンと鼻を鳴らしながら、7号車の横を通り過ぎる。

「お前は犬か？」

他の車両に比べて倍の幅はある横長の窓から車内を覗くと、薄いピンクのテーブルクロスのかかったテーブルがレストランのように並んでいるのが見えた。

「色んな種類の車両が連結されているのね」

そう真琴が呟いた瞬間、前を歩いていた千原が立ち止まってクルリと振り返る。

「1号車と2号車は『開放B寝台』、3号車と4号車は二人用B寝台の『デュエット』、5号車と6号車は一人用個室B寝台の『ソロ』。ちなみに、6号車にはシャワー室とソファを並べたロビーって場所があるらしいぜ」

凄い勢いで語り始めた千原を、俺たちはあ然として見つめていた。

「それから7号車は食堂車、8号車は二人用のA寝台『ツインデラックス』、9号車と10号車には一番高級な『ロイヤル』って部屋が二つずつあって、最後尾の11号車は『開放B寝台』だ」

「千原くんって隠れ鉄道ファンだったの？」

「目黒になにを聞かれても『答えられるように』って、少し調べてきたんだ」

千原は照れながら答えたが、真琴は特に返すこともなく、なぜか甘木さんが盛り上がった。

「凄いねっ、千原くん！　実は努力家なんだよね」

「おっ、おう。ありがとう、なつみ」

「いえいえ、どういたしまして」

ニコッと甘木さんが微笑む。

2号車の横まで歩くと、先頭からはガロガロ……と大きなエンジン音が聞こえてくる。

大量の客車を牽《ひ》く機関車は、横から見ると引き伸ばした凸のような形をしていて、俺が今まで一度も見たこともないような車両だった。

そんな形の青色の機関車が二台先頭に並んでいるのだ。

凸の上に飛び出している部分には運転台があるらしく、二両のうち先頭の方の窓からは、運転士が顔を出しながら出発に際しての最終確認などをしているようだった。

機関車から目を外した俺は、真琴のためにニワカ鉄道ファンになった千原に聞く。

「ってことは……。寝台特急北斗星っていうのは十一両編成ってことか？」

「いや、ネットで見ると十二両編成って書いてあったぞ」

「十二両？　そりゃどういうことだよ？」

手のひらを上へと向けて、千原は「お手上げ」ってポーズを見せる。

「さあな、なんでも『電源車』ってのが、最後尾にくっついているから十二両らしい。その車両がなんのために必要なのかは知らないけどな」

腕を組んだ真琴は、千原をすっと細い目で見つめる。

「なんなのよ？　私がなにを聞いても『答えられる』んじゃなかったの？」

「いやぁ～鉄道は割と奥が深くてさ……」

恥ずかしそうに千原は頭をかいて続けた。

「でも、この電源車には客は入れないそうだから、別に気にしなくてもいいと思うけどな」

「そこまで聞いたら『電源車』が、どういうものなのか反対に気になるでしょ？」

頬を少し膨らませた真琴を、まあまあと俺はなだめる。

「じゃあ、あとでスマホで調べて教えてやるよ」

「えっ……あぁ……そう？　ありがとう、達也……」

少し頬を赤くしながら、真琴はボソボソと口ごもった。

「さぁ、列車に乗りこもうか」

俺は手前の2号車前方のドアから、ステップを蹴って少し高い位置にあったデッキへ上った。

俺、真琴、千原、甘木さんの順で2号車の連結部を越えて1号車へと入る。

1号車のデッキには、トイレ、洗面台が二つずつ並んでいた。

デッキにあった銀の扉を開いて1号車車内へ入る。

クリーム色のツルツルとした通路は、ホーム反対側の右側に沿って設置されていた。

俺たちの指定席というかベッドは開放B寝台と呼ばれている席で、簡単に言うと進行方向に対して横向きに、天井まで届く壁で仕切られた二段ベッドが向かい合わせに並んでいる四人部屋。

四つのベッドの奥には大きな車窓があり、その中心には折り畳み式のハシゴが取り付けられていて、それを使って上段ベッドへ登れるようになっている。

重い真琴のキャリーケースを、千原はドスッとフロアに置く。

「ここって一つの部屋になるみたいだな」

通路に面したところにあった、アルミとガラスで作られたスライド扉を触る。

扉の取っ手の横には暗証番号式のロックもついていて、四人で使用する際には個室として使用できる設計になっていた。

最初に部屋に入った真琴は、クルッと振り向いてみんなに聞く。

「ベッドは誰がどこを使う？」

「私はどこでもいいから、最後でいいよ」

さすがの甘木さんは欲がなく、サラリとそう言った。

「俺は落ち着かねぇから、下段にするわ」

千原は自分のデイパックを「２・下」へと放り込む。

「そっか、じゃあ俺は千原の上にするかな」

ハシゴは使わずに、俺は自分のバッグをポーンと「２」の上段ベッドへ投げ込んだ。

「じゃあ……私も達也と同じ、上段ベッドにしようかしら」

真琴が決めたことで、甘木さんの場所もおのずと決まる。

「じゃあ、私は目黒さんの下だね」

甘木さんはトコトコと歩いて、ピンクのキャリーバッグを窓際に置き、雪のついたダッフルコートを脱いで、壁にあったハンガーに丁寧に吊るしてから下段ベッドに座る。

甘木さんはクッションの柔らかさを確かめるように、体を軽く上下させた。

「北海道の雪質はいいけど。この冷凍庫みたいな寒さには耐えられないわ」

そう言いながら真琴が真っ白なチェスターコートを脱いだ瞬間、執事のように千原がスルリと背中に回って受け取りハンガーにかける。

「目黒さんもここへ座らない？　このシートって意外にフカフカで気持ちいいよ～」

甘木さんは楽しそうに、片手でパンパンとシートを叩く。

「ここって寝るまでは、下段をソファとして使うのかしら？」

「そうみたいだよ」

ニットのワンピース姿となった真琴は窓際に、甘木さんは通路側に座る。

この開放B寝台と呼ばれる部屋は、他人同士で乗り合わせた場合は、それぞれのベッドで終着駅まで過ごすことになる。

だけど、四人がグループなら、眠くなるまでは下段をソファとして一緒に食事や景色を楽しみ、寝る時間になったらキャンピングカーのように、それぞれ上下のベッドへと移動して使うらしい。

二人で座っているシートは、夜にはベッドになるので幅は七十センチ、長さは二メートル近くあって、高校生なら三人並んで座っても余裕の大きさだった。

女子が進行方向に向けて座ることになり、俺は真琴の前の窓際、千原は甘木さんの前になる通路側へ座った。

その時、フィィィィと周囲に響き渡る大きな警笛が鳴った。

「なっ、なんなの⁉」

ビクッと体を震わせた真琴は、警笛の聞こえてきた進行方向に向かって顔を上げる。

いつの間にか、出発時刻の17時12分になっていた。

俺たちの部屋がある1号車は機関車と約二十メートルしか離れていないので、警笛がとても大きく聞こえたのだ。

「本当に怖がりだよな、真琴って……。列車は出発する時には警笛を鳴らすんだよ」

フフッと笑いながら言うと、顔を赤くした真琴は頬を少し膨らませた。

「いつも飛行機に乗るから、鉄道のことなんて知らないわよっ」

機関車の方からガクンと大きな衝撃が発生し、それが連結器をガチャンガチャンと鳴らしながら、ゆっくりと後続客車へ向かって伝わっていく。

やがて、車窓から見えていたホームがゆっくりと流れ始め、後方へと消えていく。

大きな屋根の下にあった札幌駅を出た瞬間、俺たちは驚愕の光景を目にすることになる。

「うわぁ、真っ白だね」

真琴の膝に上半身を被せた甘木さんは、車窓にピタンと顔をつけて外を見つめる。

札幌駅にいるうちに、天候は更に悪化していた。

大量の雪が縦に横に荒れ狂ったブリザードのようになっていて、線路にも次々と雪が舞い降りてきていたので、見えているのは二本の銀のレール部分だけになっていた。

駅のポイント付近では黄色のヘルメットを被った保線作業員が大きなシャベルで雪かきをしているが、あまりの積雪に作業は難航しているように見えた。

神奈川育ちの俺たちは、こんなに大量の降雪を見たのは初めてだった。

あまりの凄さに千原のテンションも上がる。

「すげぇーな。こんな吹雪は初めてみるぜ！」

無邪気に驚く千原を、真琴は呆れた感じで見つめる。

「北海道って毎年たくさん雪が降る場所なんだから、別にこれぐらい珍しくないいんじゃない？」

「そうなのか。だったら、そんな北海道がすげぇよな」

俺もすっと車窓から、かなり暗くなってきた景色を見つめる。

「いや……いくら北海道だからって、これはちょっと凄いんじゃないかな？」

窓の外では数メートル先すらも見えなくなっていて、俺たちは初めて体験する吹雪の凄まじさに心から驚いていた。

こんな状況でもありがたいのは、しっかりと車内には暖房が効いていること。

まるで、水族館の窓から水中を眺めるかのように、激しい吹雪も気軽に体験することができた。

そんな荒れた天候のせいか、札幌を出発しても寝台特急北斗星の速度は一向に上がらず、最高でも時速二十キロ程度のノロノロ運転となり、酷い時にはなにもないような場所に停車して長時間動かなくなってしまう始末だった。

列車が停車するたびに、女性車掌のすまなそうな声で車内放送が入った。

《國鉄よりお知らせいたします。只今、寝台特急北斗星2号は上野へ向けて走行しておりますが、北海道全域での激しい降雪により、この区間では徐行運転を行っております。お急ぎのところ大変申し訳ございませんが、ご理解のほどよろしくお願いいたします》

これがいつもの通学列車ならパニックを起してしまいそうだが、寝転ぶこともできる大きなシートに座り、トイレもついている寝台車両なのであまり気にはならなかった。

すっかり日が沈んで周囲は真っ暗になり、横殴りの雪しか見えない車窓には、みんな飽きてしまい、シートに座ったまま思い思いに時間を過ごし始める。

甘木さんは読みかけの小説を読み始め、真琴はスマホを取り出してゲームを始めた。

千原はさっきスマホで撮影した車窓の写真を「すげぇ吹雪の中！」とSNSに投稿しだしたので、俺は現状の北海道の天候をチェックすることにした。

スマホを開き、検索サイトのトップにあったニュースを確認する。
・観測史上最高レベルの超大型の爆弾低気圧が北海道に上陸。
・国内の製薬研究所で生物兵器の開発疑惑、所長を任意で事情聴取。
・札幌の資産家宅で殺人事件。犯人は現金一億円を奪って逃走中。
と、そんなニュースが並んでいた。

まぁ、世間で話題のニュースは、俺たちにとってはまったくどうでもいいことで、最大の問題は一番上にあった「爆弾低気圧」のことだ。

更に詳しい情報を知るべく画面に触れてスクロールさせていく。

天気予報によると、今の状態はまだマシなほうで、これから夜に向かって北海道各地の気温が、マイナス十数度くらいまで落ち込み、積雪量も更に多くなるとのことだった。

そこに並ぶ絶望的な長い文章を読んでいた俺は、肩をガックリ落としてぼやいてしまう。

「……マジかよ。これ以上酷くなるのかよ」

向いに座っていた真琴が、スマホから目線を外して俺を見つめる。

「どうしたの、達也。この吹雪はもっと酷くなるって？」

「そうみたいなんだ。爆弾低気圧の動きが、とてもゆっくりみたいでさ」

上半身だけ前のめりに伸ばした真琴は、俺のスマホを上から覗き込む。

「ふ～ん。まぁ、いいんじゃない？」

「よくはないだろう。このまま列車がどんどん遅れてしまったら、東京へ戻るのも凄く遅くなってしまうんだからさ」

それを聞いた真琴は右の口角をフッと上げて、俺にだけ聞こえるくらいの声で囁《ささや》く。

「……それだけ長く『達也と私の旅行が続く』ってことでしょ？」

うん？　まぁ、強制的にそうなってしまうんだけどさ。

なぜ真琴が嬉しそうにそう言うのか、俺にはよく分からなかった。

高校生活最後の旅行だろうから「このまま時間が止まればいいのにね」的な、女子が大好きな言葉のような意味ってことだろうか？

そう思った俺は、深い意味もなく真琴に「そうだね」と微笑んだ。

その時、通路側のガラス扉がコッコッと鳴ったので、一斉に顔をあげて通路を見つめた。

「すまない。少し聞きたいことがあるんだがね」

ガラス扉を叩いたのは、漆黒のスーツに身を固め、白いワイシャツに無地の紺のネクタイをしめた三十代ぐらいの落ち着いた感じの男だった。

まだ、寝るには早い時間だったのでガラス扉はロックせず、開けっ放しの状態だったので、男は開いていた扉のステンレス枠を叩いたのだった。

黒髪をセンターで分け、額を出した大人の魅力あふれるハードボイルド系な男性で、ドラマならシャレたバーでウイスキーを傾けているのが似合いそうな雰囲気だ。

……なんだろう、この人、普通の人っぽくないな……。

眼光が鋭いその男からは、一般人とは異なる雰囲気が漂っていた。

親父なんかとはまったく違う、相手に対して威圧感を与えるようなものを感じる。

「お楽しみのところすまないが、俺は伊丹健太郎《いたみけんたろう》といって……こういう者なのだが」

男は胸の内ポケットにすっと右手を差し込むと、中から黒い定期サイズの手帳を取り出して俺たちに見えるようにパタリと開いた。

手帳は上下に開かれ、下にはホームベース型の金に輝くバッジ、上には制服を着た写真が貼ってあり、その下には「警部補　伊丹健太郎」と横書きされている。

それはテレビドラマでしか見たことのない警察手帳というものだった。

「けっ、警察官⁉」

最初に千原が驚いて、のけぞるように体を引く。

「千原、早く自首しなさい！」

まだなにも伊丹さんは言ってないのに、目を細めた真琴は早々と千原を疑う。

すぐに伊丹さんは左手をゆっくり上下させる。

「おいおい、あまり騒がないでくれないか？」

緩い笑みを浮かべながら、伊丹さんは警察手帳を胸ポケットに静かにしまった。

誰も警察に捕まるようなことはしていないはずだが、職務質問を受けるだけでもなんだか居心地が悪いもので、俺と千原と真琴はお互いに目配せをし合ってしまう。

こういう時でも甘木さんだけはマイペースで変わらない。

「それで刑事さんが、私たちになんのご用なんです？」

膝の上に読んでいた小説を広げたままで甘木さんは穏やかに尋ねる。

伊丹さんは通路から部屋の中へゆっくり入ってくる。

「ちょっと聞かせてもらいたいことがあってね、君たちに」

「千原を逮捕するなら遠慮なくどうぞ。すみませんが尋問は別な部屋でお願いできますか？」

真琴がサラリと切り捨てると、千原は弱った顔になって訴える。

「めっ、目黒～。俺は無実だって～」

「目黒さん、千原くんは悪いことをするような人じゃないよ」

真琴は千原を見ることなく、右手でサッと髪を後ろへ流す。

「そうかしら？　人の本性っていうのは、親友でも分からないものよ」

「人の本性？」

「殺人事件が起きた時、犯人の家族や関係者が受けるインタビューで『あいつはやりそうでした』なんて言っているのを見たことがある？」

「そっか、私の知らない千原くんがいるかもしれない……ってことね」

甘木さんにジロリと見られた千原は、両手を全力で左右に振って否定する。

「ないないない！　そんなもんねぇって！」

そんな俺たちのやり取りをじっと見ていた伊丹さんは、ポケットからスマホを取り出す。

「残念だが、今回は君のことじゃない」

伊丹さんにそう言われて、千原は「ほらぁ～」と長い息を吐き出す。

全員を見回しながら、伊丹さんは要件を説明し始める。

「私は札幌で発生した『札幌資産家殺人事件』を追っているんだ」

そこで俺はさっき見たサイトのことを思い出す。

「えっ⁉　あの『一億円を奪って逃走している』って奴ですか？」

伊丹さんはスッと俺を右の人差し指で指す。

「それだ。資産家を殺害して大金を奪った強盗殺人犯でね。その容疑者が『寝台特急北斗星に逃げ込んだ』というタレコミがあって、こうして聞き込みをさせてもらっているってわけだ」

『**強盗殺人犯がこの列車に!?**』

驚いた俺たちは声をそろえて聞き返した。

伊丹さんは「……静かに」と諭しながら、スマホでメモアプリを立ち上げる。

「それで……誰か不審な人物を見かけなかったか？」

全員、首を傾げて考えるが、列車に乗るまでに誰かに会ったわけでもないので、いきなり「不審人物」と言われてもピンとこない。

「怪しいだけなら、もう千原でいいんじゃないの？」

事件に興味のなさそうな真琴は、小さなため息をついて背もたれに体を預ける。

「だから、俺じゃねぇって！　札幌で人を殺す余裕なんてどこにあったんだよ!?」

必死に言い訳する千原が面白かったらしく、真琴は少し意地悪そうな顔で質問する。

「その犯行って何時頃だったんです？　伊丹警部補」

スマホを見た伊丹さんは、メモアプリを見ながら答える。

「検視報告書によると、昨日の深夜二時頃ってところだ」

「だったら、犯行は可能よ。私たちだって千原が朝まで『ちゃんとベッドで寝ていた』なんてことは、証明できないんだから」

真琴はどうしても千原を、強盗殺人犯にしたいらしい。

「目黒さん、言い過ぎだよ。桐生くん、千原くんは朝まで部屋にいたんだよね？」

甘木さんに頼まれたら、俺はどんな偽証だって引き受ける。

「残念だけど朝までガァガアとイビキをたてて寝ていたよ」

それを聞いた真琴は残念そうにフンッと鼻を鳴らし、甘木さんは「ほらね」と楽しそうに笑う。

「まぁ、冗談はそれくらいで……。どうかな誰か気になるような人物を見かけなかったかい？」

気になるような人ねぇ……。

そこで俺は、コンテナを持って列車に乗り込んだ女性のことを思い出す。

「殺人犯は『女性』って可能性もあるんですか？」

腕を組んで少しだけ考えてから、伊丹さんは答える。

「その可能性は十分にある。凶器は銃だったから、犯行には腕力を必要としないからな」

「女だったら、変な奴を見たのかよ？」

容疑者候補から解放された千原は、ホッとした顔で聞く。

俺は全員の顔をくるりと見回してから、おもむろに口を開いた。

「札幌駅で妙に大きな荷物を持って、寝台特急北斗星に乗り込んだ女性を見たんだ……」

「でも、北斗星に乗るようなお客さんなら、北海道に旅行で来ていた人が多いだろうから、バッグは大きくなるもんだろう」

窓際に置かれていた真琴の巨大キャリーケースを千原は指差す。

発言に興味を持った伊丹さんは、俺に対して聞き込みを始めた。

「大きな荷物……。それはどんな感じだった？」

あまり見かけない形だったので、例えるのが少し難しい。

「旅行で使うようなバッグじゃなくて……。近未来ＳＦで『凄い武器が入っているケース』っていうか、現金輸送の時に使うようなコンテナみたいな雰囲気でした」

スマホの画面を触りながら、伊丹さんは俺の発言のメモを始めた。

メモをしていた伊丹さんは、軽く丸めた右手を鼻の頭にあてて考える。

「……それは、とても『頑丈そうな』……ってことか？」

「そうです！　そんな感じです！　たぶん、頑丈なコンテナですよ」

俺が頷いたら、甘木さんは頬を右の人差し指でポンポンとつつきながら考えごとをする。

「きっと、そのコンテナの中に……『一億円が入っていた』ってことだよね」

伊丹さんは一歩俺に近づいて聞く。

「その女性は何号車に乗っているか、分かるかな？」

さすがにそれは俺にも分からない。

「いえ、俺が見たのはホームから９号車のデッキに入ったところだけで、そこから前に行ったか、後ろに向かったかも分かりませんので……」

「分からないか……。だが、９号車付近の部屋にいそうってことだな」

「すみません。そんな事件と係わっているなんて思わなかったもんですから」

「気にすることはないよ。まだ犯人と決まったわけでもないからな」

興味深そうな表情をしながら、伊丹さんはスマホをポケットにスッとしまった。

あの人が強盗殺人犯だとすると、きっと逃走のためには第二、第三の殺人を行うことにも躊躇しないだろう。そんなことに、もし甘木さんが巻き込まれてしまったら……。

嫌な想像が頭に浮かび、凄く不安になってくる。

「もう一度見かけたら連絡しますよ、伊丹さん！」

「すまない。そうしてくれると助かるよ。私は2号車の『7・下』にいるから」

そこで通報のために、俺たちは電話番号を交換した。

連絡先を登録し終わった伊丹さんは、部屋を出て後ろの車両へと向かっていく。

伊丹さんが見えなくなるまで見送ってから振り返ると、真琴の顔が目の前にあった。

「ちょっと怪しくない？」

「怪しい？　伊丹さんが？」

訳が分からなかった俺は、首を思いきり傾げながら苦笑した。

「だって……國鉄内で発生した事件の捜査は『鉄道公安隊』が担当するんじゃなかったかしら？」

真琴が意外なことを知っていたことに驚く。

「そうなのか？　よくそんなこと知っているな」

「私も詳しくは知らないけど、テレビドラマでは、確かそう言っていたわよ……」

「それはドラマだからじゃない？　札幌で起きた事件なんだし、札幌発の寝台特急北斗星に『逃げ込んだ』って情報を聞いて、北海道警の人が追いかけてきたんだよ、きっと」

「そう……じゃあ、私の思い過ごし……ね」

体を引いた真琴は不信感が拭えないらしく、伊丹さんが立ち去った2号車方向を見つめていた。

入れ替わるように、甘木さんが俺を心配そうな顔で見つめる。

「そう言えば、もう大丈夫なの？」

グッと顔を近づけてきたので、俺は反射的に背もたれへ体を引いてしまう。

「なっ、なにが？」

甘木さんは伸ばした右手をクルッと曲げて、自分の頭をクイクイと指差す。

「昨日、林間コースから外れた桐生くんが、木にぶつかって頭を打ったことだよ」

「あぁ、あのことね。頭を打った前後の記憶は、よく覚えてないんだけど、体のほうはもうどこも痛くないから大丈夫だよ」

力こぶを作ってガッツポーズを示すと、甘木さんはフフッと笑った。

「そっか、じゃあよかったよ」

甘木さんは安心した様子で、再び小説に目を落とした。

スポーツ万能でスノボでも、そのままインターハイへ出られそうなレベルの千原。

単に板に乗っているだけって感じのスノボ初心者だった真琴。

スノボは全然ダメだけどスキーは上手い甘木さん。

そして、だいたい平均的な俺と、四人の腕前の差はかなり大きかった。

最初は一緒に滑っていたのだが、だんだん時間が経つとバラバラになり、夕方になる頃には、それぞれ一人で滑っていた。

俺は車一台分くらいの道幅のロング林間コースを滑っていたのだが、二日連続で滑っていたので知らないうちに足に疲労が溜まっていたらしい。

その結果、カーブ外側でのターンが遅れ、勢い余って林間コースからコースアウトしてしまい、樹木が林立している斜面に転げ落ちてしまったのだ。

コースアウトをしてかなりの急斜面を滑落したらしく、途中に生えていた太い木の幹に思いきり頭を打って、その前後のことは思い出せなくなってしまった。

コースアウトした後……次の記憶は、レスキュー隊員の顔で「大丈夫か！」と必死に呼びかけてくれている場面だ。

目の前に座る真琴が、心配そうな顔をする。

「すぐにレスキュー隊が来てくれて、本当によかったわ」

「コースアウトする瞬間を後続のスキーヤーが見ていて、すぐに連絡してくれたんだってさ」

「それにまったく、ケガをしなかったなんて……」

木がたくさん並ぶ斜面を転げ落ちたのだから、全身もあちらこちらに打ちつけていそうな気がしたが、不思議なことにアザもコブもまったくなかったのだ。

「レスキューの人が言うには『雪がクッションになったんだろう』ってことだったけど」

「運がよかったってことね」

「たぶん、そうだね」

俺がアハハと照れ笑いすると、真琴も少しあきれたように微笑んだ。

その時、寝台特急北斗星は、やっと最初の停車駅、南千歳《みなみちとせ》に到着した。

時刻表通りであれば南千歳には17時45分に到着しなくてはならないが、スマホで時刻を確認してみたら……すでに18時15分になっていた。

いつも三十分で到着する駅に一時間以上かかり、すでに三十分遅れでの運行になっていた。

「うわぁ～マジかよ。一駅で三十分遅れって……」

呆れていると、放送開始を告げるオルゴールが鳴り、車内放送が流れだす。

《本日も國鉄ご利用いただきましてありがとうございます。皆さまにこれからの見通しについてお知らせいたします。現在、寝台特急北斗星2号はすでに三十分以上の遅れを出しており、この先の天候を考慮いたしますと、最終上野到着は最低でも六時間、更に条件が悪くなれば、遅延は十時間を越える可能性がございます》

「十時間って……どれだけ遅れるつもりなのよ？」

小さなため息をついて真琴が呆れる。

「元々は上野に朝9時38分に到着予定だったから、そこから十時間プラスされると……19時半くらいになってしまうかもしれないってことだね」

俺は両手のひらを上へ向けて左右に広げた。

「もう完全に夜じゃない」

その間にも車内放送は続く。

《また、この先において積雪が多くなり、列車が立ち往生してしまうような状況となった場合には、その駅で『運転中止』となることも考えられます》

無論、そんな放送を聞けば車内全体に『えぇ～』と驚きと落胆の声が広がる。

女性車掌は申し訳なさそうな声で続けた。

《そこで、ここ南千歳で只今より十五分間停車いたしますので、飛行機へのお乗り換えをご希望されるお客さまは、下車してホーム向かい側に停車しております18時35分発、新千歳空港行臨時列車をご利用ください。また、札幌へ戻られるお客さまは18時44分発の『急行えりも六号』をご利用くださいませ。尚、ここまでの運賃、特急料金並びに寝台料金につきましては、國鉄での規定に従い払い戻しを行わせていただきます。繰り返します――》

そこでみんなが相談を始めたので、一気に車内がザワつきだした。

このまま残って東京へ向かうか？

南千歳からは一駅で行ける新千歳空港へ行って飛行機で東京へ戻るか？

今日はもう諦めて引き返し、札幌でホテルを探すか？

乗客全員が十五分間で考えなくてはいけなくなった。

このまま寝台特急北斗星に乗っていても上野に着くかもしれないが、積雪によってはどこかの駅に停車してしまい、立ち往生するかもしれない。

吉野からも聞いていたが「冬の北斗星は雪で運転中止」とかもよくあるらしい。

ちなみに、明日出発の切符は全て完売しているから、札幌に戻ったとしても、もう寝台特急北斗星に乗ることはできない。

こういうツアーの時は、どうすればいいんだっけ？

俺が考えていると、千原が困った顔で聞く。

「どうすんだ桐生？」

「……そうだなぁ」

俺たちは吹雪舞う南千歳で、究極の選択を迫られることになった。

DD02　國鉄室蘭本線　植苗駅停車

(一) 桐生達也　南千歳駅　18時30分

吹雪は収まる気配も見せないが、寝台特急北斗星は南千歳駅を18時半頃に発車した。

これだけの雪でも運転中止をしないところが、さすが「北海道の國鉄」って感じ。

もし、これが首都圏であれば全ての交通が麻痺《まひ》して、大混乱に陥る雪の量だ。

だが、國鉄の北海道の全車両には、正面下部にくの字形の刃のような装備が取り付けられていて、それでレール上の雪を跳ね飛ばすらしく、多くの列車が行き交う路線では、真っ白な大地になっても銀の二本のレールだけはしっかりと見えていた。

また、雪を押しのけたり、遠くへ飛ばす装備を持った朱色の除雪車両が常に作業をしており、すぐに運休になることはなさそうだった。

そこで、俺たち四人はこのまま寝台特急北斗星に乗って、東京へ戻ることを選択した。

そうした理由の一つは俺たちがパッケージツアーで、この列車へ乗っていることにある。

ツアーデスクに連絡してみたが「切符やホテルはパックとして固定されていますので……」ということで、途中でなにかあった場合に変更はしにくいとのこと。

「寝台特急北斗星が運転中止になれば、復路分を払い戻します」

ということなので、今のところは自腹で飛行機に乗ったりホテルに泊まるしかないのだ。

新千歳空港から飛行機に乗ろうとすると、羽田まで一人約三万円はかかる。

「旅行最終日に、そんな金が残っているわけないだろ」

という千原は別問題として、みんなで（主に真琴になるが……）お金を出し合えばギリギリ人数分くらいのお金は持っていたが、

「いいじゃない。北斗星でゆっくり帰れば」

と真琴が言いだし、

「寝台列車旅行を楽しむ時間が長くなるのって、少しラッキーなんじゃない？」

と、甘木さんも言ったので、俺も千原も『それもそうだな』と納得したのだ。

南千歳を発車しても、予告通り寝台特急北斗星はノロノロとしか走れない。

これが夏の昼間とかなら、青々とした草原が広がる北海道らしい景色が見えたのかもしれないが、車窓から漏れる光によって微かに見えるのは、どこまでも続く雪原だけだった。

しばらくすると、女性車掌が俺たちの部屋の前にやってきた。

「皆さまはこのまま乗っていかれるんですね。ご乗車は上野までですか？」

その声はさっき車内放送で聞いた声だった。

車掌は金ボタンが三つ縦に並ぶグレーの制服のブレザーに、細めのパンツを穿《は》き、胸元には黄緑のスカーフを巻いていて、左腕には「車掌」と白字で書かれた赤い腕章をしている。

アップにした髪は、動輪マークのついた縁あり帽子に全て納めていた。

まだ入社したばかりのような初々しい感じのかわいい人で、少しタレ目の顔はいつも困っているみたいに見えて、こんな車掌には「クレームとか言いづらいだろうな」と思った。

もしかしたら、國鉄はクレーム対策として、こういう感じの人を採用しているのかもしれない。

「えぇ、俺たちは上野まで、この北斗星で帰ろうと思います」

代表して俺が答えると、車掌は軽く頭を下げた。

「大変申し訳ありません。かなりの遅延が発生すると思いますが、ご了承のほどよろしくお願いいたします」

千原がニヤリと笑って答える。

「高校生に金はないけど。時間ならいくらでもあるからさ、北野さん!」

千原はかわいい年上のお姉さんも好みなのか、妙にテンションが高かった。

突然、千原に名前を呼ばれた車掌は「へえっ⁉」と驚き、甘木さんはあからさまに不機嫌そうにブッっと頬を膨らませる。

「どうして、千原くん、車掌さんの名前を知っているのかな?」

「名札を見れば分かるじゃん」

ちょっとドヤ顔で千原は微笑む。

胸元には白いプラスチックのプレートが付けられていて、「札幌車掌区」の下に、赤地に白文字で「車掌」と大きく書かれ、一番下には「北野《きたの》　愛《あい》」と名前があった。

新人車掌らしい北野さんは、少し動揺しながら軽く会釈する。

「ご、ご協力ありがとうございます。尚、このままでは二時間以上遅延すると思われますので、特急料金については全額払い戻しさせていただく予定です」

「えっ、マジで⁉　お金貰えるんですか？」

北野さんは手帳をパラパラとめくりながら答える。

「上野まででしたら……。お一人様『一万二千二百四十円』を払い戻しさせていただく予定です」

「一万二千円は大きいよなっ！」

「そっ、そうですね……」

嬉しそうな千原に北野さんはどう答えていいか分からず、困った顔であいそ笑いした。

「それにしても……。なんか、凄く静かになったな」

通路に首を伸ばした千原は、前後をキョロキョロと見回す。

「ほとんどのお客さまが南千歳で下車されて、新千歳空港か札幌に向かわれましたので……」

別にこうなったのは北野さんのせいじゃないのに、とてもすまなそうだった。

「そんなに降りちゃったんですか？　お客さん」

甘木さんが聞くと、北野さんは端末を出してチェックした。

「九割くらい下車されて、残ったのは十組くらいのお客さまですね」

「えぇ⁉　そんなに下車したんだ⁉」

「ですので、この1号車内に残っておられるのは、皆さまだけとなっています」

「じゃあ、一両貸し切りってことだね」

甘木さんがニコリと笑うと、北野さんは初めてかわいい笑顔を見せる。

「こんなことになって申し訳ありませんが、1号車には皆さましかおられませんので、深夜まで大きな声で騒がれても大丈夫ですよ」

タレ目の北野さんが笑うと、泣き笑いみたいな表情になった。

「じゃあ、今夜は遅くまで、みんなでトランプやトークができるねっ！」

右手の人差し指をピシッと伸ばして、甘木さんはニコリと微笑んだ。

「おう、それはいいいなっ！」

千原も口を大きく開きながら笑った。

そっか……それならよかった。

俺がホッとしたのは、伊丹さんからさっき聞いた強盗殺人犯も「きっと下車しただろう」と思ったからだ。犯人は十組程度になってしまった列車内には残らないだろう。

こんなところに刑事が来たら、すぐに捕まってしまうのだから。

逃走するために鉄道を利用する気なら、今日は南千歳で下車して一旦札幌へ戻り、明日改めて早朝発の列車に乗るだろう。

その時、列車は駅に到着した。客席側の窓からゆっくりと流れるプラットホームが見えてくる。

ここで停車してしまうらしくノロノロと徐行すると、最後にはキィィンと大きな音をたてて完全に停まってしまった。

「すみません。植苗駅で少し停車するようです」

車窓から見えている真っ白なホームを見ながら、北野さんが告げる。

「本当に進まないわね」

スマホから目を離した真琴が、通路側の窓を見ながら言った。

通路側の窓からは札幌へ向かう下り線が見えていて、その向こうには札幌方面用のホームが見えていた。この「植苗」という名前の駅は本当に小さな駅で、下りホームの更に向こうには白壁の木造平屋建ての小さな駅舎が見えたが、乗客どころか駅員すらいない。

採算度外視の國鉄だから、かなりのローカル駅でも駅員が配置されているものだが、さすが「人よりシカの方が多い」と呼ばれるエリアの多い北海道だけあって、こうした無人駅も札幌を離れるほどに見かけるようになってきた。

機関車の上を跨ぐように架けられている、歩道橋のような跨線橋は強い風にさらされていた。

「田舎の駅って改札口もないのね。あれじゃあズルして乗り放題じゃない？」

都会では見たこともない小さな駅を、真琴は物珍しげに見つめた。

そんな疑問に対して、北野さんは両手で小さな長方形を作って見せた。

「いえ、あそこに見えているオレンジの機械が『乗車証明書発行機』と言いまして、ボタンを押すと切符みたいな証明書が発行されるんです。お客さまはそれを提出して下車駅で御精算いただくか、車掌に言って車内精算していただくことになっています」

「こりゃ～駅舎が埋もれちまいそうだぜ」

立ち上がった千原が通路側の窓に近づくと、甘木さんも小説を読むのをやめて立ち上がり、俺たち四人は対岸の札幌行ホームを見つめた。

なっ、なんだ⁉

その時、俺は耳鳴りのようなキィィンという感覚を感じた。

それは俺だけに聞こえたものらしく、他の三人にはなんの変化もない。

全員で駅舎の方を見つめていると、吹雪で作られた白い雪のスクリーンの中に、黒い小さな影がユラユラと現れた。

「なにかしら？」

真琴は目を細めて注目する。

それは幽霊なんかじゃない。誰かがこちらへ向かって走ってきているようだった。

一番視力のいい千原が「へぇ」と感心する。

「さすが北海道の人は、こんな寒い中でもジョギングするんだな」

その考えには、さすがに賛成できない。

「いや、こんなに激しい吹雪の中で、そんなことやってたら遭難するだろ」

「だけど、実際に走っている奴がいるんだぞ。しかも、女の子だ」

千原が右手でクイクイと窓ガラスを指差す。

「女の子⁉」

揺らいでいた影は次第に濃くなり、小さな女の子であることが俺にも分かる。

小学校四、五年生くらいだろうか、吹雪に抗うように走っているのでとても遅い。

膝が見えるくらいの長さの白いケープコートを着込んだ女の子は、白い息をハァハァと盛大に吐き、雪に足をとられながらヨタヨタと必死に走っていた。

「うわぁ、さすが北海道女子。噂には聞いていたけど……生足だ」

女の子の下半身を指差しながら、甘木さんはあんぐりと口を開く。

だが俺はみんなのように、気楽な感じでは見ていられなかった。

なぜか心臓がドキドキして、言いようのない不安を掻き立てられる。

「いや……これは少しおかしくないか⁉」

「どういうこと？　桐生くん」

甘木さんは首を傾げて俺に聞く。

「いくら北海道の小学生でも、こんな吹雪の日に外へ出れば遭難するかもしれないし、あんな歳の子の親だったら絶対に出るのを止めるはずだよね⁉」

「そう言われたら、確かにそうかもしれないけど……」

後ろを振り向いた瞬間、女の子はなにかに滑って前へと転ぶ。

あまりにも勢いよく転んだために、背中にあったフードが頭に覆いかぶさった。

「大丈夫かしら……」

真琴が心配そうな顔で呟いた瞬間、突如雷鳴のような音が響いた。

ダァァァァァァァァァァァン！


「こっ、これは、銃声じゃないのか⁉」

叫んだ俺に対して、真琴は声を震わせながら答える。

「こっ、ここは日本よ。銃声なんて聞こえるわけないでしょ⁉」

俺が素早く立ちあがった瞬間に、もう一度銃声らしい音が鳴り響く。

ダァァァァァァァァァァァン！

改札口付近の窓ガラスがパンと割れて、ガラス片が飛び散る。

「あそこの窓ガラスが割れたぞ！」

「かっ、風じゃないの？」

真琴は「そんなことあるわけがない」と思い込みたいようだった。

「誰かが女の子に向かって、発砲しているんだ！」

「まっ……まさか……」

真琴の手足は小刻みにプルプルと震えだしていた。

女の子は急いで立ち上がり、必死に走りながら駅舎の改札口を駆け抜け、札幌方面へ向かう下り線ホームに飛び出して周囲を見回した。

吹雪の向こうに寝台特急北斗星を発見したらしい女の子は、ここへ逃げ込もうと考えたようで、線路を渡る跨線橋を目指して走り出した。

だが、どこかケガをしたらしく、片足を引きずっていて歩みが遅い。

「**待ちやがれっ‼　ぶっ殺してやる‼**」

女の子を追うように工事用ジャンパーを着て猟銃を持った男が現れた。

男はローカル駅とはいえ、駅前で女の子相手に発砲しているのだ！

俺には「あいつは狂っている⁉」としか思えなかった。

「**逃げんじゃねぇ‼**」

執拗に追いかける男は、ホームに上がって引き金を引く。

ダァンという銃声がした瞬間、女の子の脇に立てられていた駅名看板が無残に破壊される。

女の子は必死に逃げているが、男は歩きながら次の弾を銃に込めていた。

「やばい！　あの女の子が殺される！」

とっさに窓から離れた俺は、デッキへ向かって通路を全速力で走り出す。

デッキにはまだ北野さんがいて、怯えた目でこの状況をドアの窓から見つめていた。

「どっ、どうしましょう⁉」

俺は泣きそうな顔になっていた北野さんに詰め寄る。

「北野さん、ドアを開けてください！　俺があの子を助けに行きます！」

「でっ、でも……。私たちはお客さまの安全を――」

俺は北野さんの言葉を大声で遮った。

「今はそんなこと言っている場合じゃありませんよ！」

焦った北野さんは「はっ、はい！」と答えて、ホーム側ドアの前にある【非常用ドアコック】と表示された扉を開き、中にあったレバーを手前に引いた。

プシュュと圧縮空気が抜けて、ドアが一センチくらい開く。

「こうすれば手で開けられますから。せえのっ！」

すき間に両手を入れて北野さんがドアをこじ開けてくれる。

「ありがとうございます！」

俺は雪が厚く積もったホームへ飛び出し、跨線橋を目指して全速力で走り出す。

その時、追いかけてきた真琴が、デッキから体を出して俺の背中に向かって叫ぶ。

「ちっ、ちょっと達也！　危ないことはやめなさいよっ！」

だが、俺は足を止めることなく必死に走った。

「あんたも行きなさいよ！」

真琴にそう言われたが、千原は尻込みをしてデッキから出てこなかった。

「だっ、だって相手は銃を持ってんだぜ⁉」

ホームを走っている間にも、ダァァンと銃声が響く。

どっ、どうなっているんだ⁉

向かい側のホームの様子が気になるが、間に寝台特急北斗星が停車しているために、札幌行のホームで起こっていることは、なにも分からなかった。

機関車の脇にあった跨線橋へと飛び込み、一段飛ばしで上り階段を一気に駆け上る。

跨線橋には屋根があるので雪が溜まっておらず、線路二つ分を跨ぐ通路をダッシュで駆け抜けて、下り階段を二つ飛ばしで飛ぶように降りていく。

その時、跨線橋の出口にフラフラと歩いてくる女の子が見えた。

顔は汗びっしょりとなり、ハァハァと息も絶え絶えになっている。

そんな女の子をあざ笑うかのように、猟銃を持った男は二十メートルくらい向こう側で立ち止まり、ニヤッと口元に不気味な笑みを浮かべる。

口元が緩み、その恍惚とした表情は、とても正気には思えなかった。

男の向けた銃口はピタリと女の子の背中を捉えている。

「危ない！」

俺は最後の数段を一気に飛び降りて、雪が積もっているホームへ雪煙をハデに上げながら着地し、そのままジャンプしてヘッドスライディングの体勢で女の子に抱きついた。

その瞬間、男がトリガーを引く！

ダァァァァァァァァァン！

猟銃からは複数の弾丸が飛び出すらしく、その一発が俺の頬をかすめる。

瞬時に熱いものが頬のすぐ近くを通り抜け、同時に出血するのが分かった。

だが、俺がタックルするように抱きかかえたことで、派手に足をあげてホームに倒れ込んだ女の子は、姿勢を一気に低くしたことで銃撃からは逃れていた。

抱き合う形でホーム上を滑った俺と女の子は、ホーム端ギリギリのところでなんとか止まる。

腕の中で震えている女の子は、俺の胸までしかないような小さな女の子だった。

そっと目を開いた女の子は、ボンヤリとした瞳で俺を見つめながら呟く。

「……やっと……会えた……のに……」

なっ、なんだ？　なにを言っているんだ？

だが、すぐに俺は思い直した。

極寒の気温の中で息も絶え絶えになるまで走ったことで、意識が朦朧としているのだろう。

追われているうちに転倒して頭も何度か打っているのかもしれない。

こんな状況では、まともな思考もできないのだろう。

女の子から男に目線を移すと、男はカコンと銃を折り、空薬きょうを派手に後ろへ飛ばす。

口から流れ出たよだれが、口もとの無精髭にだらしなく垂れて白く凍りついていた。

男は危険ドラッグでもやっているかのように、目の焦点は定まらず虚ろな瞳で俺と女の子を見つめていた。

「ガキ！　なにジャマしやがる。俺は地球防衛軍だぞ」

この一言で「こいつは完全に狂ってやがる！」と俺は確信した。

一杯に膨らんだ太もものポケットに無造作に手を突っ込み、四発ほどの弾薬を取り出すがアル中のように手が震えているので、二発は雪の中へポロポロと落ちる。

だが、そんなことも気にせず、残った二発の弾薬を装填《そうてん》した。

このままじゃ、やばい！

俺は膝をついて立ち上がり、抱き起こすようにして女の子を立たせた。

女の子のケープコートからサラサラと軽い雪が落ちる。

だが、俺にできたことはそこまでだった。

「ぜってぇ~逃がさねぇぞ。このバケモノめぇ」

弾薬を装填し終えた男は、カシャンと銃をまっすぐにして俺たちへ向けた。

「やっ、やめろ！」

全てを拒絶するように、男は左手を横一線に振った。

「うるさい！　お前になにが分かる！　俺はなぁ、こいつになぁ……」

血走った目が大きく開き、ワナワナと震える唇を舌でなめずる。

「どんな理由があるにせよ。こんな子どもを銃で撃っていいわけがないだろう！」

両手を左右に開いて、俺は銃の前に立ち塞がった。

その行動で女の子は、俺が敵ではないことを知ったようだった。

「……こっ……怖い……」

風の音で消えそうな震えた声で女の子は呟き、俺の体に背中から抱きつくようにくっつく。

へへッと不気味な笑みを浮かべている男は、ホーム際に立って照準を俺たちへ向けた。

「おっ、お前が悪いんだからなぁ。そいつを庇う奴も仲間なんだからよぉ~」

こういう銃撃は盾になったくらいで防げるものかも分からなかったが、俺は「できるだけのことは……」と考えて、女の子を自分の後ろに隠れるように庇《かば》った。

吹雪は一層激しさを増し、数メートル先の視界はおろか音すらも聞こえなくなっていく。

植苗駅全体がホワイトアウトしていった。

「これで……悪夢を終わらせてやるぜぇ」

天にも昇るような嬉しそうな表情を浮かべながら、男はトリガーに手をかける。

その瞬間だった。

「おい、やめろ！」

と、大きな声がして野球ボールくらいの雪玉が、男に向かって投げつけられた。

「なっ、なにしやがる⁉」

自分への攻撃と錯覚した男は、雪玉に照準を合わせようと銃口を上げる。

その時、俺の背中側から、激しい吹雪を切り裂くかのように、突然大きな光が現れた。

ファァァァァァァァァァァァァァァァァン！

強烈な警笛が耳をつんざく。

激しい吹雪で札幌行の電気機関車が接近していたことに、誰も気がついていなかったのだ。

突然の警笛に驚いた男は、不意に体をひねってしまう。

「おおぉぉぉぉ」

重い猟銃を持っていたことで、バランスを崩して足をからませてしまった。

そこからは、まるでスローモーションのようにゆっくりと時間が流れだす。

男がバランスを回復しようとして伸ばした足の先に、もうホームはなかった……。

両手を大きく振り回しながら、男がホームから線路へ向かって転落していく。

ヤバイ予感がした俺は「見るな！」と叫んで、女の子を抱きしめる。

ファァァァァァァァァ――――――ン!!

警笛の音色がドップラー効果によって変化する瞬間、ホームから半身を飛び出すような形となっていた男に、電気機関車が正面からもの凄い勢いで衝突した。

衝突の瞬間、男は「ぐはぁ」と唸《うな》り、口から血を吐いたように見えた。

だが、それは一瞬のことで、俺にもハッキリ見えたわけじゃない。

まばたきするよりも早く、男はもの凄いスピードで跳ね飛ばされ、植苗駅の札幌側ホームの先端へ向かって吹き飛んでいった。

まるで糸の切れた操り人形のように、あらゆる方向に向かって関節を曲げながら飛んだ男は、駅の向こうに広がっていた雪原に音もなく落下する。

走行してきたのは貨物列車だったようで、電気機関車の通過に続いて黄緑のコンテナを積んだ長い貨車が、ガタンガタンと何両も駆け抜けていく。

その時、スローモーションから、時間の流れが戻ってくる。


キィィィィィィィィィィィィィィィィィィィン！

人を跳ねたことに気がついた機関車の運転士が、全力で非常ブレーキを掛けるが今さらどうしようもない。

　雪原の一部を薄いピンク色に染めた男の体は、もう人の形を成していなかった。

　貨物列車は北斗星と相対するようにして緊急停車した。

　たぶん、機関車正面は血まみれとなっているはずだが、俺たちはそれを見なくてすんだ。

　とっさに抱きしめたから、きっと、女の子も惨劇を目にはしなかっただろう。

　電気機関車からは運転士が降りてきて周囲の状況を確認すると、狼狽しながら素早く運転台へと戻り人身事故について、鉄道管理局と連絡を取り始めたようだった。

「しっ、死ぬかと……思った」

　一気に気が抜けた俺は女の子を離して、雪の積もるホームにドサッと座り込んだ。

　そこで、女の子を見上げたのだが、そこには雪の妖精が立っていた。

　こういう子を「美少女」って言うんだろうなぁ。

　大きめのフードのついた真っ白なケープコートを着た女の子の顔は、吹雪の中に溶け込んでしまいそうなくらい白く、髪は腰まで届くくらいに長い。

　子猫を思わせるようなかわいらしい顔つきで、横殴りの雪が目に入るのか、大きな瞳を何度もしばたかせる。

　小さな桜色の唇を開くか開かないかという程度に、ほんの少しだけ動かす。

「……お兄ちゃん……そのケガ大丈夫？」

　心配そうな顔をした女の子は、自分の左頬を人差し指で指し示す。

「えっ？　あっ……これ？」

さっき弾丸が掠った頬から、ほんの少しだけ出血していた。

大した傷ではなさそうなので、俺は右腕でぬぐいながら「心配ないよ」と微笑んだ。

「お兄ちゃんは強いから、これくらいのキズは大丈夫さ！」

女の子はパッとしゃがんで跪《ひざまず》き、座ったままの俺を抱きしめてくれた。

「……私……瀬戸《せと》……優奈《ゆうな》」

小学生くらいとはいえ、美少女に抱きしめられると恥ずかしくなる。

俺は照れ隠しに頭の後ろをかきながら話す。

「優奈ちゃんって言うのか。危ないところだったけど、もう大丈夫だよ」

その時、不思議な感覚が俺の中に生じた。

どうしてだろう……懐かしいというか、初めて会った気がしないというか……。

優奈ちゃんが高校生だったり、俺の親の故郷が北海道なら「どこかで会っていた」ってことはあるかもしれないが、そんなことはまったくなかった。

二人の間に接点はないはずなのに、俺は初めて会った気がしなかったのだ。

ギュと手に力を込めた優奈ちゃんは、目をつぶったまま傷ついた俺の頬に口を押しあて、ペロペロとやさしく舐めてくれる。

「ごっ……ごめんなさい……こんなことになってしまって……」

「だっ、大丈夫……。大丈夫だから、優奈ちゃん」

くすぐったくて恥ずかしかったのだが、優奈ちゃんはなかなか止めなかった。

「おばあちゃんが……ケガしても……なめれば……治るって……」

「まぁ『そんなものツバつけときゃ治る』なんて、よく言われたけどね」

優奈ちゃんはまだ怖いみたいで、体が少し震えていた。

無理矢理に離すのも、少しかわいそうに思った俺は、優奈ちゃんを安心させるように背中に手をおいてポンポンとやさしく叩いてあげた。

「いやぁ危ないところでしたが、とりあえず……無事だったみたいですね」

跨線橋の下り階段から、一人の青年が降りてきた。

歳は二十代半ばくらいで、ブルーのデニムに黒っぽいパーカーを着て、頭は高校球児の坊主に近いくらいに短く刈り揃えている。

パッと見た感じが野球でもしているような感じがしたので、さっき男に向かって雪玉を投げつけたのはこの人だと俺は思った。

つまり、この人が俺たちの命の恩人ってことになる。

「ありがとうございます。本当に助かりました」

立ち上がってお礼を言おうとしたが、腰が抜けた状態ですぐには立てなかった。

すると、青年は右手を差し出して爽やかに微笑む。

俺は快く、その温かい手をとって立ち上がった。

「俺、桐生達也って言います。あそこで雪玉を投げてくれなかったら、俺は……」

青年は振りかぶって玉を投げる振りをする。

「高校の頃はピッチャーをやっていたもんですから……。それにしても桐生さんは、凄い勇気の持ち主ですね。僕は完全に高みの見物のつもりでしたが、あの行動を見たら居ても立ってもいられなくなって、思わず雪玉を投げつけてしまいました」

「いえ、単に無鉄砲に飛び出しただけで、結局、危ない目にあっただけです」

首を横に振って下を向くと、青年はアハハと気楽に笑った。

「不思議な人ですね、桐生さんて。僕は武《む》庫《こ》川《がわ》浩二《こうじ》って言います。よろしく」

「こちらこそよろしく」

俺たちは改めて握手した。

「じゃあ、こちらのお嬢ちゃんも」

しゃがんだ武庫川さんは手を差し出したが、なぜか優奈ちゃんは俺の後ろへササッと隠れてしまって握手することはなかった。

「あれぇ、嫌われちゃったかなぁ」

行き場を失った右手を恥ずかしそうに戻しながら、武庫川さんは頬を少し赤くする。

「あんなことがあったばかりだから……かな?」

優奈ちゃんはなにも言わないが、武庫川さんに悪い気がしてそう言った。

「では、とりあえず戻りましょうか」

武庫川さんに「そうですね」と答えて、俺は優奈ちゃんと一緒に跨線橋を上る。

三人で跨線橋を渡って函館方面行ホームへ行き、停車していた北斗星に戻った。

今、この駅では二つの事件が起きたことになる。

一つは謎の男が自分で足を滑らせて線路に落ちたことだが、これは貨物列車に跳ねられた人身事故であり、鉄道会社のマニュアルに従って電気機関車の運転士から、國鉄内の刑事事件を担当する鉄道公安隊に連絡がなされ、現場検証を行うとのことだった。

優奈ちゃんは事件の恐怖からか、名前以外のことは一切しゃべることがなく、震えたまま首を横に振るだけで、俺の腕にしがみついたまま離れることはなかった。

優奈ちゃんの事件について、列車内にいた刑事の伊丹さんに概要を話すと、

「それは俺の所属する部署とは管轄の異なる案件だからな」

と言われたので、車掌の北野さんが、鉄道公安隊に連絡をとってくれた。

その結果、優奈ちゃんに向かって男が発砲した事件については、札幌の鉄道公安隊で捜査を行うので、被害者である優奈ちゃんを「鉄道公安室で保護する」という連絡が入った。

普通なら優奈ちゃんには札幌行の列車をホームで待ってもらうところだが、気温が氷点下へ達しつつある無人駅で、しかも男の遺体近くに小学生の被害者を置き去りにするわけにもいかない。

しかも、人身事故の処理で最低三時間は、札幌行の列車がやってくることはないとのこと。

そこで國鉄と鉄道公安隊で話し合いが行われ、人命を優先した緊急回避処置として、しっかりとした保護設備のある東室蘭駅まで優奈ちゃんを「緊急避難処置」として、寝台特急北斗星に一時的

に乗せることになった。

植苗に約一時間半停車していた寝台特急北斗星は、再び上野へ向けて走り出す。

結局、植苗を出たのは、20時を少し回った頃だった。

國鉄では運転中止も検討されたようだが、植苗での事件には寝台特急北斗星が直接関わっていないこと。またこの先の道南《どうなん》の天候は回復傾向にあったので運行を継続することになった。

北野さんから聞いた話では、

「寝台列車って代わりの車両がないので、時間はどれだけ遅れてもいいので『回送』はしておきたいみたいですよ。鉄道管理局としては……」

と、いうことだった。

北野さんから聞いた通り、確かに吹雪はさっきよりは少しましになり、寝台特急北斗星のスピードも、時速五十キロ以上は出ているように感じた。

とりあえず、北野さんに状況説明をした俺は、まったく側を離れようとしない優奈ちゃんを連れて1号車の自分の部屋に戻ることにした。

さっきと同じ場所に俺たちは座り、優奈ちゃんは俺と千原の間に座った。

すぐに俺の腰にグルリと両手を回した優奈ちゃんは、俺の胸に顔を埋めてしまって誰とも目を合わせなかった。

俺は優奈ちゃんのそうした様子に、まったく嫌な気はしなかった。

小さな女の子を好きになるような趣味はなかったが、なぜかこうしているだけで不思議と心が落ち着いたのだ。

みんなは怖い思いをした優奈ちゃんにやさしく話しかけてくれたが、優奈ちゃんは誰とも話すことはなかった。

その時、真琴が目を細め、冷ややかな顔で千原に聞く。

「そう言えば……どうして千原は、達也を助けに行かなかったの？」

「そんなこと言ったってさ……。相手は銃を乱射する殺人鬼なんだぞ。そんな奴を相手にするのに、武器もなく『丸腰』ってわけにもいかねぇだろ？」

「なに言ってんのよ？　達也は丸腰で助けに行ったのよ」

真琴に冷たく言われた千原は、視線を左右に泳がせながら肩を落とす。

「そっ、それは……桐生は確かに凄かったけどな」

「いざって時に達也なら守ってくれるけど、千原は自分のことだけを考えて、きっと好きな人でも置き去りにして、一目散に逃げ出すんでしょうね」

「そっ、そんなことは――」

千原が釈明しようとしていると、なぜか甘木さんが言葉を遮って入ってきた。

「そんなことないと思うよ。今回は突然だったから千原くんは動けなかったと思うけど、本当に大変なことが起きた時は、逃げ出すような人じゃないよ、千原くんって！」

甘木さんは両手を拳にして訴えた。

どうしてそんなに千原のことを庇うんだろう？

そんなことを考えた俺の心の片隅に、小さな疑念がポッと生まれる。

もしかして、甘木さんは千原のことを……。

これまでの気楽な会話だったら、そんなことを思うこともなかったが、あんな事件を全員で体験してしまったことで、こうした例え話でも「本当はどう思っているのか？」ってことが、とてもリアルに感じられたのだ。

真琴は長い足を優雅に組む。

「本当かしら？　あんな凄い事件には『もう出会わない』って思っているから、その場限りで格好いいことを言っているだけじゃない？」

形のいい胸を持ち上げるように腕を組んだ真琴は、ジロリと千原を見つめた。

両膝にバシンと両手をおいた千原は、潔《いさぎよ》く頭をベタっと下げる。

「……ごめん、目黒。あの時は勇気がなくて、本当にすまなかった」

なにも言わない真琴の横で、甘木さんは両手を前に出して左右に振る。

「別に千原くんが謝ることじゃないよ」

「ありがとうな、なつみ。でも、怖くて足がすくんじまったのは、事実だから……」

あの事件のせいで、みんなとの関係がなんとなくギクシャクし始めていた。

きっと、あんな凄惨な事件を目撃したことで、俺たちも何らかの精神的ショックを受けているのだろう。

俺はそんな雰囲気をどうにかしようと思って、無理矢理に笑いかけた。

「もういいじゃん、事件の話は……」

「でも……達也は顔にケガまでしたのに……」

北野さんに貼ってもらった、頬の絆創膏《ばんそうこう》を真琴は指差す。

「でも、大きなケガもなく無事だったわけだし、優奈ちゃんだって助かったんだからさ」

「桐生くん……」

胸に手をおいた甘木さんは、少しホッとしたような顔をした。

「あそこで千原が来ていたら、もしかしたら撃たれていたかもしれないよ。千原は機転を利かせて、武庫川さんみたいに雪玉を投げるとは思えないし」

俺が微笑むと、甘木さんは頬に指をあてて考える。

「あぁ、あの坊主頭の人？」

「そうそう、元々ピッチャーやってたんだってさ」

千原はフムと頷く。

「そっか、それであんな速い玉を一発で当てられたのか」

「言うなれば、武庫川さんが俺と優奈ちゃんの命の恩人だからな」

「じゃあ、あとでお礼に行った方がいいよね」

顔を合わせた俺と千原と甘木さんは「そうだね」と笑い合った。

三人の雰囲気はなんとかなったのだが、真琴は、あまり面白くなさそうで奥歯を噛んだままフンッと車窓へ目を向けた。

あとで少し話を聞いて、なだめてやらないと……。

少し真琴のことがかわいそうになった俺は、そんなことを思った。

甘木さんは俺に抱きついたままの優奈ちゃんに聞く。

「どうして優奈ちゃんは、あの人に追われていたの？」

優奈ちゃんは埋めていた顔を上げてチラリと甘木さんを見たが、なにも言わずに横を向くと、俺の体をさっきよりもギュと強く抱きしめた。

そんな優奈ちゃんを見ていた真琴は、冷静な口調で呟く。

「本当になにもしゃべらないのね。声が出せないのかしら？」

優奈ちゃんは俺の顔だけ見て呟く。

「わっ、私……なにも悪くない」

震える優奈ちゃんの頭をポンポンとやさしく撫でながら、俺は真琴を見る。

「真琴、今はムリだよ。あんなことがあったばかりなんだし。ここまで逃げてくる間にも、きっと大変なことがあったんじゃないかな？　優奈ちゃんには……」

「それは……そうかもしれないけど」

真琴は不機嫌そうに答える。

「だから、もう少しだけ、そっとしておいてあげようよ」

「でっ、でも……」

「どうした？　真琴」

真琴はほんの少し頬を赤くする。

「あっ、あまりにも……その……馴れ馴れし過ぎない？　その子」

ベッタリと俺から離れない優奈ちゃんを真琴は見下ろす。

美少女になつかれて悪い気もしていなかった俺は、照れながら答える。

「そっ、そっかな？　きっと、心細いから誰かに抱きついていたいんじゃない？」

「その子……『誰かに』じゃなくて『達也にだけ』よ」

チラリと優奈ちゃんの顔を見てから、俺は真琴に笑いかける。

「今だけだよ。落ち着いてきたら、みんなにも甘えるようになるんじゃないか？」

「そうかしら？」

「きっと、そうだよ」

俺が微笑むと、はにかむように真琴はやっと笑ってくれた。

その時、天井スピーカーから北野さんの声で車内放送が聞こえてくる。

《只今、寝台特急北斗星2号は、定刻より三時間遅れで苫小牧《とまこまい》へ向けて走行しております。お急ぎのところ大変申し訳ございません。そして、食堂車『エトワール・ポレール』より食事提供についてのお知らせをいたします》

あれ？　食堂車のことなのに車掌が言うんだ。

こういうことは食堂車担当のアテンダントの仕事だと思っていたので、少し不思議に感じた。

《普段でしたら懐石御膳、フランス料理のコースをご予約いただきましたお客さまのお食事時刻でございますが、雪による影響により、食堂車での通常営業を行うことができなくなってしまいました。大変申し訳ございません》

もちろん、俺たちのツアーにもフランス料理のフルコースが含まれていた。

それを聞いて一番先に反応したのは千原だった。

「マジか⁉　じゃあ今日の夜飯はどうなるんだ⁉」

「一食くらいであまり騒がないで、千原。恥ずかしいから」

真琴は呆れ気味にフンッと鼻を鳴らした。

「どうして、食堂車の営業ができなくなったのかな？」

首を傾げる甘木さんに、俺は自分の考えた推理で答える。

「南千歳でお客さんが大量に降りたからね。残った十組程度のためにコックさんやアテンダントさんとか、人件費の掛かる食堂車は『開けない方がいい』って思ったんじゃない？」

「そういうことか～」

「雪の中で立ち往生してしまうことのある北海道じゃ、そういうこともあるみたいだよ」

北野さんの長い車内放送は続く。

《そこで、次の停車駅でございます苫小牧におきましてお弁当を積み込み、こちらを無料にて提供させていただくことと致しました》

「とりあえず、飢え死にはしないようだ」

お腹を触りながらホッとした千原に、甘木さんは右の親指を立ててニコリと微笑む。

「やったね！　千原くん」

《食事のご提供は苫小牧停車後を予定しております。お弁当を温めてお待ちしておりますので、20時35分となりましたら食堂車までお越しくださいませ。大変ご不便をおかけして申し訳ありませんが、何卒ご理解ご協力のほどよろしくお願いいたします》

スピーカーからブツリと大きな音がして、放送はそこで切れた。

やがて、20時30分頃に、寝台特急北斗星は苫小牧に停車した。

降雪によって長距離特急列車はほとんど運休し、近距離列車は大幅に遅延していたので、まだ時刻は20時台にも関わらず、ホームにいるお客さんは少なかった。

列車は静かに駅へと停車するが、寝台特急北斗星から下車する客は一人もいない。

ここで下車したのは食堂車で働いていたコックやアテンダントたちだけだった。

代わりにホーム中間付近でワゴンに載せられていた「とまこまい弁当」とサイドに書かれた大きなダンボール箱が、いくつか食堂車に積み込まれるのが見えた。

そんな作業を見つめながら、俺には思うことがあった。

俺たちは金がなくて暇のある学生だから寝台特急北斗星に乗ったままだったけど、他のお客さんはどんな理由で残ったのだろう？

苫小牧には一分ほどの停車だけで、すぐに寝台特急北斗星は発車する。

一時的なものかもしれないが、苫小牧から先の國鉄室蘭本線は、海岸近くを進んでいたので降雪が少なくなり、列車はさっきよりも速度を上げて走り出す。

苫小牧を出発したら、すぐに《お弁当の用意ができました》との車内放送が入った。

淀んだ雰囲気を変えようと思ったのか、ガバッと立ち上がった千原が大声で言う。

「よしっ、夕食を食べに行こうぜ！」

「もう20時半だもんね。私もさすがにお腹が減ったよ～」

お腹に手をあてながら甘木さんが、千原と一緒にスッと立ち上がった。

「フランス料理のフルコースがお弁当になってしまったのは残念だけれど、仕方ないわね」

真琴も小さなため息をつきながら席を立ち俺を見た。

「そっ、そうだね」

俺は本当のところを言うと、あまり食欲がない。

みんなは遠くからだったが、俺は間近で人が跳ね飛ばされる瞬間を見てしまったのだから……。

だけど、こういう時にこそ食べておかないと、ドンドン気分が落ち込んでしまうだろうし、この先食事がきちんと提供されるかどうかも分からない。

まぁ、行くだけ行ってみるか……。

「優奈ちゃん、夕飯食べに行く？」

あんなことの後だから、断るかもしれないと思ったが、意外にも優奈ちゃんは小さな顎でコクリと頷くと、俺から体を離してシートからゆっくりと立ち上がる。

俺も立ち上がると、優奈ちゃんは俺のシャツを掴んで隠れるように後ろに回った。

「じゃあ、食堂車へ行こうか……」

「よしっ、いっぱい食うぞ」

千原が先頭で通路へ出たら「千原くん待ってよ」と、甘木さんがタタッと追いかけていく。

優奈ちゃんがピタリと俺についているのを見た真琴は、不満そうに首を傾げながら部屋を出た。

1号車には他に乗客はいないけれど、防犯のためにコンパートメントのガラス扉をスライドして閉めてから、表面についているテンキーでドアをロックしておく。

スタートを押し四ケタの暗証番号を設定してから、確認ボタンを押してドアノブを回すと、カシャンと小気味いい音がしてロックが完了した。

先を歩く三人は、すでに2号車へと移動している。

優奈ちゃんがスッと手を伸ばしてきたので、俺も自然と手を繋いだ。

俺と優奈ちゃんは、1号車から列車後方へ向かって歩いていく。

雪の影響さえなければ、寝台特急北斗星は時速八十キロくらいで走る。

北海道の線路は真っすぐではなく左右にカーブしており、車両の片側に寄った通路を歩いていると、ときおりガシャンと壁にぶつけられそうな衝撃を受けた。

あまり踏ん張りのきかない小学生くらいだと、走行中に通路を歩くのは割と大変そうだ。

1号車と同じような雰囲気の開放B寝台の2号車を抜け、木目調の壁に個室の引き戸が並ぶ、3、4、5号車の通路を進む。

思ったよりも部屋数があるもんなんだな……。

寝台列車は初めてだったので素直にそう感じた。

車両によっては、通路から座席スペースに向かって、上や下へ向かう短い階段が路地のように続いていて、その先には部屋番号の書かれたスライド式の扉が見えた。

だいたい一両辺りに十人から二十数人の乗客が、泊まることができるらしい。

例えば、デュエットと呼ばれる二人部屋を備える3、4号車なら、それぞれに1号室から13号室まであった。

手を繋いだまま通路を歩いていると、珍しく優奈ちゃんから話しかけてきた。

「あの……どうして……みんなすぐにケンカしちゃうの？」

「ケンカ？」

手を握ったまま顔をあげた優奈ちゃんはコクリと頷く。

あの男に追いかけられる以前に、どんな出来事があったのかは知らないが、きっと酷い争いを目撃してしまったのだろう。

そして、俺たちもさっき少し口論になりかけていたから、そのことを言っているのに違いない。

少し困った顔をした俺は、アハハとごまかすように笑う。

「みんな『ケンカしよう』なんて思っていないんだけどね。人それぞれ色んな考え方を持っているから、たまに意見がぶつかっちゃうんだよ」

「……だから……あのおじさんも……」

悲しい目をした優奈ちゃんは目を伏せた。

「おじさん？　あの追いかけてきた男のこと？」

ゆっくりと頷いた優奈ちゃんは、寂しそうな顔で静かに呟く。

「あのおじさんとも、少し前までは仲良くしていたのに……。急に鉄砲を持って家に入ってきて……みんなを……」

そこまで言うと、息が詰まってしまい、優奈ちゃんは大粒の涙をボロボロとこぼしだす。

もしかしたら自分の家族が撃たれるような、壮絶なシーンを見てしまったのかもしれない。

そして、優奈ちゃんはさっき「どうして優奈ちゃんは、あの人に追われていたの？」と甘木さんに聞かれたので、こうして理由を話してくれたんだろう。

そんな優奈ちゃんの気持ちが入り込んできた俺は、握っていた手にグッと力を込めた。

「もういい。そんなこと話さなくていいから！」

「やっぱり、みんなと仲良くするのは……きっと無理なんだよね……」

こんな思いを優奈ちゃんに抱かせた、あの男を俺は憎んだ。

きっと、警察ではカウンセリングなんかもしてくれるとは思うが、優奈ちゃんにはきちんとした心のケアをしてあげないといけないだろう。

膝を少し曲げて目線を合わせた俺は、泣きじゃくる優奈ちゃんの両肩に手をあてて、しっかりと抱いてあげる。

「もういい、もう大丈夫だから」

水色のハンカチをポケットから出して涙を拭いてあげる。

そして、そのハンカチを優奈ちゃんの右手に握らせた。

「これは、優奈ちゃんにあげるから」

ハンカチを不思議そうに見つめていた優奈ちゃんが聞く。

「……いいの？」

俺がしっかり頷き微笑みかけると、優奈ちゃんは小さな指を目尻にあてて瞳に残った涙をぬぐって、健気に笑い返してくれた。

俺は膝を伸ばして立ち上がり、再び手をつないで通路を歩き出す。

「こういう時はなにか食べて、嫌なことは早く忘れたほうがいいよ」

「……分かった。達也がそう言うなら……そうする」

次の６号車は半分がソロと呼ばれる一人用個室で、通路にはまるで着替え用のロッカーのように細い扉が並んでいた。

こんなに部屋が細いのか？

そんな心配をするが、開いていた扉から中を覗くと、一部屋ごとに上や下へ向かう階段がついており、その先にはシングルベッドが設置された小さな部屋があった。

「お客さんのいない部屋は、開けっ放しなんだな」

ビジネスホテルなら全ての部屋はオートでロックされるから、少し不思議に思ってしまう。

南千歳までお客さんがいたと思われる部屋のシーツは乱れていたが、未使用の部屋のベッドはシーツ、毛布、枕、浴衣がピシッと整えて置かれていた。

そのまま通路を歩いていくと、優奈ちゃんが口を小さく開く。

「……ここ……おうちみたい」

優奈ちゃんが驚いたのは、6号車の半分はソファが並べられたロビーになっていたから。

左側の大きな窓の前には回転式の一人用席が並び、右側には壁に沿って半円形の気持ちよさそうなソファが並んでいた。ソファの前には細いテーブルが並べてあり、駅弁なんかを食べることができるようになっている。

六畳程度のこの部屋では、十数人がゆったりと景色を楽しむことができそうだった。

無論、今は誰もおらずひっそりとしていて、自動販売機のコンプレッサーの音だけがブゥンと静かに響いている。

更にその先には右へ入る通路があって、そこには「シャワー室」と書かれた部屋が二つ並んでいて、手前の扉には「A」、奥は「B」と書かれた緑のプレートが貼ってあった。

シャワー室の脇を抜けていくと、木目調の枠にガラスがはまった重そうな扉がある。

扉には黒文字で『エトワール・ポレール』と英語で書かれた金地のプレートが掛けられていて、北極星と思われる一際大きな星が右上に描かれていた。

そんな重厚な扉を押し開く。

「うおっ、これは凄いな」

後ろからついて入ってきた優奈ちゃんも、口を丸くして驚いている。

食堂車の床には真っ赤なやわらかい絨毯が敷き詰められていた。

中央の通路を挟んで右に主に四人用テーブル、左に二人用テーブルが五脚ずつ並ぶ。テーブルには薄いピンクのテーブルクロスがかけられ、その上には金属製のオシャレなランプが一つずつ載せられている。イスとカーテンと床の色はエンジで統一され、ピカピカに磨かれた白い壁と相まって、ちょっとした高級レストラン感をかもし出していた。

テーブルの横に並んだ窓からは外の景色が見え、進行方向の右は山肌が側まで迫っていてなにも見えないが、左の窓からは真っ暗な内浦湾にポツンポツンと浮かぶ漁り火が見えていた。

食堂車の席はほとんど埋まっていた。

寝台特急北斗星には車内販売はなく他に食料の入手手段もないことから、車内に残っていた乗客のほぼ全員が集まってきたみたいだった。

四人席の一つには真琴たちが座っていて、

「桐生くん、こっち～」

と、甘木さんがニコニコと手を振っていた。

他にも二人席の一番奥には刑事の伊丹さん、その次のテーブルには武庫川さんが一人で座っていたので、お互いに軽く会釈し合った。

厨房近くのレジの横には北野さんが立っていて、そばのカウンターにはどうみても残った人数分以上のお弁当が山積みにされている。

カウンター前には、黒いコートを着た細身の女性が一人並んでいた。

「じゃあ、私はこれをもらうわ」

北野さんは指定されたお弁当を一つ持って、白いビニール袋に入れてその女性に渡した。

「では、お飲物もどうぞ」

その時、俺は気がついた。

あれ……この人って……。

北野さんがお茶のペットボトルを手渡している人物を、俺は知っていた。

例の大きなコンテナを抱えていた女性だ。マスクを外したその素顔は、かなりの美人なことも分かった。

ただ、雰囲気は弾けるような明るい感じではなく、部屋に引きこもって資料の分析や実験をしていそうな「理系美人」といったインテリ風な雰囲気だった。

黒いコートの女性は、お弁当を受け取ると食堂車から後方車両へ向けて去っていく。

そんな様子をじっと見ていると、奥のテーブルに座っていた伊丹さんも鋭い視線を向けていて、俺の目を見ながら「あの人か」と言わんばかりに頷いた。

あの人が強盗殺人犯？　でも、もしそうなら、どうして南千歳で降りなかったのだろう？

ボンヤリと考えごとをしていたら、ニコッと笑った北野さんが大きな声で言う。

「ようこそ食堂車『エトワール・ポレール』へ！」

普段はアテンダントさんの仕事であって、こういうことをやっていないであろう北野さんは、まだ恥ずかしいみたいで少し頬を赤らめていた。

もしかして、車掌だから北野さんなら、なにか知っているかな？

「そう言えば、さっきの人……」

そこまで言うと、北野さんはフフッと笑った。

「あれ？　やっぱり気がついちゃいますよね。若桜直美《わかさなおみ》さんのこと……」

「若桜直美さん？」と俺は聞き返す。

「札幌科学技術大学の生物学の准教授で、テレビなんかで感染症ウイルスの解説をしているから、最近よく見かけるでしょ？　確か～『多角変化ウイルス』の研究とかをやっていて、もしかしたら、ノーベル賞を獲るかもしれないって……」

「そっか、だから見覚えがあったのか」

そんな有名人なら強盗殺人なんてやらない気がするな。

弁当を食べ始めていた伊丹さんをチラリと見ながら俺は思った。

有名だからって殺人をしないとは限らないけど、これから「ノーベル賞を獲るかもしれない」って人が、資産家を襲って現金を奪うなんてことがあるだろうか？

カウンターに並んだお弁当を前にして、北野さんは両手を広げた。

「桐生さんと優奈ちゃんは、お弁当どれにしますか？」

さっきの事件の際、状況説明のために俺たち四人の名前を北野さんに教えたので、それからは名前で呼んでくれるようになっていた。

駅弁の種類は三種類。

和風幕の内、洋風幕の内、ウニいくら弁当から選べた。

「優奈ちゃんはどれにする？」

俺が聞いたら真ん中の駅弁を指したので、俺は洋風幕の内を二つもらうことにする。

「お一つで大丈夫ですか？　必要でしたら二種類とっていただいても結構ですよ」

重ねた二つのお弁当の上に、温かいお茶のボトルを載せながら北野さんが微笑む。

「俺はそんな大食いじゃありませんから」

「千原くんは三種類とも持っていきましたよ」

振り返って四人席テーブルの先を見ると、三つの弁当箱を広げて一つ一つ箸をつけながら「うまい！」と連呼しながら食べているのが見えた。

「あんな事件のあとで、よくあんなに食えるもんだな」

それを聞いた優奈ちゃんは、少ししょんぼりして小さな肩を落とした。

「ごっ、ごめん優奈ちゃん。そんなつもりじゃないいんだ」

首を横に振った優奈ちゃんは、

「もう大丈夫……」

と、健気に俺のあげたハンカチをギュッと握って見せた。

「これでお客さま全員に、お弁当の配布ができました」

ホッとした表情を見せた北野さんは、残ったお弁当をレジの後ろの厨房に片づけていく。

食堂車が営業中の時は、ここにシェフが二人くらいいて、フライパンを振ったり、鍋で煮込んだりして、かなり賑やかな場所になっているのだろう。

これでお客さんが全員か……。

みんなのいるテーブルへと向かって歩きながら、どんな人が残っているのかを観察した。

左のテーブル席の手前には、大学生くらいのカップルが向かい合わせに座っていた。

いかにも「チャラい」感じの人達で、光るような明るい髪の女性は、ちょっと目が合っただけなのに、俺に向かって「は〜い」と手を振ってきた。

当然だがそんなラテン系のノリに俺がついていけるはずもなく、引きつった笑顔で「アハアハ」とあいそ笑いをしながら横を通過するしかない。

その向こうのテーブルにはやさしそうなお母さんと、優奈ちゃんと同い歳くらいの女の子がいて、窓から見える一つ一つの物を指差しては楽しそうに盛り上がっていた。

そんなテーブルの横を通り過ぎると、お母さんの前に座っていた女の子は「あっ」と声をあげて、目を丸くしながら優奈ちゃんを目線で追った。

右側の二人席で伊丹さんと武庫川さん以外に、知らなかった人は一人だけ。

その人は俺たちが穿くような安物ではないビンテージ風のGパンに、黒いタートルネックの長袖シャツ。軽くウェーブがかった髪には白髪が混じっていたが、まるでハリウッド映画の俳優かＩＴ系の社長のように凄くお洒落な紳士だった。

お弁当のご飯にはほとんど手をつけず、おかずをつまみにしてウイスキーのポケット瓶で作った水割りを少しずつ飲みながら、真っ暗な内浦湾に光る漁船の灯りを見つめていた。

お客さんは俺と優奈ちゃんを入れて、全員で十三人ってところだった。

俺たちのテーブルには進行方向窓際に真琴、その隣りには甘木さん、真琴の前には千原がいた。

千原の横の通路側には俺が座り、北野さんが後ろから持ってきてくれたイスを、よく言われるお誕生日席に置いて、そこに優奈ちゃんがちょこんと座る。

遅くなったが、俺たちはやっと夕食を食べることができた。

苫小牧を出てからは、列車は順調に走行しているようだった。

このまま行けば約一時間後に到着する東室蘭で、優奈ちゃんとはお別れってことになる。

優奈ちゃんの保護を目的とした鉄道公安隊員が、東室蘭に迎えに来ているはずだからだ。

あんな目にあったんだから、短い時間だけど、できるだけやさしくしてあげよう。

小さな口で少しずつお弁当を食べる優奈ちゃんを見つめながら、俺はそう思った。

食事が始まって約三十分。

北斗星は21時を過ぎた頃に、クマ牧場なんかで有名な登別へと停車した。

北野さんは車掌業務を行うため。すでに食堂車からはいなくなっている。

登別のホームは長く駅としては大きいが、屋根は古いスレート板だし、それを支える柱は廃レールを利用したもので、とても昭和チックでレトロな駅だった。

ここも観光客がメインの駅だから、21時ともなるとまったく人影はなく、もちろん、寝台特急北斗星から下車する人も、乗り込んでくる人も見られない。

屋根にはボンヤリと輝く蛍光灯が並び、その光がホーム脇に積もった白い雪を照らしだす。

一分くらいすると、誰もいないホームにピィィと北野さんが吹いたホイッスルが鳴り響いて、列車の扉はゆっくりと閉まる。

ガチャンと連結器が当たる音がいくつか聞こえ、再び列車は走り出した。

その時、テーブルの脇に、さっきのチャラそうなカップルがやってきて立ち止まる。

グレーのノンスリーブニットを着た女性の方が、俺をすっと見下ろす。

「私、三田理沙《みたりさ》。そこのかわいい男の子、名前教えてくれない？」

三田と名乗った色気たっぷりの女性は、突然俺に名前を聞いてきた。

驚いた俺は思わず、口に入っていたご飯をふき出してしまいそうになる。

「おっ、俺のことですか⁉」

確かに國鉄車両の暖房は「南国か⁉」ってくらい暑いが、三田さんの格好は冬とは思えない。

黒い短めのスカートを穿いていて、足元はコルクのサンダルだった。

ノンスリーブニットは丈が短く、色気たっぷりにへそが見えている。

胸が爆乳ってくらいに大きくて、ニットが山のようにグンと前に張り出していた。

恥ずかしくて目が合わせられなかった俺は、目線を下げて胸を見ながら答える。

「きっ……桐生達也です」

「なんだよ理沙？　俺からこんな青春ボーイに乗り換えちゃうわけ？　豊島《とよしま》、ショックだな〜」

ショックとか言いながら、まったく気にしていない様子の男は首を傾げながらヘラヘラ笑った。

ウェーブのかかった頭は長めの金髪で、ピッタリとしたベージュのボタンダウンシャツを、黒いデニムの上に裾を出して被せ、その上にブルーのGジャンを羽織っていた。

自分のことを豊島と言ったその人は、見た瞬間「チャラそう」と言われそうな人だった。

二人とも二十歳くらいのように見えた。

三田さんが上半身をすり寄せるように曲げて、俺の顔を間近から覗き込む。

「別にいいじゃないのねぇ。駿《しゅん》と結婚したわけじゃないんだから～ねぇ」

ノンスリーブの袖口から、ズレた黒いブラの肩紐が見えてドキリとする。

そっ、そんなこと……俺に聞かれても。

どうしていいのか分からなかった俺は、すっと目線を横へ反らしてしまう。

「かっ、かわっいいい！」

そんなリアクションは、なぜか三田さんを喜ばせてしまった。

「なら、豊島もいっかなぁ。じゃあ、かわいい女子の名前も教えてよ、ねぇ」

豊島さんはビシッと両手の人差し指を伸ばして二人を指差す。

「えっ、えっ⁉　わっ、私は……私は……」と甘木さんは戸惑い。

「目黒真琴よ」と、真琴は目を合わせることなく答えた。

別に真琴は機嫌が悪いわけではなく、いつも初対面はこんな感じだ。

その時になって、やっと甘木さんは消え入りそうな小さな声で名乗った。

「甘木……なつみ……です」

別に頼まれてもいないが、ニヒッと笑った千原は右の親指を立てて自分を指す。

「俺は千原陸だ！　そして、こっちは瀬戸優奈ちゃんだ」

突然紹介された優奈ちゃんは驚いて、体をビクッとさせた。

三田さんはアンニュイな目つきで、千原のボディラインを目でなめ上げる。

「君もいいボディしているわねぇ」

「そっ、そうっすか……えへへへ」

三田さんに褒められた千原は、笑いながら舎弟みたいなしゃべり方で答えた。

この女性は「三田理沙」さんで、恋人らしい男性は「豊島駿」と言うようだった。

「上野までは時間がかかるみたいだし、みんなで遊びましょうよ。色んなことして～」

意味深に笑った三田さんは、長い髪に右手を通してフワッとかきあげた。

「駿もいいよね？　人数は多いほうが楽しいでしょ」

この人たちはカップルじゃないのかな？

両方とも恋愛に関して緩そうで、その感覚は俺たちにはまったくついていけない。

とりあえず、なんとなくお茶を濁しておく。

「はぁ……まぁ……そうですね」

「じゃあ待っているわよ。私たちはA寝台ツインデラックスの8号車、5号室だから」

バッと振り返ると髪が舞い、倒れそうな大人のフレグランスの香りに周囲が包まれる。

そのまま8号車へと向かって歩きながら、

「待っているわ、桐生くん」

と、またさっきみたいに手を軽く左右に振りながら色っぽく微笑んだ。

「マジ、部屋に来てよ。豊島も期待して待っているから」

三田さんを追うように、豊島さんは走っていく。

「ちょっと、待ってくれよ～理沙～」

当て逃げというか、つむじ風というか、突然やってきて去っていった二人が食堂車から消えると、俺たちは顔を見合わせて「はぁ」とため息をついた。

静けさを取り戻したテーブルから、雪降る暗い空を上目づかいに甘木さんは見上げる。

雪の降り方はかなり弱くなっていたが、まだ深々と降り続いていた。

「ちょっとは、良くなってきたのかな？」

みんなの駅弁の掛紙や透明のフタを片づけてあげながら俺は答える。

「そうみたいだね。さっきと違って北斗星のスピードも上がってきたみたいだし」

「よかった。じゃあ、どこかの駅に『置き去りにされる』ってことはなさそうね」

最初からそんな話には、なっていないって……甘木さん。

箸で大きめのエビフライをつまんだ甘木さんは、かわいらしくハフッとくわえる。

「北斗星が運転中止になることはあると思うけどさ。いくら役所仕事の國鉄でも、どこかの駅に停車して『あとは知りませんよ』とは言わないよ」

すでに一つ目の洋風幕の内を食べ終えていた千原は、二つ目の器を抱えて口へかきこむ。

「まっ、俺たちは運がいいってことさ」

「運がいい？」

俺は目をパチパチさせながら千原に問い返す。

「だって、南千歳で降りた連中は、北斗星に最後まで乗れなかったんだぜ。しかも、高額な飛行機代やホテル代を支払わなきゃならない。それに比べて俺たちは払い戻し金まで貰えるんだからさ」

「まあな。そういう意味ではラッキー……かもな」

今日の運があまり良いように思えなかった俺は、ボンヤリと答えた。

そもそも寝台特急北斗星は三時間以上も遅れているわけだし、この先で運転中止にならないとも限らない。

その上、あんな事件に巻き込まれて「運がいい」ってことはないよなぁ～。

そこで優奈ちゃんを見たら、やっぱりあまり食事は進んでいなかった。

ほんの少しだけご飯をつまみ、ハンバーグも一かけらだけ。

ただ、ペットボトルのお茶だけは、両手で持ってゴクゴクと全て飲み干していた。

「やっぱりあまり食欲はない？」

「……うん……」

申し訳なさそうな顔で、優奈ちゃんは頷く。

「お茶、もっと飲むなら北野さんに、追加で貰ってきてあげるけど」

首を小さく優奈ちゃんは横に振る。

「……ありがとう。でも、大丈夫……」

「そっか、欲しいものがあれば言って。俺にできること限定だけどね？」

顔を覗き込みながら言うと、優奈ちゃんは小さく頷いた。

するとと、窓際にいた真琴が、ギロリと俺を見つめる。

「達也、その子にやさしくし過ぎなんじゃない？　それに……さっきは三田って女に声かけられてた時、大きな胸ばかり見ていたし……」

「そっ、そんなとこ見てねぇーし!!」

必死に言い訳したが、真琴の刑事のような鋭い目つきは変わらない。

「黒いブラの紐が見られて、ちょっと嬉しそうだったわよね」

なぜバレている⁉

「そうなんだ、桐生くん。やっぱり男の子なんだね～」

甘木さんに向かって、俺は全開で両手を振りまくる。

「いやいやいや！　そんなことないって。見たんじゃなくて、見えただけだって！」

「あぁ～でも結局は見たし、嬉しかったことは否定しないのね」

これは真琴の誘導尋問に引っ掛かったような気がする。

このままではヤバイので、一気に話題を変えることにする。

「ゆっ、優奈ちゃんはしょうがないだろ。あんなことがあって不安なんだからさ。それに、次の東室蘭で鉄道公安隊に預けなくちゃいけないんだしさ……」

それを聞いた優奈ちゃんは、不安そうな顔でフワッと俺の顔を見上げた。

「えっ……そうなの？　次の駅で達也とはお別れなの？」

大きな瞳にジワッと涙が浮かぶ。

優奈ちゃんが抱いたであろう悲しみが、グッと俺にも伝わってくる。

申し訳なく思った俺は、後頭部を右手でかきながら頷く。

「北野さんが『子どもだから保護してもらった方がいい』って、手配してくれたんだよ」

ガックリと首を下げた優奈ちゃんは寂しそうに「……そう」と呟く。

素直でかわいい優奈ちゃんを見ていると、とてもかわいそうに思えた。

まだ俺になにかを訴えようと真琴は見つめていたが、やがて窓へ顔を向けてしまう。

二つ目の弁当箱を空にした千原は口をモグモグと動かしたまま、ついに三個目となるウニいくら弁当へと取りかかった。

弁当をガツガツ食いながら、千原はぼやくように言う。

「目黒は『誰かに桐生をとられちまう』って思ってんだよな？」

ハッと俺へ振り返った真琴の顔は、熱でもあるかのように赤味がかっていた。

「なに勝手なこと言ってるのよっ！　私の気持ちが千原に分かるわけがないでしょ⁉」

「俺、なんか変なこと言ったか？」

真琴はテーブルにバンッと手をついて立ち上がる。

「ごちそうさま！　私、先に部屋へ戻るからっ」

プイッと首を横へ回した真琴は、スタスタと通路を歩いて1号車へと戻っていく。

三個目のお弁当を一気に頬張った千原は、真琴を追いかけるように立ち上がった。

「待てよっ、目黒。俺が悪かったたって」

後ろを通り抜けていく千原に、俺は暗証番号を伝える。

「千原、コンパートメントのロックは『1234』だからなっ」

「おう、分かった」

千原は右の親指だけを上げて微笑み、素早く歩いて真琴に追いついた。

「俺が悪かったからさ。許してくれよ、目黒」

追いすがる千原に、真琴は素っ気なく振る舞うと歩く速度を上げる。

「ついてこないでっ。私、一人になりたいんだからっ」

「そっ、そう言うなよ～目黒」

困った顔をした千原は、真琴に追いすがるようにしながら食堂車から出ていった。

他のテーブルの人たちもだいたい食事を終えたようだった。

刑事の伊丹さんはすでにいなくなっており、武庫川さんもニコリと爽やかな笑みを浮かべて前方の扉から出ていくところだった。

次の停車駅、東室蘭まであと三十分くらい。

横を見たら親子連れの娘さんの方が、優奈ちゃんの横に立っていた。

「あなた何年生？」

近い歳だったことで怖くなかったのか、優奈ちゃんは素直に右手を広げて見せた。

「四年生ね、じゃあ杏《あん》と同じ歳だね」

自分のことを杏と言った女の子は、優奈ちゃんとはまったく違って活発な感じ。

黒い髪を頭の後ろでポニーテールに結び、黒いトグルが前に並ぶ黄色のかわいいダッフルコートを着て、足元には茶色のショートブーツを履いていた。

「あらあら、杏。お食事のお邪魔をしちゃいけませんよ」

杏ちゃんを追いかけるように、お母さんが通路を歩いて俺たちのテーブルへやってきた。

白い長そでのセーターに白いワンピースを重ねたお母さんは、子どもが小さいのでまだ若く、見た目は二十代後半って感じだった。

おっとりしたやさしそうなお母さんで、杏ちゃんがなにを言っても怒らなそうな人だった。

「いえ、そろそろ食べ終わるところだったので大丈夫ですよ」

俺が答えるとお母さんは、頭を軽く下げてやさしく微笑む。

気があったのか杏ちゃんと優奈ちゃんは、二人だけであれこれ話しだしていた。

そんな二人を微笑ましく見つめていたお母さんは、すまなそうな顔をする。

「すみません。誰も遊び相手がいないのが、つまらないらしくって……」

「こういった寝台列車に乗る小学生は、きっとあまりいませんよね」

元々、寝台特急北斗星を利用する小学生が少なかったところに、南千歳であんなにお客さんが降りてしまったから、たぶん同じような歳の子は二人だけだろう。

頬に右手をそえたお母さんは、少し困ったような顔をする。

「この子は他の女の子と違って、なぜかすっごく汽車が大好きで『一度は寝台特急北斗星に乗ってみたい』なんて言うもんですから……」

　それを聞いた甘木さんはフワッと口を開く。

「小学生女子の鉄道ファンなんですね、杏ちゃんは」

「最近は小学生向けの児童小説にも鉄道のことを書いたお話しがあって、その中にこの北斗星が出てくるらしくって、それで乗りたくなったみたいなんです」

　甘木さんはウンウンと頷く。

「本の中に出てくるお料理って、読んでいるうちに食べてみたくなりますよね、分かります」

「だから運転中止になるかもしれないって放送を聞いた時には、杏には『今回は下車して、またの機会にしようね』って言ったんですけど……。『最後まで乗る！』って聞かなくって」

「それで列車に残ったんですね」

　楽しそうに話し込んでいる二人を、甘木さんはやさしく見つめた。

　二人で色んなことを話していた杏ちゃんが、グッと優奈ちゃんの両手を引っ張ってイスから立ち上がらせるとお母さんの前に並ぶ。

「ねぇ、ママ。優奈ちゃんと車内探検に行ってきていい？」

　杏ちゃんのおかげで少し元気が出てきたらしい優奈ちゃんは、少し顔を赤くしながら横に並んで立ってフンフンと黙ったまま頷く。

「それは……優奈ちゃんに、ご迷惑になるんじゃないかしら？」

　心配したお母さんは、俺をチラリと見た。

それを俺が許可する立場でもなかったが、これから、鉄道公安隊に預けられることを考えると、少しは同い年の女の子と遊んでリラックスさせてあげたかった。

俺はニコリと笑って頷く。

「いいよ、杏ちゃん。だけど、優奈ちゃんは次の東室蘭で降りなくちゃいけないから、『次は東室蘭です』って車内放送が聞こえたら、5号車の車掌さんの所まで連れてきてくれるかな。あと、三十分くらいだと思うけど」

俺はスマホの時計を見ながら言った。

「分かった！」

元気よく右手を額の横へとあてて、かわいい敬礼をした杏ちゃんがニヒッと笑う。

「すみません。杏のわがままを聞いてもらってしまって……」

「いえ、優奈ちゃんも同じ歳の女の子といるほうが、きっと気が楽だと思いますから」

俺がお母さんと話している最中にも、杏ちゃんは優奈ちゃんの手を引いて走り出す。

「よし！　行こう！」

杏ちゃんに引っ張られて、優奈ちゃんはタタッと1号車の方へ向かって元気よく走っていく。

「もう、困った子ねぇ。では、私はこれで……」

丁寧に頭を下げたお母さんは、そこで「あっ」となにかに気がついて続けた。

「もし車内で杏が迷子になっていましたら、私たちの部屋は『4号車の8号室』だって、伝えておいていただけますか？」

確かに、小学四年生ぐらいだと、これだけ長い列車内だと迷子になるかもしれない。

「分かりました、お母さん。杏ちゃんが迷子になっていたら伝えておきます」

甘木さんにそう言われて安心したお母さんは、もう一度丁寧に頭を下げる。

「本当に杏のことで、ご迷惑をおかけしてすみません」

俺と甘木さんは、揃って『いえいえ』と微笑んだ。

そんなやりとりをした後、お母さんは二人を追うように、前方車両へ向かって消えていった。

食事に訪れたわずかな間に、色んなことが一気にあったので「ふぅ」とため息をついてしまう。

気がつけば、俺と甘木さんだけが食堂車に残っていた。

ウイスキーを傾けていた紳士も、俺たちがドタバタしている間に部屋へと戻ったみたいだった。

コトンコトンコトンコトン……。

テーブルの上にあるランプが、列車の振動に合わせてゆっくりと揺れ動く。

全長二十メートルくらいの高級レストランのような空間に二人きりだ。

甘木さんは気にならないのかもしれないが、俺の心臓はドキドキしてくる。

今回の旅行でこんなチャンスは一度もなかった。

ほとんど四人で行動していたから、二人きりで話す機会なんてなかったのだ。

「しっ、静かだね」

声が裏返りそうで、俺はゴクリと唾を飲み込む。

「本当だね。こうしていると列車の中じゃないみたい」

ランプから淡く放たれた光が甘木さんの真っ白な肌を照らし、頬がオレンジに染まっていつもよりも更にキレイに見える。

甘木さんの顔に見とれていた俺は、知らないうちに魂が抜けそうになっていた。

「桐生くん、私の顔になにかついているのかな？」

金属製のランプシェードに、甘木さんのかわいらしい顔が映し込まれる。

「そっ、そんなことないよ。ただ、その……なんだ……」

両肘をテーブルについた甘木さんは、そこへ頭をのせて俺をジッと見た。

「なにかな？　桐生くん。言いたいことがあるなら、ちゃんと言いたまえ！」

甘木さんはいたずらっ子のような顔でフフッと笑う。

「いっ、言いたいこと⁉」

そう言われてしまった俺の心臓はバクンバクンと鼓動を早め、喉はカラカラになる。

思わずペットボトルのフタを開いてお茶を思いきり飲み干す。

薄っすらと微笑んだままの甘木さんは、まっすぐな視線で俺を見つめていた。

「桐生くん、ずっと私に隠していることがあるんじゃない？」

おっ、俺の気持ちが、もしかしたら……ばっ、ばれている⁉

まぁ、そりゃそうかもしれない。俺の態度は分かりやすかったかもしれないからな。

「かっ、隠していること？」

こうなっては、俺は刑事から尋問を受けている陥落寸前の犯罪者だ。

甘木刑事にあと一言二言致命的なことを言われれば、自ら告白してしまいかねない。

だが、それは俺が望んだことでもある。

こんな突然に機会がやってくるなんて、まったく思ってもいなかったが……。

「そう……隠していること」

前のめりとなった甘木さんは、テーブルに胸を載せつつ体を伸ばしてくる。

回らなくなった頭をフル回転させて、俺は必死に気持ちの整理を始めた。

（二）鈴鹿杏　苫小牧→東室蘭　21時20分

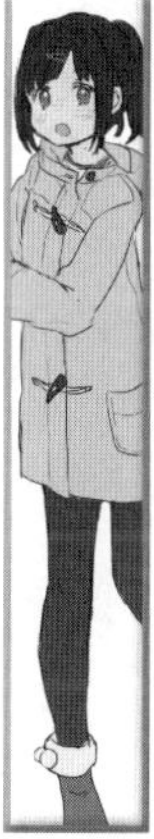

杏は優奈ちゃんと一緒に、車内探検へ向かうために食堂車から飛び出した。

最初に目指すべきは6号車！

「この列車ってシャワー室があるのよ！」

6号車にソファを備えたロビーとシャワー室があるのは、児童小説を読んで知っていた。

ロビーから左へ続く細い通路を入ると二つの扉が見える。

杏は優奈ちゃんと一緒に、手前の「A」って書かれていた扉を開けて中を覗き込む。

扉の向こうには半畳くらいの脱衣所があって、その向こうにお家のお風呂場に付いてるような、
真ん中で折れる扉があって開いたままになっていた。

ここがシャワーを浴びる場所らしくって、白いシャワーヘッドが壁に吊ってある。

「本当、杏ちゃんは、列車のことをよく知っているのね」

杏は自分の胸をトンと叩いて、胸をグッと張ったわ。

「優奈ちゃん、なにか分からないことがあったらなんでも聞いて。北斗星に関してはネットで、杏はかなり調べてきたから！」

「そうなのね……」

少し口を開いた優奈ちゃんは、杏の鉄道知識に感心したみたい。

「よしっ、優奈ちゃん！　じゃあ、機関車を見に行こうよ」

「うん、杏ちゃん」

手をつなぎ直した杏は、優奈ちゃんの手を引いてシャワー室から出た。

通路を二人で走って6号車から5号車に入ると車掌さんのいる部屋がある。

中ではお弁当をくれた車掌さんが、なにかお仕事をしているのが見えた。

その次が4号車。

きっとママは「帰る部屋が分からなくなるんじゃ？」なんて思っているかもしれないけど、杏はちゃんと「4号車の8号室」って覚えているんだよね。

優奈ちゃんと4号車の通路を走っていたら、一番手前の階段から坊主頭の人が突然出てきた。

「おっと、危ないよ」

坊主頭の人は寸前のところで、杏たちとぶつからないように避けてくれた。

「ごめんなさい。ちょっと急いでいたもんだから」

一緒に優奈ちゃんもペコリと頭を下げてくれる。

「大丈夫だよ。ケガしなかったかな？　二人とも」

そのお兄ちゃんはスッとしゃがみ込んで顔を近づけてきた。

すると、優奈ちゃんが突然怖がって、グイッって杏の手を引っ張った。

そうすると、自然とお兄ちゃんからは、離れるようになっちゃうから、

「さようなら～」

って、杏はお兄ちゃんに右手を振った。

「気をつけてね」

そう言うお兄ちゃんを見ながら、杏はちょっと疑問に思ったことがあった。

あれ……あのお兄ちゃんの部屋って4号車だった？

確か車掌さんが来た時には「この車両はお二人の貸し切りですよ」って言っていたような気がしたけど……。

優奈ちゃんの手の力はとっても強くて、グイグイと加速していく。

そして、3号車へと入った瞬間に一番手前の「ＤＵＥＴ　１」ってプレートの掛かっていた扉をガチャンとスライドさせて開いた。

そして、真剣な顔で呟く。

「あの人からは逃げないと……また……」

部屋へと入った優奈ちゃんは、杏の手を引いて部屋の中に引っ張り込んだ。

ここは杏の部屋と同じでデュエットって部屋。

部屋の中央には狭い通路があって、左右にベッドが並んでいた。

「使っていないお部屋には、入っちゃダメなんじゃない？」

杏はそう言ったけど、優奈ちゃんはまったく気にせず強引に私の腕を引っ張った。

「急がないと……」

「あっ、ちょ、ちょっと！」

あまりにも力が強くって、杏は勢い余ってベッドへと転がった。

必死な表情の優奈ちゃんは急いで扉へ戻ると、中からパチンって鍵を閉める。

扉を背にした優奈ちゃんは、ジワリと目に涙を浮かべていた。

そして、次の瞬間、ベッドへ向かってポ〜ンと飛び込んできた。

「杏ちゃん!!　私を助けて！」

ベッドに仰向けに寝ていた杏に、優奈ちゃんが折り重なる。

だから、自然に抱き合う形になった。

杏の胸に顔をうずめた優奈ちゃんは、ワナワナと体を震わせながら泣きだす。

「どっ、どうしたの、優奈ちゃん」

「わっ、わたし……。この列車を降りたくないの……」

「大丈夫だよ、優奈ちゃん」

杏はまるでママのように、優奈ちゃんの頭をスリスリとしてあげた。

すると、優奈ちゃんはグンッと上半身を持ち上げ、顔を私に近づけてくる。

「杏ちゃん……」

こっ、これって……。

私がギュと目をつぶった瞬間、優奈ちゃんの柔らかい唇が杏の唇に触れた。

(三)　桐生達也　東室蘭　21時31分

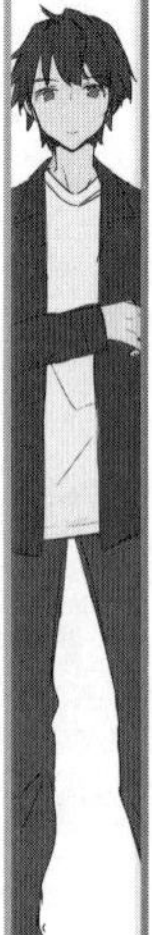

「優奈ちゃ〜ん！　優奈ちゃ〜ん！」

甘木さんを前にした俺がシドロモドロとなっていたら、口元に右手をあてた北野さんが優奈ちゃんの名前を呼びながら食堂車へ入ってきた。

あれ、優奈ちゃんがどうかしたのか？

心配になって見ていたら、北野さんは軽く会釈して俺たちのテーブルを通り過ぎる。

キョロキョロと周囲を確認しながら食堂車を抜け、後方の8号車へと入っていった。

スマホで時刻をチェックすると、21時半を回ったくらいだった。

五分前くらいに、東室蘭への到着前を知らせる車内放送があった。

杏ちゃんに頼んでおいたから、優奈ちゃんは乗務員室へ向かったはずだ。

なのに……どうして北野さんは優奈ちゃんを探しているんだ？

「なにかあったのかな？」

「優奈ちゃんを探しているみたいだけど、ここから後ろの車両にはいないはずだよ」

甘木さんは少し目を丸くする。

「どうして、そんなことが分かるの？」

「他の車両には寝室があるから、そこに隠れていたらすれ違っちゃうかもしれないけど、この食堂車は絶対に通路を通らなくちゃ抜けられないからね」

俺がテーブルの真ん中を指差すと、甘木さんは頬に人差し指をあてる。

「そっか……優奈ちゃんが後方車両へ行くなら、絶対に私たちが見ているのね」

「そういうこと」

その時、カチャンと音がして、後方から北野さんが血相を変えて食堂車へ戻ってきた。

「桐生さん！　優奈ちゃんを見かけませんでしたか⁉」

俺は真剣な顔で首を左右に振る。

「食堂車には来ていません。きっと、1号車から6号車のどこかにいると思いますよ」

「それが1号車まで探しに行ってみたんですけど、優奈ちゃんがどこにもいなくて……」

「えっ⁉　優奈ちゃんがどこにもいない⁉」

口をまっすぐに結びながら北野さんが頷く。

「全ての部屋を調べきれてはいませんが、通路やトイレ、シャワー室にはいませんでした」

列車は東室蘭に近づき、急速に減速していく。

「杏ちゃんの部屋に、いるんじゃないですか？」

「鈴鹿久美子《すずかくみこ》さまと杏さまのお部屋ということは『4号車、8号室』にいるってことですか？」

駅が迫っていることで、北野さんは焦って答えた。

「部屋の中で遊んでいて、車内放送が聞こえなかったとか？」

「確かに……車内放送の音量調整は可能ですが……」

各部屋の壁には車内放送の音量を調整するダイヤルがあって、最小の0にしてしまうと緊急放送以外は聞こえなくなるのだ。

甘木さんの推理に、北野さんは納得せず「う～ん」と首を傾げた。

列車は東室蘭四番線に入線しつつあり、もうあまり時間はない。

俺はすっと立ち上がり、北野さんに言った。

「とりあえず杏ちゃんの部屋に行ってみましょう！」

俺が走り出すと「そうですね」と北野さんと甘木さんがついてきた。

6号車、5号車と抜けてデュエットと呼ばれる二人部屋が続く4号車へと入る。

キィィィンとブレーキ音をあげながら、列車が東室蘭に停車する。

本来であれば北野さんが到着駅の車内放送をしなくてはいけないところだが、一緒に4号車へと向かっていたので、案内無しに停車することとなった。

車両の真ん中に位置する「DUET　8」とプレートの貼られた扉を、焦った北野さんがコンコンコンコンと強めに素早くノックする。

杏ちゃんのお母さんの鈴鹿久美子さんが、中から「は〜い」とすぐに答えて、ガラリと横に扉を開き白地に紺の細かい模様の入った、寝台備え付けの浴衣姿で出てきた。

デュエットの4号車は、一部屋ごとに上段、下段と配置されていて、杏ちゃん親子の8号室は眺めのいい二階にある上段の部屋。

久美子さんの後ろには上へと続く階段があって、階段の上り切った左右にシングルサイズのベッドがあった。

きっと、北野さんの顔からは、必死な雰囲気が漂っていたのだろう。

すぐに雰囲気を察した久美子さんが、焦りながら聞いた。

「どっ、どうかされたんですか？」

「あの、優奈ちゃんは、部屋の中におられますか？」

「優奈ちゃん？　杏と遊んでいた女の子ですよね？」

「そうです。あの子です」

久美子さんは少し考えてから答える。

「いいえ、あの子はこの部屋には一度も来ませんでしたよ」

「えっ、そうなんですか⁉　じゃあ……どこへ行ったのかしら……」

通路の前後を見渡しながら、焦った北野さんは唇を噛む。

すでに列車は東室蘭に停車しており、ホームには鉄道公安隊の人が迎えに来ているはずだ。

優奈ちゃんを引き渡すまでは列車を止めておく予定だったとは思うが、これだけ遅れているのだから、あまり長い時間停車させてはおけないはず。

完全にテンパってしまった北野さんに代わって、俺が久美子さんに聞く。

「あの、杏ちゃんも戻っていないんですか？」

すると、階段の奥からヒョッコリと杏ちゃんが顔を出す。

「杏は戻っているよ〜」

「杏ちゃん、優奈ちゃんと一緒だったよね？　優奈ちゃんはどこへ行ったの？」

少し考えてから杏ちゃんは「そうだ」と手を叩いて答えた。

「優奈ちゃんとは、３号車でお別れしたんだっけ」

「３号車で？」

杏ちゃんはしっかりと頷いた。

「優奈ちゃんが『ここでお別れにしましょう。わたし、一人で車掌さんのところへ行けるから』って言ったから、そこでお別れすることにしたの」

杏ちゃんはニコリと笑った。

これはいったいどういうことだ⁉

腕を組んだ俺は「う〜ん」と唸ってしまった。

優奈ちゃんが寝台特急北斗星の中で消えてしまったのだ。

走行中だったのだから車内のどこかにはいるはずだが、その場所がまったく分からない。

北野さんは腕時計で時刻を確認する。

「分かりました。東室蘭に長い時間停車させておくわけにもいきませんので、鉄道公安隊の方には、事情を説明して一旦お引き取り願おうと思います」

鈴鹿親子に「すみませんでした」としっかりと頭を下げ、5号車へ向かって北野さんはダダッと走り去っていった。

「突然、すみませんでした」

俺と甘木さんも頭を下げて、久美子さんと杏ちゃんに別れを告げた。

「優奈ちゃん、きっとどこかに隠れているだけで、心配ありませんよ」

久美子さんはやさしく微笑みながら、ゆっくりと扉を閉めた。

通路を少し進んだ俺は、デッキで開いていたドアから顔を出しホーム後方を見つめる。

5号車前のホームには、紺の制服を着た女性と男性の鉄道公安隊員が一名ずついて、北野さんからの説明を聞いたあと、頭を下げ合って離れた。

二人は優奈ちゃんを引き取りに来たのだから、本人がいなくてはどうしようもない。

きっと「発見次第、最寄りの鉄道公安室で保護」という扱いにでもなったのだろう。

ホームを走った北野さんは急いで列車へ乗り込み、安全を確認してからピィィと笛を吹いて扉を閉じた。

結局、東室蘭に停車したのは二分程度だった。

まったく意味が分からず、まるで狐につままれたようだった。

俺も甘木さんも首をひねりながら、自分の部屋のある1号車へ向かって歩き出す。

「優奈ちゃん、どこへ行っちゃったのかな？」

ガチャガチャと連結器の音が響く、4号車と3号車の間を渡りながら甘木さんが呟く。

「通路が一本しかない車内で迷うなんてことはないと思うし、杏ちゃんの言うとおりなら3号車までは帰ってきたんだから、北野さんのいる5号車はすぐだよ」

「じゃあ、自分で『どこかへ隠れた』ってことかな？」

……それはあるかもしれない。

俺にはなんとなく、そんな気がした。

北野さんが東室蘭で鉄道公安隊に引き渡す手配をしているという話をした時も、かなり寂しそうな顔をしていたから、少し気になっていたのだ。

小学四年生で「鉄道公安隊に引き渡す」なんて聞かされたら、怖くなって列車から降ろされないように、どこかへ隠れてしまうかもしれない。

3号車の通路へと入った俺は、後ろに続く甘木さんを振り返る。

「それはあるかもしれないね」

「いきなり『鉄道公安隊に引き渡すよ』なんて聞いたら、小学生ならみんな不安になるよね。じゃあ、どこかの空き部屋に隠れているのかな？」

「そうかもね」

俺は3号車の中間くらいにあった「ＤＵＥＴ　7」と書かれた扉を勢いよく開く。

ガシャンと大きな音がして扉が開き、ベッドが左右に並ぶ部屋が現れた。

枕元にあるヘッドランプも天井の蛍光灯もスイッチは切られていて、たまに通りかかる東室蘭の街灯りがフラッシュのように室内を照らした。

手を後ろで組んだ甘木さんが、俺の背中越しに中を覗き込む。

「誰もいないね」

南千歳まではここにもお客さんが乗っていたらしく、シーツや毛布は乱れている。

だけど、部屋の中に優奈ちゃんはおらずガランとしていた。

「こんなに空き部屋があったんじゃ、探すのはかなり難しいな」

「これって小学生が最も得意なかくれんぼじゃない？　優奈ちゃんがじっとしてくれていればいいけど、次々に部屋を移動するかもしれないもんね」

「それもあるし……。もしかすると、部屋以外の場所ってこともあるしね」

「部屋以外の場所って？」

俺は「ＤＵＥＴ　７」の扉を閉めて、再び3号車の通路を2号車に向かって歩き出す。

「寝台列車はトイレや洗面所、シャワー室もあるし、それ以外にも車掌さんだけ使用する部屋や、食堂車用の資材を入れておくストックルームみたいなのもあるはずだし」

「そういう部屋には鍵がかかっているんじゃない？」

「そうだとは思うけど、小学生だから体が小さい分、俺たちが入れないようなところにももぐり込んでしまえるからね」

2号車は開放B寝台だけど、コンパートメントにはなっていないタイプ。

だから、カーテンが開いていれば、通路を歩くだけで全ベッドをチェックできる。

優奈ちゃんのことを気にして歩いていた俺は、そんな2号車の「7・下」のベッドに座りながら、スマホをイジっている伊丹刑事と目があった。

「ずいぶん遅くまで食堂車にいたんだな、桐生君」

「夕飯以外にも色々とありまして……」

伊丹さんは警察官なんだし、相談してみるか……。

「すみません。伊丹さんに相談したいことがあるんですが、いいですか？」

「構わんよ。俺に分かることだといいがね」

伊丹さんはすっと顔を上げた。

「例の植苗駅で保護された『優奈ちゃん』って女の子のことなんですが」

「瀬戸優奈ちゃんだったたな。さっきの東室蘭で『鉄道公安隊に引き渡す』って、北野車掌が言っていたような気がしたがな」

「その予定だったんですが、東室蘭到着直前に車内で行方不明になってしまいまして……」

「車内で行方不明？　それは穏やかじゃないな」

スマホをポケットに入れた伊丹さんは、真剣な顔で上半身を俺へ傾けた。

「たぶん、小学生の女の子なので『鉄道公安隊に引き渡す』なんて聞いて怖くなったんだと思うんです。それで、どこか空き部屋に隠れたんじゃないかと……」

顎に手をあてた伊丹さんはフムッと唸った。

「それだったら……特に問題はないがね」

含みを持たせた言い方をした伊丹さんに、甘木さんが聞き返す。

「他にどんな可能性があると？」

「単なるかくれんぼならいいが、こうも考えられる。もしかすると……優奈ちゃんは何者かに『拉致監禁されたんじゃないか？』とね」

『かっ、監禁⁉』

考えもしなかったことを言われて、二人とも声をあげて驚いてしまった。

伊丹さんは真剣な顔で、俺たちに語りだす。

「そう言えば……桐生君が『怪しい』と思った、あの女性は『若桜直美』という生物学者で、札幌にいる同僚にアリバイを探ってもらったら、犯行時間には研究所にいたことが分かった。つまり、彼女は『札幌資産家殺人事件』の犯人ではない」

不安そうな顔を甘木さんはする。

「ということは、強盗殺人犯は別な人ってことですよね？」

「犯人は南千歳で下車して『逃走した』って考えるのが普通なんだが、俺が犯人だったら『北斗星に乗ったままでいる』って思っていてね……」

「それはどうしてなんです？」

伊丹さんは右の口角をスッと上げる。

「そりゃ〜列車に乗ってりゃ、検問に合うことがないからさ」

「確かに……言われてみれば、駅や列車でそんなものは見たことがないですね」

「駅や長距離列車に乗り込んで巡回パトロールをすることがあるが、各駅停車であれば警察官が乗り込んだのを見た瞬間に、次の駅で犯人は下車してしまうだろうし、こういった個室の多い列車内では、余程の事態ではない限り部屋を一つ一つ調べることを國鉄が許可しない」

俺はフムと腕を組み、伊丹さんを見つめた。

「新千歳空港から飛行機に乗ろうとすると、空港で手荷物検査なんかを受けることになる。だったら一晩で関東まで行ける寝台列車を使うってことですか？」

伊丹さんは静かに頷く。

「犯人はまずは脱出を狙うはずだ。この北海道からな」

話が見えなくなっていた俺は、伊丹さんに聞く。

「まだ、この列車に強盗殺人犯が乗っているかもしれないってことは分かりました。それと、優奈ちゃんの行方不明とどう関係があるんですか？」

伊丹さんは考え込むようにゆっくりと額に二回触れる。

「もしかすると……優奈ちゃんは強盗殺人犯と分かる、なにか決定的なものを目撃してしまったのかもしれない……まぁ、これは推測だがね」

伊丹さんは両肩を上下させる。

「決定的なものって、いったいなんですか？」

「例えば現金のギッシリ入ったトランクだとか、殺しに使った銃だとか、優奈ちゃんが遊んでいる時に、そういうものが偶然目に入ってしまったのかもしれない」

　甘木さんは心配して、両手を胸の前で祈るように合わせる。

「それで犯人に捕まってしまって『部屋に監禁されている』ってことですか⁉」

「そう考えた方が、分かりやすいだろう？」

「……優奈ちゃん大丈夫かな」

　甘木さんはぐっと奥歯を噛んだ。

「まだそうと決まったわけじゃないからさ、甘木さん」

　伊丹さんはポケットからスマホを出して、今の話をサッとメモした。

「とりあえず状況は分かった。俺の方でも捜すようにしておこう」

『よろしくお願いします！』

　俺と甘木さんは頭を下げて通路へと戻り、自分たちの部屋のある1号車へ戻ることにした。

　伊丹さんの部屋は2号車のちょうど中間にあり、通路に立つと前後を見渡すことができた。

　優奈ちゃんが心配な甘木さんは少し落ち込みながら先を歩き、俺は後ろをついていった。

　俺は甘木さんと一緒に、伊丹さんに相談したことを少し後悔していた。

「ごめんんね、甘木さん。変なこと聞かせちゃって……」

　2号車の通路の端に立ち止まり、振り返った甘木さんは力なく首を左右に振った。

「ううん。それはいいいんだけどね……」

そこまで言った甘木さんの目が、見たこともないくらい大きく開いていく。

彼女は俺が背にしている3号車の方向に、なにかを見て驚いているのだ。

「って……あれは⁉」

俺も急いで振り返ると、デッキに続く通路奥の扉がバタンと閉まるところだった。

俺にはなにも見えなかった。

「なにかいたの？　甘木さん」

まるで幽霊を見たかのように、甘木さんは顔を引きつらせている。

ゴクリと唾を飲んでから呟く。

「ゆっ……優奈ちゃんだと思うん……だけど」

「思う？」

甘木さんには「そう」と静かに一回頷くことしかできなかった。

「あの扉に白いケープコートを着た背の低い女の子が一瞬見えたの。でも、フードがかかっていたから顔はハッキリとは見えなくて……」

俺は思わず顔がほころんだ。

よかった……伊丹さんの言ったような監禁なんて事態じゃなかったんだ。

まだ、北野さんから逃げ回っているってことか。

「そんなの優奈ちゃんしかいないよ」

ニコリと笑った俺が優奈ちゃんを連れ戻すべく、2号車を戻っていこうとしたら、甘木さんが俺の右腕をバシンと掴んで止めた。

「待って、桐生くん！」

その顔は必死の形相だった。

「どっ、どうしたの？　優奈ちゃんを見たんでしょ？」

「なにか変だよ！」

俺にはどうして甘木さんが、そんな反応をするのかさっぱり分からなかった。

「変？　なにが『変だ』っていうの？」

甘木さんは奥歯をグッと噛み、真剣な目で通路奥の扉を睨みつける。

「どう言っていいのか分からないけど、普通じゃないって言うか、不気味って言うか……」

「普通じゃない？」

俺は首をひねって聞き返す。

「私たちの見た優奈ちゃんとは、ぜんぜん雰囲気が違ったのっ」

甘木さんはブルッと体を震わせた。

甘木さんは、いったいなにを見たって言うんだ？

俺は優奈ちゃんを見たという奥の扉をジッと見つめた。

（四）鈴鹿久美子　東室蘭→伊達《だて》紋別《もんべつ》　21時48分

ガチャリと音がして扉が開き、やっと杏が戻ってきた。

「ハミガキするのに、何分かかってんの？　杏」

杏は畳んだピンクのタオルとかわいい熊のイラストの入った洗面ポーチを、脇に挟んだまま「よいしょ」と扉を閉めてロックする。

「だって、洗面所のお水が止まるんだもん」

「水が止まるって？」

列車内では水もタンクの量しか使えないから、夜になると止められるのかしら？

そんなことを考えていると、杏は必死に身ぶり手ぶりで説明を始める。

「お水を調整するダイヤルが、家にある三角形のハンドルとは違うの。一本のレバーがついていて、それをひねった間だけお水やお湯が出る感じだったから……」

「あぁ～そういうことね。昔の列車の洗面所はみんなそうだったわね」

私は昔の旅行で乗った古いタイプの車両の特急列車を思い出した。

寝台特急北斗星に使用されている客車は、ブルートレインと呼ばれる三十数年前に作られた車両だから、こういった装備はかなりレトロなままになっていたのだ。

「分かったから、もう、遅いから寝なさい」

階段を上り進行方向側のベッドに座った杏は、嫌そうな声をあげる。

「せっかくの寝台列車なのに、もう寝ちゃうの？　私、青函トンネルでお魚を見たいのにぃ」

杏はまったく納得できない様子だった。

「青函トンネルは海底を走るけど、透明パイプじゃないんだから、お魚は見えないわよ」

「えっ――⁉　そうなの⁉」

寝台列車を詳しく調べているような現実的なところもあるのに、杏は昔からこういうメルヘンチックな面もあるのよね。

「それに寝台列車なんだから寝なくちゃ、もったいないでしょ？」

最近、生意気盛りになってきた杏は首をブルブルと横に振った。

「寝台列車で寝ちゃう方が、もったいないよ、ママ」

なんのためにベッドで寝られる列車に乗っているんだか……。

鉄道にそんなに興味のない私はそう思ってしまう。

「だって、青函トンネルは、まだまだ先よ」

初めて寝台列車に乗った杏は、徹夜しそうな勢いで興奮していた。

私は向いのベッドに腰をおろす。

「しょうがないわね。寝るまで添い寝してあげるからベッドに入りなさい」

それでもまだ不満そうだったが、杏は仕方なく「は〜い」とやる気なく返事をする。

すごすごと白いシーツが張られたベッドに横になったので、頭に枕を置いて白い布団を掛けてあげて、私は肘枕をしてその横へと寝そべる。

シングルベッドは幅七十センチくらいしかない。

大人二人なら厳しいところだけど、小学生の杏とならなんとか並んで寝ることができた。

杏は両手を胸の前に揃えて、グッと布団を引き上げる。

「あ〜ぁ。優奈ちゃんと、もっとゆっくり車内探検したかったな」

杏はまだすぐには寝ないと思ったので、胸の上をトントン叩いてあげる。

これは赤ちゃんの頃から杏がとても大好きだったこと。

「そうね。でも、優奈ちゃんには、時間もなかったからしょうがなかったわね」

「でも……。優奈ちゃん、いなくなっちゃったんでしょ？　大丈夫だったのかな」

さっきまで一緒に遊んでいたこともあり、杏も子どもながらに心配しているみたいだった。

安心させるために右手でグッと体を引き寄せて、顔を杏に近づける。

「大丈夫よ。車掌さんがちゃんと見つけてくれたはずだから」

「そっか、そうだよね！」

杏は天使のようにニコリと笑う。

そんな話をしていると、天井のスピーカーから車内放送の音色が聞こえてきた。

チャララララン、チャララララン、キーン。

こういった寝台列車独特のチャイムを聞くと、

「あっ、おやすみ放送だ！」

と、鉄道が大好きな杏は目をキラキラさせながら耳をすませる。

《寝台特急北斗星上野行きです。列車は約二時間遅れで走っております。お急ぎのところ大変申し訳ございません。次の停車駅は伊達紋別、伊達紋別でございます。そろそろ就寝されるお客さまもおられますため、特別なお知らせ事項がない限り、明朝まで放送は致しません。あらかじめご了承ください》

放送終了と同時に通路の明かりがスッと暗くなるのが分かった。

「ほら、車掌さんも『もう寝なさい』って言っているわよ」

ちょっと納得できない杏は、これで最後とばかりに要求をしてくる。

「じゃあ、おやすみのチュウをして〜」

杏は細い両手をグイッと伸ばして甘える。

小学四年生なのに、杏はこういうところがまだまだ子どもね。

「もう、しょうがないわね」

「ありがとう〜ママ〜!!」

私はゆっくりと顔を近づけると、杏の唇にチュウをしてあげた。

（五）桐生達也　東室蘭→伊達紋別　21時49分

「桐生くん！　止めて」

甘木さんは行こうとするのを止めるが、俺は植苗駅での事件に関わったこともあって、どうしても優奈ちゃんを探さずにはいられなかった。

それに、あのままにしておいたら、本当に拉致されて監禁されてしまうかもしれない。

掴んでいた甘木さんの細い腕を、俺はやさしく振りほどいた。

「大丈夫。甘木さんは部屋へ戻っていて、俺は優奈ちゃんを連れてもどるから」

走り出した俺の背中に甘木さんが叫ぶ。

「**桐生くん‼　待って――‼**」

だが、俺は足を止めずに、2号車の通路を全速力で走った。

途中、部屋から出てきた伊丹さんが、声をかけつつ追いかけてくる。

「桐生君、なにかあったのか？」

「今、そこに優奈ちゃんが、立っていたらしいんです！」

走りながら俺は言った。

「優奈ちゃんが、こんなところに？」

説明している時間はないので、そのまま2号車を走り抜け、甘木さんが優奈ちゃんを見たという扉を思いきり開いてデッキへと飛び込む。

伊丹さんと手分けして周囲にあったトイレや洗面台を探すがどこにも見当たらない。

後ろの方を指差した伊丹さんが叫ぶ。

「もっと、後ろの車両だ！」

二人で頷き合って3号車へと続く扉を開けて通路へ出るが、そこにも誰もいなかった。

「この3号車の乗客は全員降りたとのことだ、車掌さんの話だがね」

3号車通路の中央まで走った俺は、そこで立ち尽くしてしまう。

「どうして、優奈ちゃんは逃げるんだ？」

俺から逃げる気持ちが分からなかった。

みんなには馴染めていなくとも、俺にだけは気を許してくれていたような気がした。

鉄道公安隊に引き渡すという話をしたのが、よくなかったのだろうか？

その時、おやすみ放送の開始を告げるチャイムが廊下にも響く。

チャラララララン、チャラララララン、キーン。

寝台列車用のチャイムに続いて、北野さんの声が聞こえてきた。

《寝台特急北斗星上野行きです。列車は約二時間遅れで走っております。お急ぎの――》

北野さんの放送が終わると、通路の明かりが暗くなった。

各部屋から物音がしないか、注意深くチェックしながら伊丹さんは歩いていく。

「部屋から音が聞こえてこない。これはもっと後ろの車両へ逃げたんじゃないか？」

「そうかもしれませんね、急ぎましょう」

伊丹さんと俺は再び走り出す。

次の3号車と4号車のデッキを調べてから、4号車へと飛び込む。

ここは鈴鹿親子のいるデュエットと呼ばれる二人部屋が並ぶ車両だ。

その時、俺と伊丹さんは、通路の中央付近に妙な人影を確認する。

なっ、なにをしているんだ!?

光が落ちて薄暗くなった通路の中央には、なぜか武庫川さんがいた。

部屋のドアノブの上にある黒いフタを開き、その前にかがみ込んでなにかを突っ込んでいたのだ。

俺たちを見た瞬間、細い棒がたくさん吊られたリングを、隠すようにジャラとポケットへ突っ込み、目を細めてニヤリと笑った。

「やっ、やあ桐生さん。こんなに遅くに、どうしたんです?」

どうみてもその姿は、動揺しているように見えた。

すると、伊丹さんの顔がキッと厳しい表情となり、俺を追い抜いてスタスタと通路を早足に進んでいく。

「おい、君。今、そこでなにをしていたんだ?」

扉から離れ一歩下がった武庫川さんは、必死に首を横に振る。

「なっ、なにもっ。なにもしていませんよ」

だが、武庫川さんの額からは、すぐに汗がスッと流れ落ちた。

それは暖房の暑さによるものではなさそうだった。

突然のことに戸惑いながら、俺は伊丹さんの後ろから追った。

「ちょっと、伊丹刑事。武庫川さんが、どうかしたんですか？」

「けっ、刑事⁉」

そこで初めて武庫川さんは、伊丹さんが刑事と知ったようだった。

その動揺を煽るかのように伊丹さんは、胸元から警察バッジを出して右手で掲げる。

「俺はこういうもんだ」

「げぇ⁉　道警のサツが、どうして寝台列車に乗ってんだよ？」

今まで丁寧だった武庫川さんの口調が、一気に下っ端のヤクザやヤンキーみたいなガラの悪い言葉づかいに変わった。

伊丹さんは武庫川さんの目をジッと睨みつける。

「武庫川、お前はこの部屋の鍵を、ピッキングしようとしていたんだろう？」

予想外の展開に、俺は思わず声をあげた。

「**部屋の鍵を開けようとしていた――⁉**」

なぜそんなことを武庫川さんがするんだ⁉

ここがせめて自分の部屋なら分からなくもないが、武庫川さんの部屋はもっと後方のはずで、4号車には鈴鹿親子しか乗っていないはずだ。

武庫川さんは右手を立ててフラフラと左右に振る。

「そっ、そんなことしないっすよ。なに言っててんすか？」

武庫川さんは伊丹さんから逃げるように、通路を後ずさりしていく。

追いかけようとする伊丹さんと、離れようとする武庫川さんがにらみ合う。

一瞬の間合いで均衡が破れ、武庫川さんが背を向けてこの場から逃げ出そうとした。

そんな武庫川さんの背中に、ダッシュした伊丹さんが手を伸ばしパーカーに掴みかかる。

「待て！　逃げるんじゃない、武庫川！」

「うわぁぁぁぁ！」

手を振り払って逃走しようともがくが、伊丹さんの力強い手は離れない。

「大人しくしろ！　このこそ泥めっ」

「うるせ！　この野郎――――!!　手を離せっ！」

捕まった武庫川さんは振り返り、拳にした右手を伊丹さんの顔に目がけて放つ。

その一撃を「むっ」と伊丹さんはギリギリのところで交わす。

必死の形相の武庫川さんは、今度は左手を拳にして腹を目がけて打ち放った。

「おっさん死ねや!!」

突き上げるように伸びるボディパンチだったが、それを見た伊丹さんは素早く両手を前へと出して手首をパシンと掴む。

それによって武庫川さんのパンチは、命中寸前のところで防がれた。

「こそ泥はケンカが強くないと聞いていたが、本当のことのようだな」

「おっ、お前、なっ、なにを――」

武庫川さんが言えたのはそこまでだった。

手首を持った両手を高く掲げた伊丹さんは、器用にクルリと体を反対に向けると、一気に前に振り降ろして叫んだ。

「いやぁぁぁぁぁぁぁぁぁぁぁぁ！」

伊丹さんの背中に乗り掛かるような格好となった武庫川さんは、背中を支点としたテコの原理で百八十度キレイに回った。

作用点となった武庫川さんの体は伊丹さんの上で宙を舞い、そのまままっすぐに背中から固い通路へと凄い勢いで落下する。

柔道で言うところの一本背負い投げのような格好となった。

バチーーーン!!

薄暗い4号車の通路に、もの凄い音が響き渡る。

騒ぎに驚いたのか、「ＤＵＥＴ　８」と書かれた扉がガチャリと開く。

中から杏ちゃんのお母さんである久美子さんが顔を出した。

「どっ、どうしたんですか!?　こんな夜中に？」

きっと、久美子さんにも意味は分からないだろう。

寝台列車に乗ったお客さん同士が、通路で格闘しているのだから。

「くはぁ、くはぁ、くはぁ……」

息も絶え絶えとはこのことで、したたかに背中を打った武庫川さんは立ち上がることはおろか、まったく動くこともできずにいた。

目に涙を浮かべて、大きく深呼吸をすることしかできなかったのだ。

「だから言ったろう、大人しくしろって……」

伊丹さんは武庫川さんを見下ろしてそうつぶやくと、浴衣姿で大人の色っぽさを醸し出している久美子さんの方を向いて頭を下げた。

「すみません、お騒がせしてしまって……」

久美子さんは狼狽した様子で伊丹さんを見つめる。

「……これはいったい……どういうことですか？」

「まだよく分からないのですが、どうもこの武庫川って奴は鍵を開けて、お二人の部屋に不法侵入しようと企んでいたようで……」

鈴鹿親子の部屋に、武庫川さんが……⁉

「えっ⁉　この人が私たちの部屋にですか⁉」

その事実には俺もビックリだった。

伊丹さんは指先を鉤《かぎ》の形にしてクルクルと回しながら説明を続ける。

「ええ、こいつは鍵をピッキングしていたんですよ」

「どっ、どうして？　そんなことを……」

武庫川さんの両手を掴み、後ろへ回して伊丹さんは動きを封じる。

「さぁ、それはこいつに聞いてみないと、よく分かりませんがね」

取り押さえられた武庫川さんは、ブスッとした顔で「けっ」と毒づいた。

少し体を震わせている久美子さんの肩ごしに部屋の中が見える。

階段を上った先にある右ベッドでは、杏ちゃんがすやすやと眠っているようで、布団を被ったままの小さな足先だけが見えた。

こんなに大きな音がしたのに、それでも目が覚めないところは、さすが小学生という感じだ。

でもよかった……杏ちゃんには、こんな場面を見せたくなかった。

優奈ちゃんの件があった俺は、素直にそう思った。

「とりあえず車掌さんに、連絡するしかないな」

俺と伊丹さんは、武庫川さんを連れてゆっくりと5号車へ向けて歩き出す。

天候は再び悪化してきているようで、横殴りの吹雪が窓を叩いていた。

DD03　食堂車『エトワール・ポレール』

（一）桐生達也　東室蘭→伊達紋別　22時02分

武庫川さんを取り押さえた22時頃、俺と伊丹さんは車掌の北野さんに事態を報告した。

だが、東室蘭以降は、伊達紋別、洞爺《とうや》、長万部《おしゃまんべ》と停車駅が二十分程度ずつで続くので、「対応は少し待ってほしい」と言われた。

伊丹さんは武庫川さんに手錠はしなかった。

その理由を聞いてみると「普段は手錠を持ち歩かない」とのことだった。

そこで、食堂車の資材の中から丈夫そうなロープを取り出して、武庫川さんの両手を背中に回して縛り上げることにした。

俺も本当はここまでしたくはなかったけれど、さっき伊丹さんに殴りかかったこともあるし、逃亡や反撃に出ることを懸念して拘束したのだ。

食堂車には俺たち以外にも久美子さん、千原、甘木さん、真琴が来ていて、たまたま通りがかった豊島さんと三田さんも面白がって、野次馬のように加わっていた。

つまり、この列車内で食堂車に今いないのは、生物学者の若桜さんと、食事の時に見かけた洒落た紳士、そして、部屋で寝ている杏ちゃんと行方不明の優奈ちゃんだった。

特に指示されたわけではなかったが、夕食を食べた時と同じ席に全員が座った。

右側の四人席に俺たち四人が座り、その向こうに久美子さん、一番奥のテーブルには豊島さんと三田さんだった。

二人席の奥には不機嫌そうな顔でスマホを触る伊丹さんがいて、全員から注目を一斉に浴びる中央の席に、武庫川さんが座ることになった。

まるで時代劇に出てくる市中引き回しの刑を受ける罪人のようだ。

「なんだよっ、こらっ！　見世物じゃねえってんだよ」

出会った頃の丁寧な口調ではなくなり、すっかりチンピラのようになった武庫川さんは、他の人と目が会うたびに睨みつけて凄んだ。

だが豊島さんと三田さんは面白がって笑い、俺たちは蔑んだ目で睨むだけ。

被害者である久美子さんも初めはオドオドしていたが、事件から一時間近く経過したこともあり、かなり落ち着いてきたようだった。

北野さんが食堂車へとやってきたのは、列車が長万部を発車した23時過ぎ。

全員に缶コーヒーを配り終えると、北野さんは武庫川さんのテーブルに座った。

「遅くなってすみません。次の八雲までは約三十分ありますから、その間に対応策を話し合いましょう。それで、なにが起こったのでしょうか？」

まずは伊丹さんが経緯を話すことになった。

「武庫川は『4号車・8』の部屋の鍵を開けようとしていたんだ」

「部屋の鍵を開ける？」

「こいつは鈴鹿さんの部屋を開けようとしていたんだ。か弱い母娘しかいない部屋をな」

「夜中にそんなことが起きていたの？　怖い話ねぇ」

三田さんは体を守るように、自分で自分を抱きしめる。

「武庫川さんはどうして、そんなことを？」

北野さんはテーブルの向かい側に座る武庫川さんに聞いた。

「俺はそんなことしてねぇ。通路を歩いていたら、突然このおっさんが飛びかかってきて、俺を投げ飛ばしやがったんだよっ」

「そうなんですか、伊丹さん？」

北野さんは再び伊丹さんの方を向いて尋ねる。

「ったく……往生際の悪い奴だな」

プラリと席を立った伊丹さんは、だるそうに数歩歩いて武庫川さんの背中に回り込むと、スッとしゃがみ込んで、ズボンのポケットに右手を突っ込んだ。

「やっ、やめろっ、この！　令状持ってこいよっ」

武庫川さんはポケットの中のものを見られまいと必死に体をひねるが、両腕を後ろに縛られているので、その抵抗もあまり意味はなかった。

伊丹さんがポケットから手を引き抜くと、そこには例の細い棒が吊られたリングがあって、それを全員に見えるように高く上げる。

「こいつはなんだ～？　武庫川」

武庫川さんは黙ったままで、チッと舌打ちをするだけだった。

右手を伸ばして豊島さんが答える。

「豊島、当てますよ。それってドライバーじゃない？」

伊丹さんはフッと笑う。

「そんなもんじゃないんだな、これは」

伊丹さんは、丸い輪に繋がれたものを北野さんの前のテーブルに、ガシャンと無造作に置いた。

目を凝らして見ると確かにそれはドライバーなどではなく、歯医者さんが治療に使うような、色々な形をした細い棒だった。

不思議そうな顔をしながら、北野さんはじっくりと棒に触る。

「……これはなんですか？」

「ピッキングツールって奴さ」

「ピッキング⁉　それって鍵が開かなくなった時に、業者さんが使用する道具のことですよね？」

北野さんの言葉に不満そうな顔をした武庫川さんは、怒ったような口調で言う。

「しっ、仕事で使う道具だよっ。別にピッキングツールは銃やナイフじゃねぇんだから、『持ち歩いちゃいけねぇ』って法律はないだろう！」

伊丹さんは武庫川さんを見る。

「確かにな。そんな法律は存在しないが……」

「だったら、俺がこんな目に合う理由はねぇだろう⁉　離せよ、コラッ！」

体を左右にひねって、武庫川さんはロープを外そうとした。

「だが、そいつを鈴鹿さんの部屋の扉にお前は使っていた。それは法律に違反することだな、武庫川。それに俺たちが前を通りかからずに、めでたく扉の鍵が開いていたら、その後にどんな犯罪に及ぶつもりだったんだ？」

「だから！　あんたらはそれを『見た』って言うけどよ。こっちは『そんなことしてねぇ』って言ってんだからよっ。どっちが真実かは分からねぇだろ？」

武庫川さんは必死に否定した。

「素直に自供しろよ、武庫川」

「俺は無実なのによ。無理矢理犯罪者にされようとしているんだ！」

二人の意見が真っ向から対立してしまった。

「伊丹さんは武庫川さんがこの道具を使って、鈴鹿さんの部屋の『扉の鍵を開けようとしていたのを見た』と主張され、武庫川さんは『そんなことはしてない』と主張されているわけですね……」

困った顔をした北野さんは、俺と久美子さんを見て続ける。

「桐生さんと鈴鹿さんはその場におられたわけですよね？　今の件についてはどちらの主張が正しいのでしょうか？」

「えっとですね――」

俺が迷っていたら、久美子さんが先にしゃべりだした。

「私が通路へ出た時はもう二人の争いは終わっていましたから、扉にその道具が使われたのかどうかは分かりません」

「部屋の中にいて鍵がイジられるような、カチャカチャという音は聞こえませんでしたか?」

久美子さんは額の横に手をあてて思い出そうとする。

「すみません。杏を寝かしつけるために、ベッドで横になっていたらウトウトしてしまっていたので。気がついたのは通路でバチーンと大きな物音があった後なんです」

北野さんは「ふ〜ん」と戸惑った顔をする。

「じゃあ、鍵が開けられそうな気配には、気づかれなかったのですね」

「はい……本当にすみません」

「いいえ、それは別に鈴鹿さんが、悪いことではありませんから」

武庫川さんはふんぞり返って「オラッ」と言わんばかりだった。

「では、桐生さんはいかがですか?　通路で伊丹さんと一緒におられたんですよね?」

俺はハッキリ証言したかったが、少し曖昧な部分があったのだ。

「武庫川さんが鈴鹿さんの部屋の扉の前で、なにかをしていたのは見ました。ただ、その時、この道具を使っていたのかどうかは……ちょっと」

「おいおい、しっかりしてくれよ、桐生君」

伊丹さんは俺を見ながらたしなめた。

そして、ポケットからスマホを取り出して、画面を親指で動かす。

有力な証人がいないと分かった武庫川さんは、息を吹き返して吠えだす。

「ほらほら～俺が道具を使って『扉を開けようとしていた』なんて言ってんのは、このおっさんだけじゃねぇか！　警察官は点数稼ぎに、すぐに人を犯罪者にしようとするんだよ」

伊丹さんは鋭い目つきで、武庫川さんを睨む。

「証人は一人いれば成立するぞ。刑事の俺が見ていたんだからな」

「そうやって冤罪《えんざい》事件を増やしてきたんじゃねえのかよ！　警察はっ」

双方の主張の板挟みとなった北野さんは困り果てる。

「えっ、冤罪ですか……」

「そうだよ、車掌さん。これがもし冤罪だったら、あんたの経歴にだって傷がつくよ。無実の乗客を縛って、拘束したことになるんだからな。なんだっけ？　そういうの『監禁暴行罪』になるんじゃなかったか？」

「そっ、そんな……。こっ、これはどうすればいいんでしょうね？」

助けを求めるように、北野さんは食堂車にいた全員を見回す。

そこで、フッと息を吐いた伊丹さんは、スマホをもって画面を読み始めた。

「武庫川浩二。数年前に寝台列車内での強姦《ごうかん》・窃盗《せっとう》事件で逮捕。懲役五年の実刑を受けて服役。最近、北海道の刑務所を仮出所。女性の旅行客の部屋ばかりを狙って、レイプし金品を強奪するのが専門の、こそ泥らしいなぁ～武庫川」

その瞬間、武庫川さんはグッと歯を食い縛って黙り、スッと顔を下へ向けた。

「レッ、レイプ⁉」

目を見開いた真琴は汚い物を見るように睨みつけた。

甘木さんに至っては、言葉を失って体を後ろへのけぞらせている。

この経歴はその場にいた女性を全員、完全に引かせることに十分だった。

静まり返った食堂車で、武庫川さんのむなしいウソが響く。

「そっ、それは俺じゃねぇよ……」

武庫川さんには、そう言い訳するのが限界だった。

伊丹さんはスマホ画面を拡大して、周囲に見せつける。

「最近はこういった情報をまとめてくれている便利なサイトもあってな。捕まった時の映像から卒業アルバムまでしっかり残っているんだよ」

サイトには武庫川さんが、学生服を着た写真まで載っていた。

「最低ね。女を犯して金まで盗るなんて」

胸を隠すように腕を組んだ真琴は、武庫川を背中から睨みつけた。

「これはもう完全にアウトね。だって、この人ってお母さんと小さな子どもしかいない部屋へ入り込んで、イケないことをしようとしていたんでしょう？」

両手を開いて呆れた三田さんも冷たい目で武庫川さんを見た。

「その……この人は私を……襲おうとしていたんですか？」

口元に震えた手をあてた久美子さんは、不安げに目を泳がせた。

「そっ……それは昔のことでよ……今は……」

さすがにこんな状況になっては、武庫川さんがなにを言ってもムダだった。

伊丹さんはスッと目を細める。

「それじゃ～本題に入るか、武庫川」

武庫川さんは「本題？」と聞き返す。

伊丹さんは武庫川さんの横に立って、見下ろしながら聞く。

「それで、あの子をどうした？」

「あの子？　いったい誰のことだよ」

「植苗駅で助けた、瀬戸優奈ちゃんだよ」

なっ、なに⁉　武庫川さんが優奈ちゃんを⁉

その瞬間、体中の血が煮えたぎるように逆流し、俺の心拍数が一気に跳ね上がる。

勢いよく立ち上がった俺は、武庫川さんに飛び掛かり気味に近づいて叫んだ。

「優奈ちゃんをどこへやった！」

だが、武庫川さんは右目を上げて、怪訝《けげん》そうな表情をするだけだ。

「なんだよそりゃ？　それこそ知らねぇよ。俺には小学生をレイプする趣味もなければ、金を持っていねぇガキなんて襲ったりするわけねぇだろ」

だが、俺には武庫川さんが優奈ちゃんに、なにかしたようにしか思えなかった。

「嘘をつけ――――!!」

首元を両手で掴んだ俺はイスから引きずりあげた。

武庫川さんは両手が縛られているため、ジタバタすることしかできない。

「おっ、おい！　なにしやがるぅ……」

首だけ持ち上げれば、すぐ服で喉元が圧迫される。

武庫川は途端にケホケホと咳こみだした。

「おっ、お前！　優奈ちゃんになにをしたんだ。早く答えろ！」

熱くなってしまった俺は、武庫川さんを力強く締め上げていた。

「しっ……しらねぇ……。その親子の部屋へ……入ろうとしたのは本当だが……優奈ちゃんを……見たのは……東室蘭に着く前が最後だ……くぅぅ」

首の血管を圧迫したことで、武庫川さんは白目になりつつあった。

「やめろ桐生君！」

後ろからやってきた伊丹さんが、羽交い締めにして俺を止める。

「そんなことしたら死んじまうだろ、落ち着けよ桐生」

前からは千原が俺の両手を掴んで、ぐっと両側へ大きく開く。

体育会系の千原に俺がかなう訳もなく、力が緩められたことで武庫川さんは開放され、ドサリと床へ崩れ落ちた。

「ゲホゲホゲホゲホゲホ……」

体をくの字に曲げたままで、武庫川さんは咳きこんだ。

「植苗駅では命がけで助けてくれたから、信じていたのにっ！」

「ああすりゃ、俺のことを信用して……ゴホ……仕事がやりやすくなると思っただけさ。本当に高校生はお人好しだなぁ」

「なんだとっ！」

俺がもう一度飛びかかろうとするのを、伊丹さんは力を入れて止めた。

「こんな状態の自供では証拠能力はないが、鈴鹿親子の部屋に不法侵入しようとしたのは認めるんだな？　武庫川」

壁に背中をあてながら引きずるように体を起した武庫川さんは、

「認めるよ。罪は認めてやるから、そいつを近づけるな。俺が殺されちまうだろが」

と、体をヒクつかせながら俺を睨んだ。

そこで俺もやっと落ち着きを取り戻し、全身から力を抜く。

羽交い締めを解いた伊丹さんは、ニヤリと笑って俺の背中をパンと叩く。

「意外だな、桐生君がそんな熱い奴だったとはな」

「えっ？　あっ、すっ、すみません。つい……」

それは自分でも少し意外なことだった。

俺は殴り合いのケンカもしたことはない、ましてや人の首なんて締めたことはなかった。

だけど、この時は優奈ちゃんに危害を加えようとした武庫川に対して、心底から湧き上がってくる激しい怒りがあって、それを抑えることができなかったのだ。

確かに……俺はどうしてこんなに熱くなってしまったんだろう？

千原が片手でヒョイと武庫川さんを立たせると、イスにドスッと座り直させた。

落ち着きを取り戻したところで、伊丹さんがみんなに言う。

「彼がピッキングして鈴鹿親子を狙ったのは事実だ。そんな男を車内で野放しにしておくことはできない。そこで拘束した状態で監視し、函館にでも降ろして鉄道公安隊に突き出すべきだと思うのだが、それでどうだろう？」

無論、車掌の北野さんも女性である以上、ここで武庫川さんに味方はしなかった。

固い表情を作った北野さんは、通路に立って全員を見回す。

「ここは列車内の安全対策上、私もそうすべきと思います。それでよろしいでしょうか？」

全員が黙ったまま頷き同意した。

「ですが、ここは刑務所ではありませんから、外から鍵をかけて閉じ込めておくような部屋は存在しません。ですので、手を縛ったままで乗務員室からも近い6号車のロビーで過ごしてもらうことにします。ただ、私は車掌業務がありまして――」

伊丹さんが言葉を遮る。

「監視は交代で担当するさ。自分たち全員の安全が掛かっているんだからな」

「お客さまにそんなことまでお願いして大変申し訳ありません。函館の鉄道公安隊に引き渡す準備は、私の方で手配しておきますので……」

「函館って言うと……あと、一時間半程度ですね」

食堂車の時計を見ながら久美子さんが呟く。

「そうですね。深夜1時頃に到着する予定です」

騒動が納まると面白くなくなったのか、三田さんは両手を上に上げて大きなあくびをしながら立ち上がった。

「もう眠たくなっちゃった。シャワーでも浴びて寝るわ。今からでも使えるのよね？」

「はっ、はい。大丈夫です。こちらはサービスでお出ししますのでお使いください」

北野さんはポケットから出した「シャワーカード」を三田さんに二枚手渡す。

「このカード一枚で六分間は、お湯が使えますので」

シャワーカードは武庫川さん以外の全員に配られた。

「ありがとっ、車掌さん。じゃあ部屋へ着替え取りに戻りましょ、駿」

「そうだな。あぁ～それから俺らは、そんな奴の監視はやんねぇから」

「レイプされたら嫌だしね～」

三田さんはフラフラと右手を振った。

「豊島も、あぶねぇことは嫌っすから」

二人は仲良く肩を組み、8号車へと消えていった。

ずっと怖さを我慢していたのか、黙り続けていた甘木さんがスッと立ち上がった。

そして、真っ青な顔で口に手をあて、ダッと通路を駆け抜けて1号車を目がけて走っていった。

「ちょっと、なつみ！」

真琴が心配して追いかけていったことで、千原も一緒に走っていく。

残ったのは俺、伊丹さん、久美子さん。そして北野さんと武庫川さんだけだった。

「監視は私がすべきことなんだが、例の事件も追っていてな。しばらくの間、誰かにお願いしたいところなのだが……」

残った人を見渡した俺は、伊丹さんに言った。

「じゃあ、武庫川さんの監視は俺がしますよ」

残ったメンバーの中では、俺しかいないと思ったからだ。

「それはちょっと無理だな。桐生君では武庫川を殺しかねない」

「そっ、そうだ！　こいつと俺を二人きりにするんじゃねぇ！」

完全に怯えた目で、武庫川さんは必死に訴えた。

「あの……しばらくの間で、いいんでしたら……」

驚いたことに、そんなことを言いだしたのは、武庫川さんに狙われた久美子さんだった。

「で、ですが……こいつはあなた方の部屋に、押し入ろうとしていた奴ですよ」

伊丹さんの心配に、少し笑みを浮かべて久美子さんは答えた。

「ええ、それは分かっています。でも、函館までのことですよね。それに、もうこんな状態では、なにかの犯行に及ぶことはムリなんじゃありませんか？」

久美子さんは縛られている武庫川さんの手を見つめる。

「いや、しかし――」

久美子さんは首を振って、伊丹さんの言葉を遮る。

「この人が函館の鉄道公安隊に引き渡されたところを見てからでないと、私も怖くて眠れませんし、目の前で見張っている方が安心できます……」

久美子さんが、健気に笑顔を作るのを全員で見つめた。

ひとまず、久美子さんに見ていてもらうしかなさそうだった。

「分かりました。私もなるべくロビーを巡回はするようにしますので……」

申し訳なさそうに北野さんは言うと、伊丹さんも頷く。

「鈴鹿さん、私も仕事が片付きそうなら交代に行きますので」

「分かりました。その時はよろしくお願いいたします」

スッと立ち上がった久美子さんは、丁寧に頭を下げた。

拘束した武庫川さんを連れて、全員で隣りの6号車へと移動していく。

二つのシャワー室がある6号車には、ソファが並べられたロビーがある。

ここのほうが、部屋よりも確かに安全かもな。

武庫川さんが襲いかかってきた場合、部屋の中なら声をあげても聞こえないかもしれない。

だけど、ここなら通路に直結しているから叫び声なら前後に響くだろうし、自販機やシャワー室もあるからしばらくは人通りもあるはずだ。

ソファの一番奥の角となる場所に手を縛ったまま武庫川さんを座らせる。

そこで気になったことを俺は一つ思い出す。

「そう言えば、武庫川さん」

「なっ、なんだよっ⁉　おっ、俺はなにも知らねぇぞ」

完全に武庫川さんは身構えていた。

「さっき、『優奈ちゃんを見たのは、東室蘭に着く前が最後だ』って、言いましたか？」

「あっ、ああ。それがどうしたんだよ」

武庫川さんは目を泳がせながら聞き返す。

「もしかすると、列車内で優奈ちゃんを最後に見たのは武庫川さんかもしれないんです。その時のことをもう少し詳しく話してもらえませんか？」

チッと舌打ちをした武庫川さんは渋々話しだす。

「仕方ねぇなぁ、それは話してやるよ」

「ありがとうございます」

「あの時、俺は他の部屋を物色していたんだ」

「お客さんが降りて誰もいなくなった部屋を？」

「そうさ、急いで降りると時計やスマホを忘れていくこともあるからな。こいつら親子の部屋付近を物色していて、一つの部屋から出た時にぶつかりかけたってわけさ」

「ぶつかりかけた？　優奈ちゃんと？」

武庫川さんは視線をスッと久美子さんに合わせた。

「そいつのとこの子どもと一緒だったぜ」

「杏ちゃんか……」

「手をつないで通路を3号車の方へ走っていっちまったぜ。俺が知ってんのはそこまでだ。あの子たちには指一本触れちゃいねえよ」

なんだか、まだ隠していることがありそうな気もするが、今はこの話を信用して優奈ちゃんを捜すしかなかった。

俺は伊丹さんに聞く。

「伊丹さんは食事が終わってからは、2号車にいましたか?」

「そうだな。部屋へ戻って、報告書を作成していたな」

「その時、杏ちゃんと優奈ちゃんが通路を通りませんでしたか?」

スッと腕を組んだ伊丹さんは、少し考えてから答える。

「いや、見なかった」

そこで久美子さんが伊丹さんに言う。

「でも、小さな子たちですから、通ったことに気がつかなかったとかじゃありませんか?」

フッと笑った伊丹さんは、首を左右に振る。

「俺の寝台は開放B寝台だから通路が丸見えだ。小さな子どもであればこそ、大人を気づかって静かに通路を歩くなんてことはしないだろう。だから、目の前を通れば絶対に分かるはずだ」

「……そうですか」

俺は状況を整理しながら推理する。

2号車には伊丹さんがいたが、二人が通るのは見なかった。

武庫川さんの言うことを信用すると、4号車までは来ていたことが分かる。

つまり、3号車のどこかで消えたということか……。

俺が一人で深刻な顔で考え込んでいると、軽く頭に手をあてて伊丹さんは久美子さんに敬礼して見せた。

「では、しばらく武庫川をお願いします」

「はい、見ているだけですけど……」

久美子さんは遠慮がちに微笑んだ。

俺と北野さんと伊丹さんは一緒にロビーを離れ、三人で先頭車両側へ向けて歩き出す。

俺は歩きながら口元に右手をあてて考える。

なんだろう、この違和感は？

絶対に入れなくてはいけない変数を見逃してしまい、何度も間違った計算を繰り返しているような感覚に襲われていた。

5号車へと入った時、遠慮がちに北野さんが「あの……」と話しかけてきた。

「なんですか？」

俺は北野さんへと振り向く。

「函館で武庫川さんを鉄道公安隊に引き渡す際に、彼の手荷物もまとめてお渡しするので、今からお部屋へ行く予定なのですが、ご一緒していただけませんか？」

「え……えぇ。いいですけど。どうしてです？」

北野さんがそんなことに、俺を誘う意味が分からなかった。

一拍置いてから、北野さんは意を決したように呟く。

「もしかしたら、中に優奈ちゃんがいるかもと思って……」

その目は少しオドオドしているように見えた。

さっきの武庫川さんの話を信じるなら、優奈ちゃんがその部屋にいるなんてことはなさそうだが、ウソをついていて「監禁されている可能性もある……」ってことか。

そんなことは考えたくもないが、殺して部屋に遺体を隠しているかもしれない。

きっと、北野さんは言いようのない怖さを、武庫川さんから感じたのだろう。

確かに、女性ならレイプ強盗犯の部屋へ入って、一人で荷物整理とかはしたくないよな。

「分かりました。いいですよ、北野さん」

「ありがとうございます」

北野さんは上半身をペコリと折って、しっかり頭を下げた。

5号車に入っていくつかの扉を通り過ぎ「B・個室・5」と書かれた扉の前で足を止める。

伊丹さんは部屋へ戻るつもりだったが、通り道だったので立ち止まっていた。

北野さんはポケットから一本の鍵を取り出して、ドアノブ近くにあったプラスチックカバーを開き、そこに鍵を差し込み右へ回すとカシャンと小気味いい音がする。

「それ、マスターキーなんですか？」

鍵を抜きながら北野さんは微笑む。

「ええ、北斗星の寝室の扉は、テンキーロックやカードキーロックですが、基本的にはどの部屋の扉にもこういう鍵穴があって、マスターキーなら開けられるんです」

「だから、ピッキングの道具さえあれば、どの部屋にでも入れるってことさ」

ニヤッと伊丹さんが笑った。

マスターキーを上着のポケットに入れた北野さんは、ドアノブを両手で握り、願い事をするみたいにギュッと目をつむった。

扉が重くてそうしたんじゃない。

きっと「優奈ちゃんがいたら⁉」という怖さから、そうなってしまったのだろう。

俺も心の中で祈る。

元気な優奈ちゃんが、この部屋の中にいてくれれば……。

北野さんのように目を閉じて優奈ちゃんの無事を祈った。

「じゃあ、開きますよ！」

俺が頷いたのを合図に、北野さんは手に力を込めて一気に扉を開放した。

ガタンと勢いよく開いた扉から、俺たち三人はグッと首を突っ込む。

「あれ……なにもありませんね」

泥棒という職業柄あまり荷物を持ち歩くことは少ないのかもしれないが、それにしても武庫川さんの部屋には、荷物らしいものはなに一つなかった。

「まったく荷物がないというのも、なにか変ですけどね……」

俺は中へ飛び込んで上へ続く階段を駆け上がり、扉の上にあった荷物スペースやベッドの下も調べてみるが、もちろん優奈ちゃんはいなかった。

「本当に……どこに隠れちゃったんでしょうか？　優奈ちゃん」

後ろから入ってきた北野さんが部屋の中を見回す。

「こんな狭い寝台列車なのに……」

とりあえず、優奈ちゃんが監禁も殺害もされていなかったことにホッとする。

だけど、優奈ちゃんが行方不明という状況は変わらず、俺は「ふぅ」とため息をついた。

真っ暗となった北海道の海岸線を、寝台特急北斗星は静かに走り続けていた。

（二）武庫川浩二　長万部→八雲　23時38分

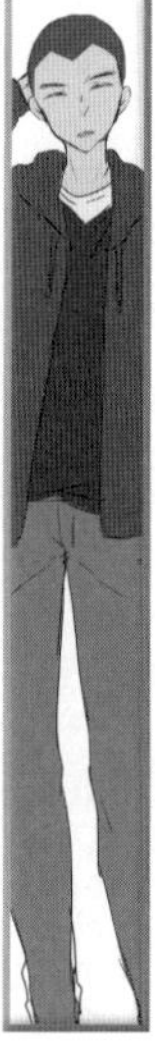

「またムショへ逆戻りかよっ」
手を後ろに縛られた状態の俺には、そうやって毒づくくらいしかできなかった。
ここまでの努力は全てパーということだ。
裁判の時にはレイプしてやった女にも何度も謝罪の手紙を送って、シャバに出たら働いて慰謝料を払うってことで示談に持ち込んで、なんとか懲役五年になったんだ。

ムショでは真面目に過ごして模範囚となって、やっと仮出所になったっていうのによ。

出所した日にやった犯行で、こんなことになっちまうとはな。

「俺もつくづく運がねぇな」

自分のツキのなさを俺は呪った。


ムショを出たばかりの俺には、金がねぇ。

だから、まずは東京へ向かう寝台列車に乗って、手っ取り早く金を稼ごうと考えていた。

網走から乗り込んだ「特急オホーツク」の中で隣り合った客から、

「札幌発の寝台特急北斗星のロイヤルって名前の最高級の部屋は、二人で七万円もするらしいよ」

という話を聞いた。

そんな高い切符を買える客がいるなら「金持ちも乗っているだろう」って考えたわけだ。

だが、問題は寝台特急北斗星の切符だった。

かなりの人気列車ってことで、切符売り場で聞けば「売り切れですね」と言われちまった。

そこで、俺は札幌駅の寝台特急北斗星乗り場に、一番近いトイレ付近で待ち伏せをした。

待っていると、どう見ても娘とは思えない若い派手な女と腕を組んで、高そうなカシミヤのコートを羽織った中年のメタボおやじがノコノコやってきた。

耳を澄ませば「ちょっとトイレに行ってくるから」という標準語が聞こえてくる。

このおっさんは、絶対に寝台特急北斗星の客だ。

こういう時の俺は、いつも勘が冴えている。

後は後ろからつけていき、トイレの個室に入ろうとした瞬間に一緒になだれ込み、持っていたハンマーで思いきり後頭部を殴りつけてやった。

幸いトイレに他の客は誰もいなかったので、ぐったりとしたメタボおやじのコートから、寝台特急北斗星の切符が入った財布を抜き取り、個室の鍵は閉めたまま上から出た。

こうしておけばメタボおやじが発見されるまで長い時間がかかって、それまでに寝台特急北斗星は札幌を出発してくれるだろう。

男は気がついたら被害届を出すかもしれないが……こういったメタボおやじに限っては、その確率は少ない。

なぜなら、ああいう奴はだいたい不倫なわけで、あの女と寝台特急北斗星に乗ろうとしていたことを人に知られるわけにはいかないからな。

もしかすると「大阪に出張に行く」と家を出ていたかもしれねぇんだから、「札幌にいた」ってことさえも誰にも言えないかもしれないのだ。

ただ、こういう奴は現金をあまり多く持ち歩かねぇ。だから、これだけじゃ仕事は終われない。

キャッシュカードやクレジットカードは使わずに駅のゴミ箱に捨てちまったから、現金と切符だけなら足がつくこともあるまい。

俺はそう思っていたんだがな……。

そうまでして乗り込んだ寝台特急北斗星だったが……今回はツキがなかった。

なんと、雪で遅延しちまって「金を持っているだろう」と思っていたハイクラスな連中が、南千歳でほとんど降りてしまって空港へ行っちまったからだ。

だからと言って飛行機じゃ盗みはできねぇし、チケットを買うような余計な金もなかった。

仕方なく列車から降りることもできずに残ったが、ほとんどの客は男付きときたもんだ。

女だけの客は最高級の部屋である「ロイヤル」に泊っている奴と、親子でデュエットに部屋のあるこいつら親子だけだった。

一人客だったが……ロイヤルの女を狙わなかったのは、俺の直感で避けたからだ。

なんだか嫌な感じがする。

あの女がなにを背負いこんでやがるのかは分からねぇが、なんだか俺たちと同じような悪党の臭いがしてやがったんだ。

あれは自分さえよければ、他人はどうなってもいいってタイプだ。

そういう奴は俺たちみたいな犯罪者になることが多いが、たまに頭が良くってうまく世の中を立ち回ることができるやつもいたりする。それでも持って生まれたサガなのか、自分の欲望のためなら「どんなヤバいこともする」って所は変わらねえ。

そういう奴が独裁者になって市民を虐殺したり、核兵器を作ったりしちまうんだ。

それに……ああいう女はレイプしても無反応で楽しくもなんともねぇんだ。

俺は相手が抵抗すればするほど、興奮しちまうタイプだからな。

そこで、親子で乗っていた母親を狙ったが、まさかデカがこの列車内にいるとは思わなかった。

おかげで背中は痛てぇし、こうして捕まってムショに逆戻りだし……散々だ。

その時、俺はフッと思うことがあった。

あの伊丹って奴もタダ者じゃねぇ。

食堂車の時は自分のことに必死だったから気がつかなかったが、あとから考えてみると、たぶん、あいつはデカなんかじゃねぇはずだ……。

俺たちはデカが近づいてくると、雰囲気で察することができるもんなんだ。

あいつには妙な威圧感はあったが、デカ特有のオーラみたいなもんがまったくなかった。

そもそも、國鉄内の犯罪捜査に鉄道公安隊ではなく、縄張り違いの道警のデカが出張ってきているのも変な話だし、テレビドラマじゃねぇんだから一人で行動しているのもおかしな話だ。

あいつはデカのフリをしながら、いったいなにを狙っていやがるんだ？

そう考えた俺だったが、そこでバカバカしくなって推理するのをやめた。

まぁ～いいや。伊丹が本物であれ、ニセデカであれ、俺がとっ捕まるのは変わらねぇんだから。

それより……襲いそこねた女をこうして縛られながら見るのも、そんなに悪い感じはしねぇな。

少し向こうに座って、こっちを見ている久美子の体を上から下まで舐め回すように見つめた。

せめて犯ってから捕まるんだったな。

俺は久美子を見ながら、レイプする時のことを想像して興奮する。

きっと、こいつはいい声を出して泣き叫ぶだろう。

だが、横で寝ている子どもを守らなくちゃいけねえから、きっと声を押し殺していたはずだ。

それに母親って奴は子どものためなら、どんな恥ずかしい命令でも聞きやがる。

そういうところが、俺をたまらなく興奮させるんだ。

ムショでは強制的に、そんなこととは無縁の生活を強いられてきた。

だからと言って男の体が、そんな環境で枯れた爺さんのようになるわきゃねぇ。

しかし、この女こうやって見りゃ～母親とは思えないほどいい体つきをしてやがる。

もうちょっとで犯れるところを邪魔されたもんだから、久美子の体のラインを見ているだけで、俺の下半身もギンギンに熱くなってくる。

その時、驚いたことに久美子から話しかけてきた。

「ねぇ、どうして生物学者の若桜さんじゃなくて、私を狙ったの？」

セミロングの髪を右手でかきあげた久美子は、アンニュイな表情で首を傾けた。

「自分を狙った理由を聞きたいのかよ？　あんた」

「そうよ……武庫川さん」

なっ、なんだ……この酔っちまいそうな気怠《けだる》い空気感は……。

そんなものが見えるわけでもないが、突然周囲にピンクのオーラが拡がっていくように感じた。

知らないうちに喉がカラカラに枯れ、手のひらはびっしょりと汗ばんでいる。

もちろん、股間にはドクドクと血液が流れ込み、こんな状態なのに熱くみなぎっていた。

久美子を見ると、今まで見せていたやさしい母親の雰囲気じゃなくなっている。

脂ののった女の魅力が体中から溢れ出していて、瞳はトロンと潤んでいた。

そして、俺はそこで気がついた。

きっと、久美子はブラをしていない。

知らないうちに大きくはだけた浴衣からは、今までは服で隠されていて見えていなかった大きめの胸の谷間が見えていた。

久美子は俺に見えるように……、いや、見せつけていやがる。

胸の張りは若い女のように強いものではなさそうだが、とても大きく柔らかそうで、挟み込めば気持ちよさそうなことは十分に分かった。

久美子の浴衣姿は若い女の下着姿よりも妖艶で、飛びついてむしゃぶりつきたくなるくらいにイヤらしく目に写った。

久美子は俺を挑発するかのように、ゆっくりと白くて細い足を重ねて組む。

俺はその魅力に吸い込まれるように引きつけられ、背もたれから体を起こして上半身を前へと倒し、ゴクリと生唾を飲み込んだ。

知らないうちに体温が二、三度上がったみたいに体が熱を帯びていた。

きっと、顔は興奮で真っ赤になっているだろう。

ニヤリと笑った俺は、狙った理由を久美子本人に教えてやることにする。

「そっ、そりゃあ、あの学者は、女としての魅力がねぇからな」

舌をイヤらしく出して、舌なめずりをする。

「へぇ～じゃあ、私にはそれがあったってこと？」

久美子はソファに右腕の肘をついて、手首に頬をのせる。

俺はその時、まるで酔っぱらっているかのように、熱にうなされたような感じになっていた。

こうなったら素直に言ってやるぜ。

「お前の方が、いい声で泣き叫びそうだったからさ……」

久美子は両目をゆっくりと閉じてから開く。

長いまつ毛がゆっくりと上下するのは、なにか誘っているような気がした。

「それで褒めているつもり？」

「当たり前だろ。女が襲われるっていうのは、魅力があるってことなんだからよ」

久美子が少し前に体を傾けると、更に胸の白いふくよかな谷間が露《あらわ》になる。

「でも武庫川さんは、女だったら誰でもいいのよねぇ？」

久美子は艶めかしく右手を長い髪に通しながら聞いた。

だが、この言い方は、俺に対する侮辱のように聞こえる。

ムショに入るかもしれねぇ覚悟を持って犯罪に挑むのに、自分が好きでもねぇブスを犯るような性犯罪者はいねぇだろ。

俺はフッと笑って久美子を見つめた。

「あのなぁ、俺は好みじゃねぇ女を襲うような無粋なことはしねぇんだよ」

久美子は俺の体を上から下まで見つめながらフフッと微笑む。

「……そうなのね」

久美子の瞳は、まるで酔っぱらっているかのようなトロンとした目だった。

じっと俺を見ていた久美子が、スッと立ち上がる。

「だったらいいかも……」

ニコリと笑った久美子はクルリと振り返り、スタスタと通路を歩いて俺の横を通り抜け、ロビーの一番近くにあった客室の扉をカチャリと開く。

六号車の半分はロビーとシャワー室だが、半分は「ソロ」と呼ばれるシングルの個室だ。

扉に「B・個室・1」と書かれた部屋に、久美子は上半身だけ入れる。

「あら、この部屋にも誰もいないのね」

乱れた浴衣を直すこともなく、口を少し開いたまま俺を見つめた。

さっきよりもグッと近くなったことで、俺の心臓が妙に高鳴る。

「そっ、そりゃあ〜みんな下車しちまっているからな。車内のほとんどの部屋が空き部屋になっちまっているのさ」

「お客さんのいない部屋に、鍵はしないのね？」

「國鉄は昔からそんなもんさ」

体が自由に動かせない俺は、首だけ左に回して久美子を横から見ていた。

くそっ、両腕の自由が効けば、手を伸ばすだけで押し倒せる状況なのによっ。

獲物が射程距離にあって、絶好のチャンスなのに動けないことが腹立たしかった。

その時、目を疑うようなことが目の前で起こった！

すぐ横に立っていた久美子が、なにを思ったのか浴衣を留めていた腰紐をシュルと引き抜く。

しかも、腰紐を結び直すのではなく、扉を開けた部屋の中へ投げ捨てたのだ。

どっ、どういうつもりなんだ⁉

腰紐がなくなったことで、白い浴衣は久美子の肩に掛かっているだけだった。

俺からは体の側面しか見えないが、前が全てはだけてしまった浴衣を久美子は羽織っているだけであり、スッと歩き出すと母親とは思えないキレイな細い足がチラチラと見えた。

久美子はそのまま部屋へ入った。

俺に見えたのは白い足だけで、こうなったら完全なヘビの生殺しだ。

久美子は俺が動けないことをいいことに、見せつけることを楽しんでいるのか？

イライラしてきた俺は「くそっ」と自分の哀れな姿を呪った。

その時、部屋から顔だけを出した久美子は、右目に前髪をかけながら呟く。

「どうしたの？　こっちへこないの」

久美子は小さく舌を出してペロリと唇を舐める。

「なっ、なに？」

もしかして、こいつ酔っているのか？

俺は驚いてしまったが、すぐに久美子の狙いが分かった。

きっと、こいつは旦那と巧くいっていないんだろうな……。

よく聞く週刊誌やネットで書かれている「セックスレス夫婦」って奴かもしれねぇ。

だから、俺が襲おうとしたことは、久美子にとっては久しぶりで嬉しいことだったのかもな。

つまり久美子は俺に「抱かれたがっている」ってことだ。

それじゃあレイプにはならねぇが……まぁいいか。

こっちは長いムショ暮らしで溜まっているんだ。

この際、レイプだろうが、なんだろうが突っ込んで出せりゃそれでいい。

俺は久美子に向かってニヤリと笑いかける。

「おっ、おう。今いくって……」

身をよじってみるが、伊丹のバカがかなりきつく締めあげていやがった。

「早くきて……武庫川さん」

回れ右をした久美子は、浴衣をたなびかせて真っ暗な部屋の中へと消えた。

俺のロープを久美子が、ほどいてくれるわけじゃなかった。

まるで久美子は「そのままでもできるでしょう」と言っているようだった。

このSっ気の多い変態主婦めっ！

「こうなったら、このままいくか！」

体を完全に拘束されているわけじゃねぇ。

単に後ろ手に縛られているだけだから、両足は動かせる。バランスは取りにくいが歩くことだっ

てできなくはない。

ゴロンとソファの上を転がった俺は、体勢を整えて気合を入れる。

「おらっ！」

両手を思いきってソファにつき、腹筋に思いきり力を入れて立ち上がると、前へ倒れ込むようになりながらもフラフラと歩き出せた。

さすがに慣れるまでは、両腕なしで素早く歩くのは難しい。

その時、食堂車の方からチャラいカップルの女の声が聞こえてきた。

「もう、駿はエッチばっかりなんだから……」

手を縛られたままでロビーを歩いていたら、きっとあの女は車掌に通報するだろう。

「ったくバカ女がっ！　部屋で男と大人しくセックスしてろってんだよ」

俺はチョコチョコと左右の足を動かしてロビーの横を移動し、久美子が中にいる部屋へ逃げ込むように飛び込んだ。

誰も使っていない部屋のせいか、明かりは点いていない。

この部屋はB寝台ソロと呼ばれる個室で、一階に作られた部屋だった。

右前に真っ白なシーツのかかったシングルサイズのベッドが薄らと見え、左の壁との間は細い通路のようになっていた。

ここも他のソロの部屋と同じく「部屋の中はベッドで一杯」といった構造だった。

こっ、これは……。

ベッドの上を見ると、そこには久美子が着ていた浴衣がバサッと投げ捨てられていた。

少し不思議だったのは、三畳もない狭い部屋の中にいるにもかかわらず、なぜか先に入ったはずの久美子の姿を見つけられないことだった。

変に思った俺は、目を細めてジッと暗闇の室内を見回す。

「おっ、おい……久美子」

その時、俺の背中をゾクリとするものが走り抜けた。

いつも自分が感じていることとは、逆の感情が体に流れ込んでくるようだった。

これは俺が襲うんじゃない……襲われる⁉

まるで自らクモの巣に飛び込んでしまったような感覚にとらわれる。

直感が脳にビリッと警鐘を鳴らし、俺は通路へ戻ろうと一歩二歩と後ろへ下がりかけた。

だが、その瞬間にスライド扉がガシャンと勢いよく背中で閉まる。

室内の灯もベッドランプも点いていないので、一瞬で完全な暗闇となってしまう。

部屋の中には全裸の久美子がいて、俺はこれからエッチなことを楽しめるはずなのに、漂っている空気感はとてもそんな雰囲気じゃなかった。

突然、額からはダラダラと汗が流れ出し、逃げ出そうと思った俺は、縛られた両手で閉まった扉をまさぐるが、なぜかドアノブの位置がまったく分からなかった。

俺は扉と思われるプラスチックの壁を、ただカリカリと虚しく触るだけだった。

どっ、どこだ⁉　ドアノブが見つからねぇ。

俺は必死で焦っていたが、なんとか落ち着きを取り戻して手首を虫のように這わせた。

扉の端まで手を動かすことでようやくドアノブを探りあて、俺は必死になってそれを握る。

だが、そこには温かい別の手があり、ドアノブを引くことは許されなかった。

「くっ、久美子か⁉」

「そうよ……どこへ行く気？」

さっき部屋を見た時には見えなかったが、久美子の声は耳元から聞こえてきた。

すぐに背中に温かく柔らかい大きな胸が押しあてられる。

グチュリといやらしい音が何度かして、香水なのか強烈な女性ホルモンを含む香りが、俺の全身を包み込むように舞い上がってくる。

こんな強烈な香りを嗅いだら、どんな男だって一発でイヤらしい気持ちになっちまうはずだ。

いつもだったらすぐにも女の体にむしゃぶりつくところだが、今日の俺はそうしなかった。

素直に喜べないのは、納得できないことが続いていたからだ。

いっ、今も……どうやって後ろに回ったんだ⁉

まだ、なにもしていないうちから、長時間女を抱いた時のように声が荒くなってしまう。

「どうしたの？　ずっと刑務所だったから、胸が背中に当たるだけで……いっちゃうの？」

俺が怯えれば怯えるほど、久美子は大胆に俺を攻めた。

レッ、レイプされるっていうのは……こっ、こういう恐怖なのか⁉

今さらだが「襲われる」恐怖を感じ、自分のしていたことの酷さを痛感する。

そうは言っても、久美子はただの母親だ。俺が怖がるもんなんかじゃねぇ！

ゴクリと生唾を飲んだ俺は、ブルッと顔を左右に振って我に返る。

「そっ、そうじゃねぇ！」

「だったら……どうしたの？　なんだか……怖がっているみたい。初めてなの？」

「レイプ犯が童貞であるわけねぇだろ！」

「そう……じゃあ楽しみましょうよ」

脇の下から手が伸ばされて、右手は胸元へ左手はピタリと腰へと巻きつけられる。

言い知れない恐怖にさいなまされた俺は、その手を振りほどこうとするが、久美子の手には女とは思えないほどの大きな力がかかっていて、俺が必死になっても外せなかった。

なっ、なんだ⁉　いったいどうなっていやがんだ⁉

「さぁ、こっちをむいて」

体は強制的にクルリと半回転させられ部屋の入口に顔を向けたが、暗闇で久美子の姿をはっきりと見ることはできなかった。

俺の後頭部に久美子の右手が、ゆっくりとあてがわれて押されていく。

「あっ、あのな……」

だが、俺に言えたのはそこまでだった。

次の瞬間には久美子が俺の唇に、柔らかな唇をネットリとあてて強引にキスをしたからだ。

だが、それは恋人同士でするような「キス」なんていう生やさしいものじゃなかった。

最初から口の中へ舌をグイグイと入れてくる強烈なディープキスで、俺が今まで体験もしたことのない、全身がとろけ出してしまうような激しい行為だった。

なっ、なんだこれ……キスってこんな凄い感覚だったか？

空へ昇っていくようなフワッとした感覚に包まれ、その快楽に全身を委ねてしまいたくなった。

強烈な快感に重力さえ感じられなくなり、まるで宇宙と一体になったかのように俺は感じた。

（三）桐生達也　長万部→八雲　23時40分

「では、私はこれで……」

たいして荷物のなかった武庫川さんの部屋を簡単に片付けた北野さんは、5号車にある乗務員室へ戻って、列車無線を使って函館の鉄道公安隊と連絡をとり始めた。

俺と伊丹さんは4号車から3号車へと入った。

その時、一緒に歩いていた伊丹さんに、自分の推理を聞いてもらうことにする。

「俺、優奈ちゃんは3号車にいると思うんです」

扉がズラリと並ぶ通路に立って、俺は3号車内を見回す。

「あの子はこの車両のどこかにいるって言うのか？」

「ええ、武庫川さんの目撃証言によると、優奈ちゃんは4号車を出ていきましたが、伊丹さんが仕事をしていた2号車には現れなかった。そして、杏ちゃんは『3号車で優奈ちゃんと別れた』って言っていました」

「そう考えると……『3号車しかない』ってことか？」

俺たちは立ち止まり、十数室の個室の扉が並ぶ通路を見つめた。

「消去法なので、確信はないんですけど……」

伊丹さんが右手を顎にあてる。

「そういうことなら北野さんにちゃんと話をして、3号車は全部屋のチェックをしたほうがいいかもしれないな」

「ええ、そう思います」

「だが、それは函館まで待ってからのほうがいいだろう。色々と事件が起きている上に、こんなに運行も遅れているんだからな」

その意見については俺も同感だった。

「そうでしょうね」

いくら今は部屋の中に誰もいない状態とは言え、俺たちだけで勝手に全ての部屋を調べるのは許可されないだろう。

そういう事態になれば、必ず北野さんは立ち会わなくてはいけなくなるはずだ。

だから、このタイミングでの3号車の一斉捜索は、北野さんに頼めないと思ったのだ。

「武庫川さんの処理で、今は凄く忙しいでしょうからね」

俺と伊丹さんは3号車からデッキを跨いで2号車へと入る。

2号車の通路を歩きながら伊丹さんは話す。

「武庫川は拘束してあるんだし、あいつは優奈ちゃんに手を出していないと言った。であれば……これ以上車内で犯罪が起きることもないだろう」

「でも、札幌の資産家を襲った強盗殺人犯が——」

伊丹さんは首を左右に振って、俺の言葉を遮る。

「いや、この列車には乗っていないようだ。それに、複数の犯罪者が同じ列車に乗り合わせるなんてことは、滅多にないだろう」

「確かにそうですね。俺だって本物の犯罪者を見たのは初めてですから」

「あの武庫川って奴の言葉は、割と信用できると思うんだ」

「それはどうしてです？」

伊丹さんはフッと笑う。

「長年あの手の連中を見てきたが、追い込まれた時には案外本当のことを言うものさ。そう考えれば優奈ちゃんは無事で、きっと鉄道公安隊に引き渡されないように、自分からどこかに隠れているんじゃないか？」

そこで伊丹さんは「じゃあな」と手をあげて、2号車の自分の部屋へと入っていった。

「そうですね。そうかもしれませんね」

そんな話が聞けて、俺は少し安心できた。

確かに武庫川さんが優奈ちゃんになにもしていないんだったら、きっとどこかに隠れているだけで監禁されていたり、殺害されているなんてことは絶対にないだろう。

武庫川さんを函館で降ろしてしまえば車内は安全なわけだし、そうなれば最悪でも上野駅に着いた時には、全部屋を國鉄が捜索してくれるから、そこで会えるはずだ。

もしかしたら、どこかの部屋のベッドで、もう熟睡しているのかもしれないな。

俺は通路を歩いてデッキを渡り1号車へと戻ってきた。

1号車には相変わらず俺たちしかおらず、車内には走行音が響いているだけだった。

コンパートメントを区切るガラス扉が閉まっていたので、ドアノブに手をかけて力を入れるとガチャリと音がするだけで開かなかった。

「あれ？　鍵が閉まっている」

「あぁ、わりぃ」

ガラス越しに俺を見つけた千原が、ゆっくりと歩いてきて中からロックを外してくれる。

「これで優奈ちゃんが見つかれば、万事解決なんだけどなぁ――」

そう呟きながら自分のベッドへ行こうとすると、下段ベッドでギュッと膝を抱えていた甘木さんが大きな声で俺に向かって叫ぶ。

「桐生くん！　ちゃんと鍵を閉めて！」

必死に訴えかけるその瞳は、今まで涙を流していたかのように真っ赤に腫れていた。

「あっ、あぁ……ごめんね、甘木さん」

素早く振り返った俺は、部屋の中からロックをかけた。

千原が肩を小さく動かしてサインを送ってきたことから察するに、扉が閉まっていたのは甘木さんの指示によるものなのだろう。

甘木さんには一連の事件がショックだったようで、ベッドで膝を抱えたまま体を震わせていた。

真琴はそんな甘木さんの横に座って、肩を貸してあげている。

すっかり明るさを失った表情の甘木さんは、俺の顔をジッと睨みつけるように見上げた。

そして、泣きながら俺に向かって訴える。

「ねぇ、桐生くん……もう車内の事件には関わらないで」

えっ？　どうして⁉

どうして急にそんなことを言われたのか、俺には分からなかった。

「いきなりどうしたの？　甘木さん。俺、なにか悪いことした？」

甘木さんは鋭い目つきのままで、俺から目を離さない。

「そこで『どうしたの？』とか『悪いことした？』って聞くところが、桐生くんの感覚がおかしくなっているんじゃないかって思うんだけどっ」

「そっ……そう言われてもなぁ」

甘木さんがどうしてそんなに俺に怒っているのか、本当に理解できなかった。

膝を抱えていた腕に、甘木さんはギュッと力を込める。

「分からないなら教えてあげるよっ。銃を振り回す男や行方不明になった女の子。挙げ句にはレイプの常習犯までが現れているけど。私たちは単に北海道にスノボツアーで来て、明日、東京へ帰る途中なだけなんだからねっ」

突如責められることになった俺は、困ってしまって頭の後ろをかいた。

「そっ、そうだよね。もちろんそれは分かっているよ。だけど、色々な事件については、偶然居合わせてしまっただけで……」

「それは分かっているけど……」

そう呟いてから、キッと目を大きく見開き甘木さんは叫んだ。


「でも桐生くんは、どうしてそんなに事件に関わろうとするのっ⁉」


グッと肩を真琴に寄せた甘木さんは、顔を下へ向けて目を伏せる。

甘木さんが叫ぶところを初めて見た俺は、正直驚いた。

いつもはあんなに穏やかでホンワカしているから、こんなに強い言葉を使う甘木さんを想像したことがなかったからだ。

俺は甘木さんのほんの一部分しか、今まで見ていなかったのかも……しれない。

甘木さんの頭をなでながら、真琴が真面目な顔で俺を見る。

「達也……色々な事件が一気に起きて、少し感覚が麻痺しちゃってるんじゃない？」

「俺が麻痺している？」

真琴はスッと頷いた。

「人が死んだり、女の子が消えたり、レイプしようとしていた人が捕まったり……そんな状況が短い時間の中で次々に起きたら、普通の女の子ならみんな怖くて耐えられなくなるわよ」

甘木さんが不安に感じている気持ちを、真琴は俺にやさしく説明してくれた。

「……そっか、そうだね。そうかもしれないね」

「こんな次々に事件の起きる列車に乗っていたら……誰だって頭がおかしくなるわ」

顔をあげた甘木さんは、真琴の背中越しにジッと俺を睨みつける。

「桐生くん。もう、部屋からは出ないでっ！」

「えっ⁉　でも、まだ優奈ちゃんが行方不明なんだよ。きっと、3号車のどこかに――」

そんな俺の言葉は、甘木さんの悲痛な訴えにかき消される。


「**それを『止めてっ！』ってお願いしてるのっ**」


その涙でにじむ瞳には、不安だけではなく怒りにも近い感情が入り混じっていた。

「桐生、俺たちは伊丹さんみたいな刑事じゃないんだぜ。だから、もう危険なことには首を突っ込まず、北斗星が上野に着くまで静かにしていようぜ」

千原が静かにそう言うと、真琴もその意見に同意するように頷いた。

確かに俺は警官でもなければ國鉄の人間でもない。

たまたま、植苗駅の事件に巻き込まれたから、優奈ちゃんのことを心配してはいるけど、あの子のことだって、俺はなに一つ知っているわけじゃない。

ただ、なぜか気になって、必死に捜してしまっているだけだ。

それは甘木さんや真琴や千原から見れば、俺が「一人で無茶して事件に首を突っ込んでいる」ってことになってしまうのだろう。

確かに……俺は優奈ちゃんのことに、一人で熱くなりすぎていたかもしれないな……。

反省した俺は、素直にみんなに向かって頭を下げた。

「ごめん。もう事件には関わらないから……」

張りつめていた空気がフッと緩み、真琴と千原は微笑みで答えてくれた。

二人はまだヒクッヒクッと肩を震わせている甘木さんを見つめた。

そこで、俺は改めて甘木さんに向かって、ちゃんと謝った。

「本当に不安な気持ちにさせてゴメン！　この通り謝るから……ねっ、甘木さん」

甘木さんは小さな穴から顔を出すリスのように、かわいい顔をちょこんと真琴の肩にのせる。

そして、口をクンッと尖らせた。

「本当に？　もう事件に関わらない？　もし桐生くんになにかあったら、わたし……」

俺は何度も頷く。

「甘木さんが嫌がることは、絶対にしないからっ！」

大きな瞳から流れ続けていた涙を、甘木さんは自分のハンカチで押えるようにトントンと拭う。

「……約束だぞ、桐生くん」

ほっとした様子で、甘木さんはやっと微笑んでくれた。

(四) 三田理沙　長万部→八雲　23時40分

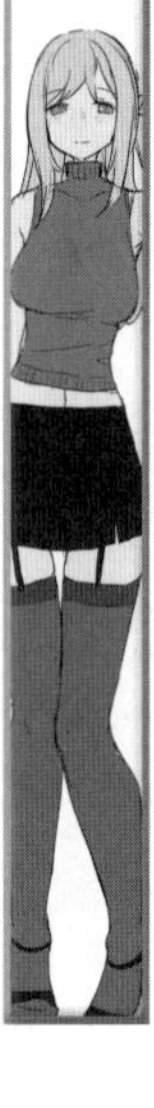

「行ってきま～す」

私は替えの下着やお風呂セットを持って部屋を出て、一人でシャワー室へと向かった。

「理沙～行っちゃうのかよ～」

駿の声が背中にあたったが、振り返ることもなく私は扉をパタンと閉めた。

部屋にいると駿が「理沙いいだろ、なぁ」ってしつこく迫ってきて、エッチばかりしようとするから、少しだけ部屋を出たかったのよね。

本当なら明日の9時半には上野に帰れたのに、もし十時間も遅れたら明日の夕方まで駿とエッチをし続けなきゃならないなんて……考えただけでも気が重くなるわ。

やっぱりしつこく「残ろうぜ」って言っていた駿の意見なんて聞かずに、私も新千歳空港から飛行機で帰ればよかったのかな？

一応、私は駿の彼女だから、そういうことを少しくらいはしてもいいんだけど……。

もう私の方は楽しくないっていうか、駿は同じパターンばかりだから。ぶっちゃけて言うと「飽きてきちゃった」って感じなのよね。

それに何度かエッチして分かったことなんだけど、タイミングがまったく合わない。

こういうことって、次の日に「別れない？」って言うほどのことじゃないけど、何か月も付き合っているうちに積り積もっていって、だんだん嫌いになっていく原因になるのよね。

「そろそろ潮時かしらね……駿とは」

駿と付き合ってもうすぐ二か月だから、私としては長く付き合った方よね。

そんなことを考えながら食堂車を歩いて通り抜ける。

さっきは武庫川って男の取り調べをしていたけど、今は誰もいないみたいで、天井の照明は暗くなりテーブルの上に並んだランプが、間接照明のようにポツンポツンと灯っていた。

シャワー室があるのは、食堂車を抜けて一両向こうにある6号車。

6号車のロビーへと入った瞬間、私はスッと足を止めた。

「なにかしら？」

なにか黒い影が素早く走り去っていったような気がした。

前後を見渡して通路を見たけど、どこにも人影らしいものはない。

むしろ一両に歩いている人が誰もいないことが、少し不気味なくらいだった。

ロビー近くにある自販機からブゥゥンという機械音が響き、車外からはカタンコトンという軽快な走行音だけが聞こえてくる。

「ふぅ、私の気のせいだったみたいね」

真っ暗な窓から外を見れば、横殴りの雪が前から後ろへ向かって白いビームのように、無数に飛んでいくのが見えていた。

半円形のソファが並ぶロビーを通りながらシャワー室へと歩き出した時、私はちょっと気になって再び足を止めた。

「そういえば、あの武庫川って男は、どうしたのかしら?」

確か縛ったままどこかに監禁して、交代で見張りをするみたいなことを言っていたはず。

「あの時……『ロビーで』って聞こえたような気がしたけど……」

パッと見た限りロビーに武庫川の姿は、どこにもなかった。

「聞き違いだったかしら?　それとも別な部屋になったのかしらね」

私は少しそんなことを考えてみたが、正直どうでもよかった。

私の人生に武庫川が関係するわけじゃないし、聞いた話じゃ函館で鉄道公安隊に引き渡されて、再び刑務所へ戻されるみたいだったし。

「どこで監禁されていても、私には全然関係ないんだけどっ」

ロビーの手前にある通路を左へ曲がってシャワー室へと進んだ。

シャワー室は縦に二つ並んでいて、私は奥の方の扉を開いて中へと入った。

室内は灯りが点いていなかったので、壁を触ってスイッチを探して押す。

すぐに天井のＬＥＤ照明が光って、淡い光が脱衣所に降り注ぐ。

壁の注意書きを読むと「まず鍵をロックしてください」と書いてあった。

よく読んでみると、鍵がロックされた状態じゃないと、お湯を出す装置が働かないように作られているみたいだった。

「ここにカードを入れるのね」

右壁にあった機械に車掌さんから貰ったカードを入れた。

すると一番上の緑のランプが消えて、一つ下のオレンジ色のランプが点灯し「シャワーが利用可能です」という文字が現れる。

シャワー室は手前に半畳くらいの脱衣所があって、その奥に同じ広さのシャワー室があった。

「あとは家のシャワーと同じってことね」

手前にあった半畳ほどの脱衣所に入り、履いていたコルクのサンダルを脱いだ。

グレーのノンスリーブニットを脱ぐと、下に穿いていた黒のスカートを床へ落とす。

ノンスリーブニットとスカートを、きちんと畳んでから脱衣カゴに重ねて置いた。

私、セックスの前でも脱いだ服は、ちゃんと畳んでおきたい方なのよね。

それから別に駿のためじゃなかったけれど、上下で黒に揃えて決めてきた下着を脱いで、脱衣カゴの一番上に載せた。

家のシャワー室と同じような構造の中折り扉を押して、奥のシャワー室へと入る。

扉の向こうにはビーチにあるコインシャワーのような、プラスチック製のシャワー室があった。

「お湯は制限時間付きで、六分間って言ってたっけ?」

壁にタイマー表示があって「6:00」って秒単位まで表示されている。

タンクのお湯には限りがあって、流しっぱなしにできないって車掌さんが言っていたけど……。

「列車内でシャワーが浴びられるって言っても、やっぱこんなもんよね」

寝台特急北斗星は「豪華列車だぞ」って駿から聞いて私はついてきたけど、実際に乗ってみたらそんなに「豪華」ってほどでもなかったわね。

これだったら都内のホテルとかレストランの方が、家にもすぐ帰れるからよかったかも……。

緑のボタンを押すと、タイマーのカウントダウンが開始され、壁に掛けられていた白いシャワーヘッドから温かいお湯が出てきた。

どんどんタイマーが減っていくから、必要ない時には赤いボタンを押してお湯を止めるらしい。

頭からお湯を被ってから、シャワーヘッドに向けて首を少し上げる。

さっきは少し文句も言ったけど、たまにやってくるガクンという大きな列車の揺れさえ気にしなければ、やっぱり寝る前に温かいお湯を浴びられるのはなかなか幸せ。

確かに新幹線じゃどんなに汗だくでも、シャワーは浴びられないんだし。

「気持ちいい……」

札幌を出てから雪で列車は止まりそうになったり、駅で人が列車にひかれたり、レイプ犯が車内にいたりして、ちょっと気分が滅入っていたところだった。

そんな時に、こうやって温かいシャワーを浴びられるのは、それなりにいい気分転換になる。

「駿のセックスハラスメントからも、しばらく逃げられるしね」

別にそんなに汗をかいてるわけじゃないから、しっかり体を洗いたいわけじゃない。

ただ、こうしてゆったりお湯を浴びていれば、気持ちも落ち着くしリラックスできるのよね。

今日はもう駿とエッチもしないだろうし。

本当だったら高校生の桐生くんや千原くんとも遊びたいところなんだけどね。

だけど、さっきちょっと1号車まで歩いていって覗き込んだら、凄い深刻モードになっていて、二人の女子にも邪魔者扱いされそうだったから「もう今日はいいか」って感じだった。

結局、私は一度も赤いボタンを押すことなく、タイマーは減り続けた。

「あと、三分くらいか」

ガシャン！

頭上から大きな音がした瞬間、シャワーヘッドから流れていたお湯がピタリと止まった。

「どういうこと？　まだ三分くらい残っていたわよね」

手を伸ばした私は、壁に吊ってあったシャワーヘッドを外して、ガタガタ振ってみたけど、まったくお湯が出てくる気配はない。

よく見ると、今までカウントダウンしていたタイマーが完全に消えてしまっていて、再び緑のボタンを押してもウンともスンとも言わなかった。

「故障？　やっぱり古い車両を走らせている國鉄の寝台列車なんて、こんなもんよね」

あきらめた私は「ふぅ」とため息をついてシャワーヘッドを置いた。

その時、またさっきみたいにガシャンと大きな音がした。

「これ……さっきからなんの音なの？」

首を捻っていたら、なぜかタイマーの表示がリセットされて「6：00」と表示された。

「なんなの？　このシャワー」

ちょっとイラッとしたけど、タイマーが元に戻ったのならそれでいいわ。

私は緑のボタンを押して、再びシャワーを浴び始める。

再び五分くらいの時間が過ぎ、残りのタイマーが三十秒くらいまで減った時だった。

突然、背後から何者かに下げていた両手をバシンと掴まれた。

私の手を押さえている強い力から、それは駿のものではないことがすぐに分かる。

「なっ、なに⁉　だっ、誰よ⁉」

背後に迫った奴からはなんの返事もなく、黙ったままだった。

これは知らない男だ。

背後にあった存在感とその力から、私は見知らぬ男が同じシャワー室にいると感じた。

その瞬間、体がビクンと硬直してしまって、恐怖に支配されてしまう。

なっ、なに⁉　なにが目的なの？

これからどうされるのか分からない、言いようのない恐怖が私に襲いかかってくる。

そいつは慣れた手つきで私の両手を後ろへ回すと、背中で合わせるようにしてまとめ、上に向かって強い力でギリギリと引き上げてきた。

「いっ、痛い……やっ、やめて……」

あまりの痛みに、叫ぶことさえできなかった。

腕の付け根に激しい痛みが走り、その痛みに耐えるように顔をしかめていると、両腕をまとめるようにロープのような物が巻きつけられていくのが分かった。

グルグルと両手を縛り上げたロープが、最後にギュと強く締め上げられる。

「痛いっ！」

激しい痛みに、思わず私は両目をクッとつむる。

その時、後ろからフッフッと、この状況を楽しんでいるような息づかいが聞こえた気がした。

そいつは黙ったまま、私の首の後ろを静かに押す。

押されてバランスを崩してしまうが両手は背中で縛られているので、私は手をつくこともできずに頭をシャワー室の壁にガツンとぶつけてしまう。

そのまま立っていることもできず、私は壁に頭をつけながら両足をくの字に曲げて床にしゃがみ込んでしまった。

そんな私の体にシャワーのお湯が雨のようにザァァと降り注ぎ続ける。

その時、どうしてこんなことになってしまったのか分かった。

私はシャワーの大きな音で、扉の開いたことに気がつかなかったんだ……。

さっきシャワーの表示が消えた時に、扉のロックも開いてしまったのかもしれない。

二度目のシャワーを浴びだした時、背後から脱衣所の扉を静かに誰かが開いて、ひっそりと背後に迫り襲いかかってきたのだろう。

振り返ってそいつの顔を見ようとしたけど、真後ろにいて見ることはできない。

顔を上げれば、降りかかるシャワーによって目がかすんだ。

恐怖を押さえつけて、なんとか声をあげる。

「誰なの⁉」

そう言った私の口をそいつの右手がすぐに塞ぐ。

私の抵抗はフグフグという情けない声しか出すことができず、両手を縛られていたので簡単には立ち上がることさえもムリだった。

背後の男がゆっくりとしゃがみ込み、耳元で息が掛かるくらいの距離で囁く。

「へへへへっ……いい体してんじゃねぇかよ」

こっ、この男の声は⁉

聞いた瞬間全身に寒気が走った。

それはどこかに監禁されているはずのレイプ犯、武庫川の声だったからだ。

どっ、どうしてここにいるのよ⁉　拘束されてたんじゃないの？

私にはどうして武庫川がここにいるのか、さっぱり分からなかったが、男は監禁されることもなくシャワー室にいて、私を今から襲おうとしていた。

「狭いシャワー室でのレイプっていうのは……俺も初めてだなぁ」

武庫川は私の背中にピタリと体を押しつけてくる。

私は裸だったが武庫川は服を着ており、濡れたTシャツのような気持ち悪い感覚が背中に押し当てられてくる。

「クゥゥゥ……クゥゥゥ……」

なんとか声をあげながら、狭いシャワー室から逃げ出そうと体をひねるが、両手を締め上げられた状態での抵抗は限られていた。

だが、それは武庫川の興奮を誘ってしまう。

「ほらほら……もっと抵抗しろよ。俺はそういうタイプの方が燃えるからよぉ～」

耳元で舌舐めずりをしながら、興奮して囁く武庫川の声に体が震えた。

こっ、ここで犯される⁉

「さて、そろそろ頂くとしようか……」

武庫川は空いていた左手を使って、円を描くようにゆっくりと私の裸体をまさぐり始めた。

足先から足首。ふくらはぎから太ももへ……。

やがて、その手が目的とする場所へと近づいてくる。

私は体を必死によじって避けようとしたが、そんなことで武庫川の手を振り払えるわけもない。

「シャワー室の鍵のピッキングなんて、ちょろいもんだよな」

武庫川は扉をピッキングして開いたことを自慢げに説明し始める。

それも口を塞いだ私の耳元で囁くように……。

「扉のロックとシャワーが連動してやがって、鍵を開けたらお湯が止まっちまった時は『ちょっとやべぇ』と思ったがな。中へ入ってロックして俺が久美子から貰ったシャワーカードを使って復旧してやったら、俺が近づいていることにも気がつかずに、またノコノコとシャワーを浴び始めるんだからなぁ。なんて間抜けなんだよぉお前はよう~ハハハッ……」

私の背中にピタリと自分の胸板をつけた武庫川は、私の横顔に自分の顔を近づけてくる。

耳元ではハァハァと荒い息をたてながら、武庫川は私の首筋に唇をあてて滴を舐めとった。

まるで、ナメクジが走ったような、おぞましい感覚が全身に走る。

やっ、やめて……。

あまりの絶望的な状況に体中の力が抜け、小さな女の子のように小刻みに震える。

もう、武庫川が右手を離しても、私は声を出すことすらできないだろう。

セックスなんてし慣れているけど、無理矢理されたことは一度もない。

私がもう抵抗できないと分かったのか、武庫川は口から右手を外して私を床へと跪かせた。

慌ただしくベルトを外し、急いでジッパーを降ろす音が背後から聞こえてくる。

レッ、レイプされる……。

私が放心状態でシャワーに打たれていると、いきなり武庫川は私の唇を奪った。

「やっ、やめてぇ……」

武庫川の乱暴なキスは、激しく私の奥へ奥へと舌を突き入れてきた。

だけど、私はその時考えられない感覚に陥っていた。

こっ、これはどういうこと?

意識がボンヤリとしてくるような、恍惚《こうこつ》とした不思議な感覚に私は戸惑っていた。

これまで体を重ねてきた男たちからは得たこともないような、初めての快感と言ってもいいものだった。

これがセックスならまだ分かるが、キスしただけで……こんなにも濡れちゃうなんて……。

見ず知らずの男にレイプされようとしているはずなのに、私は快楽の深みへと落ちていく。

すぐに武庫川から太くて大きな物が私の中へと入ってきて、その瞬間、今までに味わったことのない強烈な快感が全身を貫いた。

DD04 青函トンネルへ

（一） 桐生達也　函館駅　1時33分

一時は小康状態だった雪は、再び激しさを増してきた。

そのために寝台特急北斗星の運転速度が鈍化し、函館に到着することができたのは、深夜一時半を少し回ってからのことだった。

俺は1号車の自分の部屋で甘木さん、真琴、千原と共にいた。

なにも気にしない千原はあっという間にイビキをたてながら寝てしまったが、色々なことが起こったことで興奮してしまった他の三人は、なかなか寝つけないでいた。

俺は自分のベッドに寝転がってはいたが、目が冴えてしまって眠れなかった。

函館に到着すると寝台特急北斗星は、先頭の機関車交換を行うため十数分間停車する。

今までは電化されていない区間を走行していたので、青いディーゼル機関車が二両で引っ張ってきた。

だが、函館から青函トンネルを抜けて青森までは「赤い電気機関車が一両で牽引する」と学校で吉野が語っていた。

本当だったら機関車の切り離しや連結を、みんなで見学したいところだが、色々な事件があって気まずくなってしまったため、とてもそんなことを言い出せるような雰囲気じゃなかった。

通路からバタバタと走ってくる足音が聞こえたので、上半身を起して通路側に目を移すと、必死な表情をした北野さんが、ガラス扉越しに俺たちの部屋の中をジッと覗き込むのが見えた。

「なんだ?」

一瞬、扉を開けて話を聞こうかと思ったが、北野さんはすぐに先頭へ向けて駆け出していく。

しばらくすると北野さんは、再び通路を走りながら戻ってきて、今度はまったく目を合わせることもなく、2号車の方に向かって走り去った。

なにをしているんだ?

その時、横から鋭い視線を感じる。

スッと顔を反対側の下段ベッドへ向けると、不安そうな顔で甘木さんが俺を見つめていた。

その目からは「もう、どこにも行かないで……」って雰囲気が漂っている。

その上段ベッドには真琴がいるのだが、肘をついた左手を横に振りながら「関わっちゃダメよ」って感じで右目をパチンとつぶった。

「……分かっているから、大丈夫だよ」

俺はそう囁いて、上半身を壁に向けて枕に頭をのせた。

雪の中での連結作業は大変らしく、普段なら十数分で発車できそうなものだが、すでに二十分以上を要していて、函館を出発できたのは1時55分だった。

本来であれば車内放送で現在の運行状況などが報告されるところだが、すでに深夜となっているためか、特別なお知らせ以外は放送されないようだった。

「あれ……列車が反対方向に進んでいるよね？」

布団から顔だけ出した甘木さんは、窓に顔をくっつけて覗いていた。

「反対に走っている？」

モソモソと体を動かして真琴も車窓を見つめたので、俺も同じように外へと視線を移してみた。

「……本当だ」

「私、ウソ言わないよ」

下段から甘木さんの「どーだっ」って感じの元気そうな声が聞こえた。

いつもの甘木さんに戻ってきたみたいで、俺は少し嬉しかった。

「これって機関車が前から後ろへ変わったってことじゃないかな？」

甘木さんと真琴は同時にベッドから、「？」顔で俺を見た。

『機関車が変わった？』

「今まで1号車の先にあった機関車が外されて、今度は最後尾についたみたいだね」

「そんなことしたら元の札幌へ戻っちゃうでしょ？」

少し心配そうな甘木さんの顔もかわいかった。

俺は安心させるように説明する。

「函館って線路が『Y』の字形になっているんだよ。札幌方面である右上から入ってきた北斗星は行き止まりの下まで行って、そこで先頭のディーゼル機関車を切り離して、最後尾に新たに赤い電気機関車を連結する」

そこまで話すと勘のいい真琴は理解する。

「その列車が左上の方へ走っていって、その先に青函トンネルや青森があるのね」

「そうらしいよ。学校で吉野が『函館できっと驚くぞぉ』なんて言っていたから、きっとこれのことなんじゃないかな」

「だから、進行方向が逆になったのね」

動きを確かめるように甘木さんは、もう一度窓の外を見た。

進行方向が変わったことで、先頭から電気機関車、電源車、11号車、10号車……そして俺たちの乗る1号車へと続いているはずだ。

俺たちの1号車は今まで青い機関車のすぐ後ろに連結されていたのだが、今は最後尾の車両になっていた。

扉を開いて左へ向かって歩いていけば、一番後ろにある乗務員室の窓から、後方へと流れて行く線路を見られるはずだ。

ちなみに北野さんは車両最後尾の乗務員室ではなくて、中間の5号車にある乗務員室に、乗っているようだった。

函館を出た寝台特急北斗星は、雪降る線路を再びゆっくりと走り出す。

車窓の向こうには真っ暗な津軽海峡が広がり、イカ釣り漁船のものと思われる漁り火が、あちらこちらに浮かんでいるのが見えた。

三人でそんな真っ暗な海を眺めていると、突然チャイムが鳴った。

チャラララン、チャラララン、キーン。

「なっ、なに⁉　こんな時間に⁉」

小さな体をビクッとさせて甘木さんは飛び上がる。

さすがの大きなチャイム音に千原も目を覚まし「なんだ～朝飯かぁ？」と目を擦った。

《御就寝中にも関わらず大変申し訳ございません。ご乗車の皆さまに直接のご報告をしなくてはならない事態が発生いたしました。誠にお手数ではございますが、食堂車『エトワール・ポレール』まで至急お集まりくださいませ。尚、お部屋を出られる際には戸締りをしっかりお願いいたします。繰り返します――》

それから同じ内容を三度、北野さんは繰り返し放送した。

話し声はとても固く、まるで緊急災害ニュースを伝えるアナウンサーのような引きつった感じの棒読みだった。

「なんなの、こんな夜中に緊急事態って？」

上着を着ながら真琴は、上段ベッドから降りてきた。

「なっ、なんだろう……またなにか起きたのかな？」

真琴にくっついて立ち上がる甘木さんは、不安そうな顔で怯えていた。

これだけ色々なことがあっただけに、甘木さんが不安になる気持ちは十分に理解できた。

「まぁ、行ってみねぇと分かんねぇよな」

フワ〜と大きなあくびをした千原は、両手を天井へ向けて伸ばしながら寝ぼけ眼で起き上がる。

甘木さんに嫌われたくはないけど、緊急放送で呼び出しを受けたら行くしかない。

「呼び出されたらしかたないよね……」

「それは……そうだけど」

震える甘木さんに気を使いながら、俺も上着を着てからベッドを降りた。

四人で目を合わせて頷き合い、俺たちは食堂車へ向かうことにする。

通路に出た俺たちは放送にあったようにガラス扉をロックしてから歩き出したが、俺の胸の奥には大きな不安が広がりつつあった。

きっと、なにか重大な事件が発生したんだ……。

夜中に緊急放送が行われ全員を食堂車に集めるなんて、タダ事じゃないからだ。

途中に伊丹さんのいた2号車や久美子さんたちのいる4号車を通ったが、すでに食堂車へ向かった様子で、車内にはまったく人気がなくなっていた。

「ちょ、ちょっと静か過ぎない……」

真琴の腕を掴みながら歩く甘木さんは、周囲をキョロキョロと見回しながらビクビク歩く。

「消灯になってライトが暗くなったからでしょ」

「そっ、それだけじゃないよ。なにか変だって!!」

目を大きく開いて必死にすがる甘木さんの頭に手をのせて、真琴はポンポンと撫でる。

「大丈夫よ、なつみ。さすがの寝台特急北斗星でも、お化けが出るわけじゃないんだから」

真琴はやさしく微笑みかけた。

武庫川さんを拘束していた6号車のロビーに入ったが、今は誰もいなかった。

きっと、函館で鉄道公安隊に引き渡されたんだろう。

シャワー室のあるロビーを通り抜けて食堂車へと入る。

一番遠くの部屋にいた俺たちが、最後の到着となったようだ。

だが、夕食時より集まっている人の数が、かなり少ないように感じる。

向って左側の二人テーブルの一番奥には伊丹さん、その手前には生物学者の若桜さんが座り、一番手前には名前を知らないあの洒落た紳士がいた。

チャラい豊島さんは右側のテーブルにいたが、なぜか三田さんはいない。

そして、鈴鹿親子もまだ来ていなかった。

無論、優奈ちゃんもいなかったが、俺はそれについては少し安心していた。

武庫川さん以外に悪い人は乗っていないようだし、こんなに乗客が少ない列車から下車すれば、絶対に北野さんがホームで発見するはずだ。つまり、どこかに隠れている確率が高いってことだ。

ここまで見つからないということは、車内のどこかの部屋で眠ってしまったのかもしれない。

俺たちが前と同じ四人テーブルに座ると、北野さんは食堂車を見渡してから話しだす。

気になったのはその顔が、少し引きつっているように見えることだ。

「でっ、では、お話を始めさせていただきます。まだ、食堂車へ来られていない方もおられるようですが、その皆さんには後ほど私から御説明いたします」

「なんだよ、だったら部屋にいりゃよかったな」

ニヒッと笑った豊島さんは肩をすくめたが、そんな軽口に北野さんはピクリとも反応しない。

「事態が緊急を要しますので単刀直入にご報告させていただきますが、拘束していたはずの武庫川さんが車内で行方不明になりました」

「なんだって⁉」

俺は思わず立ち上がってしまった。

函館付近で北野さんが車内を走り回っていたのは、これが原因だったのか……。

鉄道公安隊に引き渡すべき武庫川さんが消えてしまい、北野さんは車内を捜し回っていたのだ。

すでに状況を把握している様子で、伊丹さんが説明を引き継ぐ。

「鈴鹿久美子さんにはしばらくの間と、武庫川の監視をお願いしていたのだが、我々が戻った時には二人ともロビーから消えて、いなくなっていたんだ……」

伊丹さんは険しい表情をしながら事態を嘆くように天井を仰ぐ。

「ええ、函館では鉄道公安室の方がホームに引き受けに来てくれたのですが、到着時までに武庫川さんを見つけることができず。結局、そのまま発車することに……」

まだ、なにか黙っていることがあるらしく、北野さんの顔は真っ青で歯切れも悪い。

「だったら！　その鉄道公安隊員に、寝台特急北斗星に乗り込んでもらって、車内を全て捜索してもらえばよかったじゃないのっ」

苛立たしく立ち上がった真琴は、強い口調で北野さんに不満をぶつけた。

いつも冷静な真琴がここまで興奮しているのは、きっと、甘木さんのためもあるのだろう。

「……それが、降雪も多くこんな深夜だったので……、来られたのは一人でしたし……」

そこから先は伊丹さんが続けた。

「彼らだって『犯人を引き取ってこい』と言われて来ただけだ。突然、いなくなったからといって急に『車内捜索』なんてできないさ。武庫川の罪はつまるところ単なる窃盗未遂なんだから、鉄道公安隊からしてみれば、また捕まるようなら『その近くの鉄道公安室に』って感じだろう」

「そっ、そんな！　ピッキングしてレイプするような凶悪犯なんでしょ!?　そんなのが車内を自由に歩いているのにっ」

「気持ちは分かるが、警察機関の処理はそういうものだ。基本は『事件後動く』ものなんだ」

「なんなのよっ、まったく！」

正面にいた千原が両手をあげて、苛立つ真琴をなだめる。

「まぁまぁ、そう怒るなって。あんなチョロい奴なんて、俺が一発で倒してやるからよ」

「千原なんて、イザって時には信頼できないわよっ」

横へプイッと顔を向けた真琴は、不満げに座り込んだ。

「そんなつまらないことで、こんな夜中に集められたのか？　他に用がなければ部屋へ戻りたいと思うのだが」

今まで黙っていた若桜博士が厳しい目付きで北野さんに言った。

若桜博士はそのまったく化粧っけのない風貌にふさわしく、男っぽく力強いしゃべり方だった。

「その意見には私も賛同するね」

初めて洒落た紳士の声が聞こえた。

とても低く落ち着いたトーンで、ゆっくりした口調だった。

二人を見た北野さんは、決意したかのように手をギュと握り締めて説明を続ける。

「若桜さん、高森《たかもり》さん……それは少しお待ちいただけますか。皆さんを緊急で集めさせてもらった理由は、それだけではないのです……」

あの紳士の名前は、高森さんというらしい。

「それは構わないが、早くしてくれないか」

「……そうだな」

腕を組む若桜さんに続いて、高森さんは足を組み替えながら言った。

「はい。では、続けて皆さんに、更に深刻なご報告があります……」

額からタラタラと流れる汗をハンカチで拭き、帽子を被り直してから続ける。

その顔には悲壮感のようなものが漂っていた。

「あの……亡くなっておられるんです……」

それは蚊の鳴くような小さな声だったので、北野さんの声を聞きとれた人はいなかっただろう。

言った瞬間、目からは涙がボロボロと流れだし、ウウッと唸りながら泣き崩れた。

車内が一瞬でザワッとして、それぞれがコソコソと「なにか聞こえたか?」と話しだす。

「はぁ？　なんだって⁉」

一番手前に一人で座っていた豊島さんがイラついて聞き返す。

北野さんは「分かってくださいよっ」とでも言わんばかりに、キッと目を開いて正面を向くとスゥゥと大きく息を吸った。


「だからっ！　鈴鹿久美子さまがお亡くなりになったんですっ！」


叫んだ北野さんの瞳は血走っていた。

そして、その言い方は完全に乗務員のそれではなかった。

あまりの出来事に北野さんは、乗務員としての自分をもう保てなくなっていたようだった。

「どっ、どういうこと……ですか？」

真琴の腕を掴んだままで甘木さんが恐る恐る聞くと、伊丹さんも知らなかった様子で続けて問いただす。

「鈴鹿久美子さんは、6号車のロビーから行方不明になって、私たち二人で捜索中だったはずだ。それがどうして突然『亡くなっていた』ことになってしまうんだ？」

涙を拭きながら北野さんが説明を始める。

「ええ、ええ、その通りです。ですが……函館を発車した後……、私が捜索していた部屋で久美子さまの死体を見つけてしまったんです」

北野さんは瞳に涙を溜めながら、言葉を続ける。

「ロビーでの見張りを鈴鹿久美子さまにお任せし続けるのは、申し訳ないとは思ったのですが、遅延で業務も重なってしまい、私がお伺いするのが遅かったために……」

「そんなことはいいわ。それで、その人はどこで死んでいたの？」

真剣な顔をした若桜博士は、興味深そうに聞いた。

「ロビーの近くにあるB寝台ソロの下段のお部屋で『B・個室・1』です……」

遺体を発見した時のことを話し出すと、その声は震えながら途切れた。

「わっ、私が……。ロビーで声をかけても返事がありませんでしたので、お二人を探そうと急ぎ車内を廻った際には見つけられなくて……、函館を発車した後に、もう一度近くの部屋の扉を開いた時でした。真っ暗なベッドに鈴鹿久美子さまが仰向けに倒れられていて……その……あの……息をしておられませんでした……」

全て言い終わると、胸にこみ上げてくるものがあるのか再びグフッと泣きだした。

全員が状況を整理して思考し始めたが、たぶん、誰の推理でもそれほど大きなズレはなかっただろう。

それを甘木さんは悲鳴のように口にする。

「それって⁉　武庫川って人が、杏ちゃんのお母さんを殺したってことなの⁉」

甘木さんの考えにほとんどの者が同意したことは、他に意見が出ないことからも明らかだった。

「武庫川は人を殺すような奴には、まったく見えなかったがな……」

伊丹さんだけがそうポツリと呟く。

俺もそう感じていた。

女性を襲うような卑怯者ではあるが、人殺しまでするような凶暴さは感じられなかったのだ。

ただ、武庫川さんには動機がある。

監視されていた武庫川さんは、久美子さんを巧く唆《そそのか》してロープをほどいてもらい、それで襲うつもりだったのか、それとも逃げるつもりだったのか、いずれにしても二人は争って「B・個室・1」へとなだれ込んでしまったのだろう。

そして、ベッドで揉み合っているうちに武庫川さんは久美子さんを殺してしまった……。

きっと、そんな映像がみんなの頭の中に流れていたはずだ。

「どうして……そんなに凶暴になってしまったんだろう……」

特になんの考えもなく俺は呟いた。

すると、驚いたことに突然、目を大きく見開いた若桜博士が俺にバッと振り向く。

「きっ、狂暴化だと！　どういう意味だっ」

突然そう言われても、俺にはなにか根拠があったわけじゃない。

学校の先生に怒られてしまった時のように、それだけで委縮してしまう。

「いっ、いや……その……武庫川さんってそんな強い感じの人じゃなくて、どちらかというと『腰ぬけ』って言う感じの人だったもんですから……」

「そんな奴が突如、人を殺すほど狂暴化したと、君は言いたいのか？」

どうして、そんなことを若桜博士から激しく問われるのか分からない。

「いえ、そんな気がしたってだけで……別にそんなに深い意味は……」

「意味なく、適当なことを言うなっ！」

「すっ、すみません！」

若桜博士はフンッと鼻を鳴らしてから、黒髪をクルリと回して再び前を向く。

そのまま見ていると、机の一点だけを見つめながら、

「そんなはずはない……あれは完璧なはずだ……」

と、小さな声で何度も呟くのが少し怖かった。

静かに全員の話を聞いていた高森さんはフッと息を吐く。

「それで？　車掌さんとしては、全員を食堂車へ集めた方が安全だろうと考えて、こうして夜中に『呼び出した』ということかね？」

少し落ち着きを取り戻した北野さんはゆっくりと頷く。

「武庫川さんはちょっとした道具があれば、ピッキングを行って車内ならどこの鍵でも開いて中へ入ることができます。そして、今のようにお客さまが全車両にバラバラにお泊りですと、なにかあった際に気がつくのは難しいと思いまして……」

その話を聞いていた高森さんは首を捻った。

「お気持ちは分かりますが、私は部屋にいたほうが安全かと思うのだが……」

「先ほど鉄道公安隊に連絡したところ、今回は死亡者が出てしまったので、機関車付け替えのため

に停車予定の次の青森駅で、鉄道公安隊隊員を数名乗車させるとのことです。ですので、青森駅到着までの二時間程度だけ、こちらで待機していただけませんでしょうか？」

「気持ちは分かるが……私は自分の身は自分で守れるからねぇ。それに――」

その時、高森さんの言葉を遮って、豊島さんがイスを跳ね飛ばして立ち上がった。

「理沙が……理沙が……まだシャワー室にいるんだよぉ」

食堂車に一斉に緊張感が走った。

今、食堂車に来ていないのは、優奈ちゃんを除けば鈴鹿久美子さんと杏ちゃん。

そして豊島さんの彼女と思われる三田理沙さんだけだった。

久美子さんが死んでしまったので、杏ちゃんは放送には気がつかず部屋で寝ているんだろう。

そうすると、車内でなにも知らずにいるのは三田さんだけだった。

「シャワー室は6号車のロビー近くだぞ」

伊丹さんに言われたことで、豊島さんの気持ちに火が点く。

「りっ、理沙――!!」

駆け出した瞬間、すぐに立ち上がった伊丹さんがあとを追う。

「待ちたまえ。一人で行動するのは危険だ！」

「豊島さん、待ってください！」

俺も立ち上がって、伊丹さんと先を争うようにして食堂車中央の通路を走り出す。

「きっ、桐生くん！　行かないで！」

背中に甘木さんの悲鳴にも似た叫び声があたるが無視して走る。

もちろん、甘木さんに「事件に関わって欲しくない」と言われているのは覚えている。

だけど、今は真実を知らなくては、もっと大きな危険に巻き込まれるような予感がしていた。

「千原、二人を頼むぞ！」

振り返りながら叫ぶと千原はサムズアップで答える。

「おう、こっちは任せておけ、武庫川が現れたら捕まえてやる！」

豊島さんが先頭でその後ろに俺と伊丹さんが続いた。

北野さんはついていくべきかと一瞬迷ったが、食堂車へと集めた乗客の安全面も考え、思い留まったようだった。

キッチンの横を通る細い通路を通り抜け、6号車へと入り込む。

ロビーの手前には左へと続く通路があり、そこには二つのシャワー室がある。

「理沙――!!　返事をしてくれ――!!」

大きな声をあげながら先頭の豊島さんが急いで左へと曲がる。

その時、シャワー室の方から、豊島さんに向かって素早く迫ってくる黒い影が見えた。

「あっ、危ないっ！」

とっさにそう思った俺は、豊島さんの肩に手を伸ばして、後ろへ引き倒すようにして力をいれた。

いきなり後ろへ引かれた豊島さんは「うぁ」とうめき声をあげて背中から仰向けに倒れる。

シャワー室の方から現れた影は、豊島さんと衝突しそうだったが、既《すん》でのところでかわして通路の出口でピタリと立ち止まった。

床に尻もちをついている豊島さんと一緒に、俺はその影を見上げた。

「どうしたの？　駿、そんな必死な顔しちゃって」

そこに立っていたのは三田さんだった。

直前まで温かいシャワーを浴びていた様子で、頭から被ったふわふわのバスタオルからは、まだ薄《うっす》らと湯気が上がっている。

そして、シャンプーなのか香水なのかは分からなかったが、大人っぽい柑橘系の甘い香りが三田さんの周囲には漂っていた。

「だっ、大丈夫だったのか？　理沙」

「大丈夫って？　なんのこと。シャワーを浴びるのって危ないことなの？」

まったくなにが起きているのかは分からない様子の三田さんは、心配してやってきた俺たち三人のことを、きょとんとした顔で見つめていた。

最後にやってきた伊丹さんが心配そうに尋ねる。

「シャワー室には来なかったか、武庫川は？」

「武庫川？　それって誰のこと？」

三田さんは食堂車で見た武庫川さんを、まったく覚えていなさそうだった。

急いで立ち上がった豊島さんが三田さんの前に立って話す。

「坊主頭の刑務所上がりの奴だよ！」

「あぁ～あれが『武庫川』って言う奴なのね」

頬にトントンと手をあてながら少し考えてからニコリと笑う。

「……来たわよ」

『武庫川が来た⁉』

三人で声を合わせて驚いたが、三田さんはフフッと気楽に微笑んでいる。

「私がシャワー浴びている時にね」

三田さんの両肩に手を置いた豊島さんは、揺するようにして三田さんに問いただす。

「そっ、それでどうしたんだ⁉　なにかイヤらしいことされなかったか⁉」

一瞬考えた三田さんだったが、トンと豊島さんの鼻の頭に指を置く。

「大丈夫よ。ちょっと『イケないことしちゃダメよ～』って、からかったら出ていったわ」

「それで、武庫川はどこへ行ったんだ⁉」

三田さんは「さぁ」と呟く。

「かなり前にシャワー室を出ていったから、今はどこにいるか分からないわよ」

言い終わった三田さんは、フフッとアンニュイな表情を見せる。

「そっ……そっか……」

豊島さんは笑顔とも泣き顔とも分からない複雑な表情を見せてから、

「**そうか――‼　よかった～理沙、本当によかった～**」

と、両手をガバッと広げて一気に抱きしめた。

「最近は私に飽きて、興味なくなってたんじゃないの？」

両手でバスタオルごと頭を抱きしめた豊島さんは、首をブルブルと横に振る。

「そんなことねぇよ。豊島は理沙のことが……理沙が一番好きだ」

泣きながらそう言う豊島さんを見ていた俺は、思わず目が潤んだ。

「ただ、シャワー室へ行っていただけなのに、駿ったら、どうしちゃったのよ？」

「さっき……もしかしたら……理沙が『武庫川にやられちまったんじゃねぇか!?』って思った瞬間に……居ても立ってもいられなくなっちまったんだ」

三田さんは少し嬉しそうに微笑んだ。

「……駿、心配してくれたのね。ありがとう」

ハラリと頭からバスタオルを落とす三田さんの瞳にも涙がにじんでいた。

しばらく抱き合っていた二人は、食堂車のある7号車へ向かって手をつないで戻っていった。

そんな二人を見送った伊丹さんは、食堂車とは反対の方向へ向かって歩き出す。

「どこへ行くんです、伊丹さん」

「少しおかしいとは思わないか、桐生君」

「おかしい？」

伊丹さんを追いかけながら俺は聞き返す。

「これは武庫川がレイプ目的や盗難目的でやっている犯罪とは思えない。それとは違う別の事件がこの列車内で起きているんじゃないかと、俺は睨んでいる」

鋭い目付きで伊丹さんは、俺を見つめながら続ける。

「だから、その亡くなったという久美子さんの遺体を調べてみようと思ってね」

「でも伊丹さん。武庫川さんはまだ……」

三田さんは無事だったが、まだ武庫川さんは捕まっていないのだから危険に思ったのだ。

伊丹さんは「心配ないさ」と、右手をうちわのように軽く振る。

「俺は刑事だぞ桐生君。武庫川が現れたら投げ飛ばしてやるよ、もう一回な」

思わず「武庫川さんの凶暴化」とか口走ってしまったが、よく考えてみれば久美子さんは、女性なんだし非力なだけだったのかもしれない。

武術の心得を持っている伊丹さんのような人であれば、簡単に倒せるのかもしれないと思った。

伊丹さんはロビーに一番近い「B・個室・1」とプレートの掛かった扉に手を掛ける。

北野さんは鍵を閉めてはいなかったので、カチャリと軽い音がして扉は開く。

部屋は右奥に進行方向横向きのシングルベッドが置かれたシンプルな個室。

室内が真っ暗だったので、伊丹さんは壁にあった電灯のスイッチを探してオンにする。

すぐに天井が白く輝いて室内が照らし出された。

「くっ、久美子さん……」

改めて動かぬ遺体を見せつけられると、現実を一気に知ることになる。

無論、お祖父ちゃんの葬式の時などに棺に納められた遺体を見たことはあるが、こんな風に死んで間もない遺体を目の前にするのは初めてのことだった。

ベッドに仰向けに横たわる浴衣姿の久美子さんはあまりにもキレイで、死んでいるようにはまったく思えない。

「あまり動かすと、鉄道公安隊に怒られるんだがな……」

伊丹さんは慣れた手つきで、久美子さんの足や腕を動かして遺体の確認を始めた。

浴衣の乱れも少なく、体もベッドにまっすぐに置かれているのが少し不自然だった。

「……これで……死んでいるんですか……」

遺体とは言っても、伊丹さんは失礼にならないように、浴衣は脱がさずに見えている首筋や胸元、足首や腕を中心に調べていた。

「完全に死んでいる……。だが、俺もこんな遺体を見るのは初めてだ」

「警察だったら、遺体っていっぱい見ているんじゃないですか？」

「見ているさ……。だが、今までこんなキレイな奴は見たことがない……」

やはり俺が直感で感じた感覚は、間違っていなかった。

「武庫川さんが襲ったとして、久美子さんの死因はなんなんですか？」

久美子さんを元の状態へと戻した伊丹さんは、俺の顔を見てから首を横に振る。

「どこかを殴られていればその部分はどす黒く変色するし、傷つけられれば出血跡が残る。ロープで首でも絞めようものなら首筋に紫色の筋が残り、手で絞めたのなら手形があるはずだが……」

俺もそういうものがあると思ったが、久美子さんはまるで眠っているようにキレイだった。

「だったら、どうして久美子さんは死んだんでしょう？」

お手上げな様子で伊丹さんは両手を左右に上げる。

「それは青森から乗ってくる鉄道公安隊の鑑識に任せるしかないだろう。俺にはこいつが妙な遺体だってことしか分からない」

「どこが変なんです?」

伊丹さんは久美子さんの右腕を掴んで離す。

腕は寝ている人がそうなるように、重力に引かれてクタッと体の横へと落ちた。

「久美子さんが何時間前に死んだのかは分からないし個人差はあるが、普通、気温が二十度前後あるような環境なら、死後二時間から三時間で脳や内臓、顎、首が死後硬直していくものだ。しかし、この体はまるで生きているかのようにまだ柔らかい」

「いったい……なにがあったのでしょうか?」

「まったく分からないな」

伊丹さんは空しく首を横に振った。

遺体を見れば寝台特急北斗星で起きている一連の奇妙な事件を説く手掛かりになると思っていたが、実際には余計に謎が深まっただけだった。

顎に手をあてて見ていた伊丹さんは、突然「なんだ?」と自分の右手の人差し指を久美子さんの口元へと静かに伸ばした。

右の口角には直径一センチくらいの白い液体がついており、それに指をつけてからゆっくりと引き離していくと、まるでローションのような長い糸をひいた。

「これはいったい……」

人差し指と親指をすり合わせて、伊丹さんは液体の正体を探ろうとする。

「それは武庫川さんのものじゃ――」

俺の無粋な想像を伊丹さんは否定する。

「いや、これはそういうものじゃない。粘り気のような感覚も人の体液とはまったく違うし、臭いも今までに嗅いだことがないようなものだ」

この場でいま探れたことは、その程度のことだった。

仕方なく俺と伊丹さんは立ち上がり、灯りを消して通路へと出ると扉を閉めた。

「杏ちゃんを迎えに行きましょうか?」

俺が聞くと伊丹さんはフッとため息をついた。

「あの子に母親が死んだことを伝える勇気が、君にあるのか?」

その点を考慮することを忘れていた。

「あっ……そうですね」

「もう眠っているのなら、せめて明日の朝まではそっとしておいたほうがいいだろう。少しでも長く楽しかった旅の続きを夢見させてあげよう」

伊丹さんは両肩を上下させた。

「……そうですね」

「たぶん、武庫川もあんな小さな子どもまでは狙わないだろうが、念のため安全の確認だけはしておこう。もちろん起こさないように静かにな」

俺と伊丹さんはそんな話をしてからロビーを離れ、ひとまずみんなのいる食堂車へと戻った。

先に食堂車へと戻っていた豊島さんと三田さんは右側の四人席に座り、久美子さんの遺体が発見されたことなんかを豊島さんが説明していた。

三田さんはそれほど驚くこともなく「ふ～ん」と言いながら首を傾げたくらいだった。

俺が食堂車へ入ると真琴が心配して駆け寄ってくる。

「桐生、なにしていたのよ⁉」

伊丹さんは目線で「黙っておいたほうがいい」とサインを送ってくる。

「あぁ、どこかに武庫川さんが隠れていないか、6号車を伊丹さんと調べていたんだ」

「また……そんな危ないことして……」

心配そうな目で真琴は俺を見た。

「大丈夫だよ。武庫川さんが襲ってきても、伊丹さんがやっつけてくれるからさ」

「まぁ、あの程度なら、俺に任せておけ」

奥の自分の席に座った伊丹さんは、周囲を見回してから続けた。

「どうも、食堂車が更に寂しくなったようだが」

北野さんはすまなそうな顔をする。

「……はい。高森さまだけは、どうしても部屋へ戻ると言われまして……」

「それは君が気に病むことじゃないだろう。車掌としては現在起きている状況を乗客に伝えて、危険だからここへ残るようにと説明もしたわけだから」

「でも……もしお部屋でなにかあったらと……」

「まぁ、武庫川だったら高森さんを襲うこともないんじゃないか？　男を相手にすると反撃を喰らって大ケガする可能性も高くなるからな」

ポケットから銀の懐中時計を出して北野さんは時刻を確認した。

「青森まではあと一時間くらいですからね」

俺も気になってスマホで確認すると、時刻は深夜2時55分と表示されていた。

車内放送を受けて食堂車に集まり、北野さんが状況を告げて、三田さんを迎えにいってから久美子さんを調べるのに、だいたい一時間を要したということだ。

そこで豊島さんに寄り添うように並んで座っていた三田さんが立ち上がる。

「どうしたんだ、理沙？」

心配そうな豊島さんは一緒に立って、三田さんを守るように肩を抱いた。

「だったら、私たちも部屋へ戻らない？」

「だっ、だけど、車内では人を殺した武庫川がどこかに隠れているんだぞ。あいつはピッキングができるから、どんな鍵だって開けられるらしいしよぉ」

長い髪を後ろへ払って三田さんは微笑む。

「武庫川って駿よりも強いの？」

豊島さんはグッと胸を張る。

「そんなわけねぇよ。もちろん豊島の方が強いに決まってんだろ」

「じゃあ、武庫川が部屋へ入ってきたら、駿がすぐに倒してくれるってことでしょう？」

「おっ、おう。そりゃそうだな。絶対にお前を守ってやっからよ」

すっかり三田さんの彼氏として復権を果たした豊島さんは、デレっとした顔で答えた。

部屋へと戻ろうとする二人を北野さんは止めようとする。

「あの、なるべくここに残っておられたほうが……」

三田さんは北野さんを見て言う。

「ここだって安全とは限らないでしょ？」

「そっ、それはどういうことですか？」

戸惑う北野さんの顔をジッと三田さんは見つめていた。

「さっき武庫川には会ったわよ。だけど、ちょっとからかっただけで逃げてくなんて。あんな弱そうな男が本当に人殺しなんてしたの？」

「確かに……それはまだ断言できませんが、ただ、武庫川さんの監視を鈴鹿久美子さまにお願いしていたのですから、やはり、武庫川さんが犯人と考えるべきじゃないかと思いまして……」

それを聞いた三田さんはフフッって笑う。

「だって、武庫川の手は縛ってあったんじゃなかったの？」

「そっ、そうですね」

「だったらロープをほどいた共犯者が別にいるってことよね？　もしかしたら、久美子さん自身がそうだったのかもしれないけど」

三田さんの目の付けどころはかなり鋭かった。

……それは確かに変だ。

遺体が妙だったことも合わせて、俺は三田さんの言っていることが、意外と的を射ているんじゃないかと感じたのだ。

北野さんは指摘を受けて「ここへ集めれば安全」という自分の判断に不安を持ったようだった。

「狙われていた久美子さまがロープを!?」

みんなが同じような不安を感じた瞬間、三田さんは全員に目配せをする。

「この中に武庫川のロープを外した共犯者がいるかもしれないのよね。久美子さんを殺した犯人だって、紛れ込んでいる可能性だってあるんじゃない？」

確かに、その可能性は否定できない。

俺だってここにいる全員のことを知っているわけじゃない。

武庫川さんだって出会った時には「いい人」って思ったが、実際にはそんな人じゃなかった。

自分の仲間四人以外は、どういった経歴の持ち主なのか分からないし、相手から見れば同じように「あいつらは共犯者じゃ!?」と感じただろう。

実際にここへ集まったからと言って、武庫川さんの動きを封じたことにはなっていない。

単に集まって防御を固めただけで、向こうが本気で俺たち全員を殺そうとしているのなら、車内での行動の自由を与えておく方が危ないかもしれなかった。

更に仲間が食堂車内にいるなら、メールなどで連絡を取り合って、なにかを仕掛けてくる可能性も十分に考えられた。

三田さんの言葉は俺たち全員の心の中に沈み込み、それぞれが「……もしかして、あいつが……」と静かな疑心暗鬼を生んでいく。

「ほら、みんなが黙ったってことは、お互いを信用できてないってことじゃない？」

「おっ、おう、理沙。世界で豊島だけは大丈夫だぜ」

守るように両手を広げた豊島さんは、三田さんの前に立って全員を睨みつけた。

「ありがとう、駿。だからお部屋で二人っきりでいたいんだけど……」

出会った時にはそろそろ別れそうな雰囲気の二人だったが、シャワー室の件もあって二人の間の溝は完全に埋められたようだった。

今は新婚カップルのようにお互いを信じあっている。

「よしっ、こんな危ないところからは早く逃げるぞ、理沙」

豊島さんは三田さんの手を引いて、食堂車の真ん中の通路を進む。

「さすが駿ね。とても頼もしいわ」

「おっ、おう。豊島も本気になったからなっ！」

「あっ、あの……豊島さま！　三田さま！」

右手を上げて北野さんは声をかけたが、二人が止まることはなかった。

食堂車から出て自分たちの部屋のある8号車へ笑い合いながら消えていく。

ピイイイイイイイイイイイイイ！

その時。先頭の電気機関車から、大きな警笛が聞こえてきた。

北野さんが車窓に目を向ける。

「青函トンネルに入るようです」

悪天候の北海道を無事に脱出できたことで、北野さんは少しホッとした表情を見せた。

（二）豊島駿　青函トンネル　3時01分

きっと、こんな感覚は付き合い始めの頃以来だろう。

理沙の細い腕を引きながら、俺の心臓は久しぶりにドキドキと高鳴った。

普段なんの危険もない環境で付き合っている時には、こんな気持ちになることはなかった。

だが「武庫川になにかされちまう」って感じた瞬間、理沙をとても愛おしく感じちまったんだ。

理沙は失っちゃいけない、いい女だ。

そんな思いが自然と心の中へと入り込んできたんだ。

食堂車から出た俺たちは、自分たちの部屋である「8号車・5号室」の扉を開いて中に入った。

扉は揺れで自然にカタンと閉まる。

この部屋はA寝台・ツインデラックスという部屋。

小さな部屋の右壁沿いには進行方向横向きに二段ベッドが備えられ、左前にはガラス窓に向かって小さめのライティングデスクがあって、備え付けの赤いイスがある。

上段は常にベッドだが、下段ベッドはテーブル付のソファとして使用することもできる。

もう遅い時間になっていたから、理沙がシャワーを浴びに行っている間に、俺が下段ベッドにシーツをかけていつでも寝られるようにしておいたんだ。

そのベッドへ向かって、俺は理沙を抱えたままなだれ込むようにして倒れ込んだ。

そのまま寝かせた理沙を抱きしめようとすると、スルリと腕の間から逃げる。

「おっ、おい……理沙」

「ちょっと待ってくれる？」

ニコリと笑った理沙はどこから持ってきたのか、ポケットから細いワイヤーを取り出した。

扉をもう一度しっかりと閉め直して、銀のロックレバーにそれを巻き付け始める。

その慣れた手捌《てさば》きに、俺はちょっと戸惑っちまう。

「りっ、理沙？　なっ、なにしているんだ？」

「武庫川ってどんな鍵もピッキングできるのよね。もしかしたら、凄くいいところで邪魔されちゃったらイヤじゃない？　だったらこうしておかないと……」

かわいく微笑んだ理沙に、思わず微笑み返す。

「それはそうだな！」

いい時に邪魔が入るのは嫌だし、こうして一時間くらい理沙とエッチしてりゃ〜、青森に着いちまうだろ。そうすりゃ～、鉄道公安隊員が乗り込んできて武庫川も捕まるだろう。

武庫川と戦っても負けはしないと思っているが、わざわざケガをするのは好きじゃない。俺が好きなのは女と遊ぶことだからな。

理沙は扉のレバーにワイヤーを×印に何度も巻きつけて、簡単に外れないように固定した。そして、フッと俺に向かって振り返る。

「……これでいいわね」

そう呟いた理沙の声は、別人のように聞こえた。

なんだか、いつもよりも低い声で、妙にしっかりしていた。

なんでそう感じたのかは分からなかったが、背中に突然寒気が走り冷や汗が流れる。

嫌な予感がした俺は、理沙を見ながら言う。

「りっ、理沙。豊島はトッ、トイレへ行こうかな……」

クルリと振り返った理沙は、トロンとした目をして口の周りをペロリとなめた。

「駿、おしっこがしたくなったの？」

「あっ、あぁ……そう。そうなんだ。ゴメンな～理沙。ちょっと外へ行ってくるわ」

「しょうがないわね……」

髪を止めていたゴムを外して髪をおろした理沙が、一歩一歩肩をくねらせて、内股をスリスリとこすり合わせながら近づいてくる。

理沙の全身から感じたこともないくらいの強い色気が湧き出していて、ボンヤリしていたら気を失いそうだった。

「そんなの……あとでもいいじゃない？」

歩きながら体を艶めかしく動かし、理沙はグレーのノースリーブニットを脱いで床に捨てた。

上半身に唯一残った黒いブラは、理沙の爆乳を下から持ち上げるように包み込んでいる。

巨乳でナイスバディな理沙のこんな姿を見た男なら、誰だって理性が吹き飛んじまうはずだ。

俺だっていつもガツンと盛り上がって、飛びつくように押し倒している。

だけど、今日の俺はその色っぽい体が近づいてくることに恐怖を感じ、後ろの窓へ向かって尻もちをついたまま、ベッドの上で少しずつ体を後退させていく。

俺は床に落ちていたノースリーブニットを見る。

「いっ、いいのか理沙？」

理沙は「なにが？」と首を傾げ、更に俺に迫ってくる。

「いや……いつも脱いだ服は、丁寧に畳んでいるからさ……」

間近に迫った理沙が、フゥと静かに息を吐く。

「今日は早く欲しくて、もう我慢できないの……」

そんなことを言われたらいつもなら嬉しいはずだが、なぜか今はそんな気持ちは起こらない。

ついに理沙は俺に追いつき、その艶めかしくイヤらしい膝をベッドに突き立てた。

無骨な寝台列車のベッドは、二人分の体重でギシッと悲鳴をあげる。

そして、目の前までグッと顔を近づけてきた。

「どうしたの？　豊島」

「とっ、豊島⁉」

俺は付き合ってから初めて、理沙に名字で呼ばれたことに驚いた。

すでに背中は窓に達して逃げ場のなくなった俺に、ニコリと笑った理沙は覆い被さるように体を伸ばしてくる。

男を誘うその妖艶な顔は、少しでも動いたらキスしてしまいそうな距離にあった。

その顔もナイスバディな体も、今まで何度となく触れてきた理沙そのものだったが、なぜか別人のようにしか感じられない。

「そっか、あなたは、駿って呼ばなくちゃいけないのよね……」

かわいい顔で微笑まれているのに、俺の額から流れる汗はとどまることを知らず、喉は知らぬ間にカラカラに乾いていて、大きな声が出なくなっていた。

「おっ、お前……誰だよ」

右手で理沙が髪をかき上げると、いつも理沙がつけている柑橘系のオードトワレの香りが鼻先に漂ってきた。

「駿、なに言っているの？　これがあなたの好きな女……なんでしょ？」

そういうと、俺の両手を強い力で抑えつけた理沙は、グッと唇を押しつけた。

非力な理沙なんていつでも跳ね飛ばせるはずなのに、なぜかこの時はプロレスラーにでも押さえつけられているかのように重く、俺は唇を引き離すことさえできなかった。

グチョリというイヤらしい音と共に、理沙の口内から舌と粘液が、一気に流れ込んでくるのが分かった。

今までの理沙とのキスでは味わったことのない快楽に溺れ、麻酔を打たれて落ち込んでいくような感覚の中で、俺の瞳は目の前の真実を映し出していた。

理沙……なんだよ……それ……。

列車がゴォォォと響く走行音と共にトンネルへと突入する瞬間、窓ガラスに映った理沙の姿に俺は驚愕するが、あまりの快楽に意識は遠のいていく。

やがて、周囲の音も薄れ、まるで海底へと沈んでいくような感覚が体を包んだ。

（三）桐生達也　青函トンネル　3時05分

警笛音が鳴らされ北野さんが教えてくれなかったら、ここが青函トンネルの入口とはまったく思わなかった。
ピィィィィィィィィィィィィ！
トンネル内へ突入した瞬間に警笛がもう一度鳴らされ、その音はコンクリート製のトンネルの壁に反射して大きく響いた。
ゴォォォォォォォォォォォ！

青函トンネル内に入ると走行音が壁に反射し、室内は大きな騒音に包まれて話し声は聞きとりにくくなった。

「青函トンネル内はうるせ〜んだなぁ」

横に座る千原が子どものように窓に顔をつけながら叫んだ。

「あぁ、最新のトンネルでも、列車は古くて防音対策がそんなにされていないらしい」

真顔で千原は俺に聞いた。

「へぇ〜。それで海の中は、いつ見られるんだ？」

お前は杏ちゃん程度か？

「あのなぁ、確かに青函トンネルは海底を通っているが、コンクリートのトンネルの中を走るだけだから、お前の想像してるようなマグロやイカは見られないぞ」

「なにっ⁉　こんなに大間に近いのにか？」

海底が見られないのは近い遠いの問題じゃねぇよ。

「トンネル内には駅があるらしいから、それくらいは見られるよ」

「こんな場所に駅があるのか」

俺たち男子は青函トンネルで盛り上がっていたが、甘木さんはまた怒っているようだった。

真琴とは話をするが、俺たちの会話には加わろうとしなかった。

そんな雰囲気を察してか、北野さんがテーブルへやってきて説明してくれる。

「最初にくるのが『吉岡《よしおか》海底』駅跡地で、そのあとには『竜飛《たっぴ》海底』駅跡地がやってきます。この二つの駅は海面下約百五十メートルにあって、現在は廃止されましたが、それまでは日本一低い位置にある鉄道駅だったんですよ」

甘木さんは不機嫌な顔をしたままだったが、北野さんは説明を続けてくれた。

「昔は各駅停車に乗ればこれらの駅にも降りることができて、竜飛海底駅からは斜坑《しゃこう》ケーブルカーに乗って地上へ出ることもできたそうですが、今は両方の駅とも資材置き場になってしまっているんですよね」

少し残念そうに北野さんは言った。

「じゃあ、もうトンネル内で停車する列車はないってこと？」

「ええ、もうそんな列車は存在しません」

真琴の質問に北野さんは微笑んで答えた。

その瞬間だった！


ギィィィィィィィィィィィィィィィィィィィィィィィィィィィィィィン！


突如、誰もが耳を押さえてしまうような金属音がトンネル内に鳴り響いた。

「きゃ——‼」

一人立っていた北野さんは急激にかかった慣性の力に耐えきれず、床に倒れて尻もちをつく。

「なんだ⁉　どうしてこんなところで急ブレーキが掛かったんだ？」

壁に手をつきながら千原は周囲を見回す。

食堂車のテーブルはこういった事態を想定して、脚は固定されているがイスはそうではない。

だから甘木さんも真琴も、吹き飛ばされないようにテーブルにしがみついていた。

二人用テーブルにいた若桜博士と伊丹さんも壁やテーブルに体を押し付けて、必死に揺れがおさまるのを待った。

すぐに速度は急激に低下し、最後にギュュンと大きな音がして、今度は後ろへ向かって反動が起こった。

『うわぁぁ！』

全員が一斉に声をあげる。

揺れが収まりゆっくりと顔を上げて見ると、列車内とは思えないくらいに静かになっていた。

キッチン内のシンクに備え付けられた冷蔵庫のブゥゥという低い音だけが静かに響いている。

「なっ、なんなの？」

甘木さんはこわばった顔で俺を見た。

「さぁ、なにか分からないけど列車が急停車したみたいだ」

「こっ、こんなトンネルの真ん中で⁉」

窓からはトンネルの壁に取り付けられた照明がボンヤリと見えていた。

ヨロヨロと立ち上がった北野さんは、強打したお尻を擦りながら立ち上がって状況を確認する。

「これは非常ブレーキが掛けられたようです」

「ひっ、非常ブレーキ？　どうしてこんな場所で？」

若桜博士は頭を打ったらしく、側頭部を擦っていった。

「それは分かりません。なにが原因で非常ブレーキが掛かったのかは、乗務員室へ戻って運転士と車内電話で話せば、すぐに分かると思います」

クルリと回れ右をした北野さんは、タタッと走って乗務員室のある5号車へ向けて走り去った。

「これも武庫川がやったのかしら」

北野さんを見送った真琴が不機嫌な声で言う。

「そうかもしれんが……ここで停車させる意味が分からない」

暗い車窓を見つめながら伊丹さんは答えた。

「きっと、青森まで行っちゃうと鉄道公安隊が来ると分かっているから、ここへ列車を停めて逃げ出す気なんじゃない？」

「それを狙うなら青森側に上陸してからの方がいいだろう。非常ブレーキボタンを押せば、どこでも停車させることができるんだから、こんな逃走に不便なところに停車させなくても……」

「だったら、どういう理由でこんな場所に？」

少し考え込んだ伊丹さんはポツリと呟く。

「理由は分からないが、俺たちはなにか読み違えているような気がする」

一つ向こうのテーブルに座る若桜博士が、こちらを見て聞き返す。

「読み違えているとはどういうことだ？」

「これは武庫川が今までやっていた『こそ泥』ってレベルじゃない。少なくとも運行妨害レベルであって、一つ間違えればテロ行為だ。あいつはどう考えてもそこまでの男じゃない」

「では、非常ボタンを押したのは、武庫川ではないと言うのか？」

「直感で言えばそうだ。ついでに言うなら鈴鹿久美子さんの殺害についても違うだろう」

そんな会話を聞いていた甘木さんは、不安から再び取り乱しそうになる。

「だったら誰がこんなことを⁉　なにが目的なのよっ」

「なつみ、しっかりして。大丈夫だから」

真琴に抱きしめられた甘木さんは「うぅ……」と胸に顔を埋めて泣きだした。

そこへ乗務員室から戻ってきた北野さんが食堂車へ現れ、そのまま中央通路を駆け抜けていく。

「非常ブレーキの原因は分かりましたか？」

一瞬だけ俺を見た北野さんは走りながら答える。

「はい、運転士に確認した結果、どうも先頭から三両目に連結されている11号車の『車掌弁』が引かれたようです。非常ブレーキボタンなら復旧ボタンで回復できるのですが、車掌弁は乗務員室で復旧しなくてはいけないので、今から行ってきます！」

そのまま扉を開いて食堂車を出ていく。

「あっ、北野さん！」

一瞬、胸に不安がよぎった俺は声をかけたが、その声は届かなかった。

バタムと扉の閉まる音が、静まり返った食堂車に響いた。

いいのか？　一人で行かせてしまって……。

そんな声が心によぎる。

目を合わせると伊丹さんも同じように感じているようだった。

だが、乗務員は列車の走行と乗客の安全を確保するという義務があるのだろうし、この状況で甘木さんたちのそばを離れるわけにもいかないと思った。

（四）北野愛　青函トンネル　３時15分

「今日はどういう一日なのでしょうか？」

非常ボタンを調べるために11号車へ向かって走りながら、私はそう呟いた。

ほとんどお客さまの乗っていない車内は、とても静かで静まり返っていた。

通路には私のパンプスのカコンカコンという音だけが鳴り響く。

札幌を出る瞬間から予想外の大雪に見舞われ、かなりのトラブルを予測してはいたが、植苗駅では発砲と人身事故が起き、そこで救助した優奈ちゃんは行方不明となり、刑務所を出たばかりの武庫川さんが車内で犯行を行ったうえに逃走し、鈴鹿久美子さんは車内で亡くなった。

まさかこんな事態になるとは、誰が予想できただろう。

それだけでも想定外の状況だったのに、遂には青函トンネル内で非常ブレーキボタンが押されて列車が緊急停止してしまったのだ。

これはもう異常事態と言っていい。

「寝台列車の車掌業務はトラブルが多くて大変とは聞いていたけど……」

11号車に入ってすぐの左右に乗務員室があるのだが、どちらの車掌弁が引かれたのかはすぐに分かった。それは右の乗務員室の窓ガラスが、叩き割られていたからだ。

鍵が開いたままの乗務員室へ入り込むと、割れた窓ガラスが粉々になって床に散っていた。

「まさか……手でこれを？」

ガラスと言っても寝台列車のものは強化ガラスになっていて、素手で簡単に割れるようなものではない。

だけど、フロアには砕けたガラスと共に、真っ赤な血がポタポタと落ちていて、ケガを負いながらも手で破壊したように思えた。

シュユと音がしている乗務員室上部のパイプに目をやる。

その部分の破損状態に、私は頭を抱えた。

「これじゃあ……簡単には復旧できない。どうしてここまで……」

本来はそこに赤い握り玉のついた車掌弁がぶら下がっており、例え下へ引かれたとしても、元へ戻せば復旧できるはずだった。

だが、パイプ内の圧縮空気を制御するために取り付けられているレバーは、どうやったらこうすることができるのか分からないが、下へ引いたあとに完全にへし折られている。

その結果、部品の一部から圧縮空気が漏れ続けるということになっていた。

日本の列車の安全装置は「なにか壊れればブレーキが掛かる」という構造になっているので、故障により列車が暴走することは少ないが、逆にこうなると動かすのが難しくなるのだ。

思ったよりも酷い状況に、私は運転士と相談することにした。

「車内電話で運転士と……」

壁に吊ってあった車内電話の受話器を手に取った瞬間だった。

通路から乗務員室に何者かが入り込んできて、私の後頭部を鈍器のような物で強打した。

ドスッと鈍い音がして全身から力の抜けた私は、体を回転させながらフロアに崩れ落ちた。

見上げると後ろから迫ってきた影の正体が分かった。

その顔がニヒッとイヤらしく笑いながら、私を見下ろしている。

とっ……豊島さん？

豊島さんは再び鈍器を振り上げ、私へ向かって振り下ろした。

激しい体への痛みとともに、視界が暗くなっていく。

遠ざかる意識の中、「北野さ〜ん。車掌弁どうなっていました？」と呼びながら近づいてくる別《べっ》所《しょ》運転士の声が聞こえた。

「きっ……来ちゃダメ……」

だが、それは声にならず、別所運転士に届くことはなかった。

（五）桐生達也　青函トンネル　3時27分

北野さんが乗務員室へ向かってから、約十五分が経っていた。

「北野さん、ちょっと遅すぎませんか？」

俺が問いかけると伊丹さんは頷く。

「確かに時間がかかり過ぎなようだ」

「これは見にいったほうがよくないですか？」

泣き顔の甘木さんは即座に反対する。

「ねえ、桐生くん、もうやめようよ！」

「だけど、もし北野さんが誰かに襲われてしまったら、列車の運行に大きな影響が出てしまう。この青函トンネル内でそんな事態になったら……」

「そっ、そんなの。まだ、分からないでしょ？　桐生くんがしなくちゃいけないことなの？」

再び真っ赤になった瞳で、甘木さんは必死に訴えた。

「でも……車掌さんがいなくなったら……この列車は……」

「もう怖いのは嫌なのっ」

不気味なことばかりが起きる状況に、甘木さんは体を震わせた。

その時コツンコツンと響く革靴の音が、8号車の方角からゆっくりと近づいてきた。

その音を聞いた甘木さんは、無理矢理だけど笑顔を作って見せる。

「ほっ、ほら。北野さん、ちゃんと帰ってきたじゃない」

「そう……みたいだね」

だけど、そこに現れたのは、見慣れない顔の人だった。

男は國鉄の紺の制服を着て、両手には白い手袋をはめていた。

目を細めて若桜博士が聞く。

「貴方は……誰だ？」

前にツバのついた制帽を脱いで、その男性は丁寧に腰を曲げて頭を下げる。

「この寝台特急北斗星の運転士をしております。私は國鉄の別所徹《べっしょてつ》と申します」

「運転士？」

目を細めた若桜博士は、いぶかしげに見つめた。

「ええ、先ほど青函トンネル内で、11号車の乗務員室にある『車掌弁』と呼ばれる非常ブレーキ用のレバーが引かれました。そこで北野車掌に調べてもらっていたのですが、いつまでも連絡が入らなかったので、先頭の電気機関車を降りて様子を見に来たのです」

その話を聞いて思わず俺は前のめりとなった。

「えっ⁉　北野さんはどうしたんですか？」

だが、別所運転士は困ったように首をひねる。

「いやぁ～それが……北野車掌と、まだ会ってないんですよ。11号車の乗務員室が滅茶苦茶に壊されていたので、きっと5号車へ戻って連絡をしようとしているのかと思うのですが……」

「それはないだろ。北野さんはさっき、11号車へ向かったきり戻ってないんだから」

千原が別所運転士に言った。

「えっ、そうなんですか？　あれ～どこかですれ違っちゃったのかな？」

別所運転士は、たぶん函館で機関車を入れ換えた時から北斗星の牽引を担当したのだろう。

ここまで車内で起こっている異常事態をまったく把握していないようだった。

もうこうなっては、ここで待ち続けてはいられない！

「伊丹さん！　北野さんを探しに行きましょう」

俺が立ち上がると同時に伊丹さんも立った。

「ここはやむをえんな……」

「どっ、どうしたんですか、お客さま。まぁ、すぐに北野車掌も戻ってくると思いますし、列車も復旧させますから――」

ダ――――ン!!　ダ――――ン!!　ダ――――ン!!

別所運転士の言葉は、突然車内に響いた三発の銃声によってかき消された。

『**きゃぁぁぁぁぁぁぁぁ！**』

甘木さんと真琴は抱き合って悲鳴をあげ、若桜博士はすっと鋭い視線を銃声の聞こえた8号車へと向けた。

「じゅ、銃声⁉」

俺に続いて伊丹さんが真剣な顔で呟く。

「武庫川の野郎、どこかで銃を手に入れたのか⁉」

もう一刻の猶予もない！　俺と伊丹さんが一目散に走り出した。

「あわぁぁぁ。わっ、私は……その……どっ、どうすれば……」

急変した事態を飲み込めない別所運転士は立ちすくみ、白い手袋をはめた右手をブルブルと震わせた。

俺は別所運転士と千原に、甘木さんと真琴と若桜博士を任せることにした。

「俺たちが見てきますから、運転士さん！　みんなをお願いします」

「わっ、分かりました……」

別所運転士は額に右手をあてて答えた。

列車は停車中なので通路は走りやすく、一両二十メートルの車両は五秒あれば通り抜けられる。

「銃声はどこからしたんでしょう？」

走りながら尋ねる。

「あの大きさからすると、豊島君や三田君のいる隣りの8号車ってことはない。だとすると、その先にいる人と言えば……」

「高森さん！」

「そういうことだ」

俺たちはデッキを越えて9号車の通路へ入った。

「高森さんの部屋は分かりますか？」

「いや知らないが、すぐにも分かるはずだ」

「……すぐに分かる？」

俺は聞き返したが、伊丹さんの言った意味がすぐに分かった。

9号車に入ると、二つ並ぶ寝台特急北斗星最高グレード「ロイヤル」の手前の扉が開いたままになっており、そこから花火に火を点けた時のような臭いがしたからだ。

伊丹さんはスンッと鼻を鳴らして、周囲の空気を少し吸い込む。

「銃を撃てば硝煙の臭いが残る。こいつは簡単に消すことはできないからな」

駆け込むように二人で通路からロイヤルの室内を覗く。

その惨劇を目にした伊丹さんが、

「桐生君、見るなっ！」

と、止めてくれたが少し遅かった。

ホラー映画でしか見たことのないような、異様な光景が部屋の中に広がっている。

本来なら落ち着いた雰囲気の最高級の部屋。その室内中が鮮血で染まっていた。

あまりの状況に、俺は膝から力が抜けそうになる。

「なっ、なんだこれは……」

ロイヤルの壁はシックな木目調なのだが、そこには赤い絵の具で描いたような筋が何本も走っている。大きめのベッドに張られていた白いシーツは、染めたように真っ赤になっていた。

ベッドの上には鋭利な刃物で、何か所も刺し貫かれた高森さんがグッタリと横たわっていた。

そして、なぜか大量の一万円札が部屋のあちらこちらに散らばっている。

見るも無残な光景に、胸がムカムカして胃の中のものがこみあげてきた。

「うっ、うはぁぁ……」

上半身を折った俺は、顔を下へ向け部屋の中に吐しゃ物をぶちまけた。

幸い食事からかなり時間が経っていたから、透明な胃液しか出ることはなかったが……。

「まぁ、初めて殺人現場を見た奴は、だいたいそうなるよな」

こんな時でも冷静な伊丹さんはヘタり込んだ俺を置いたままベッドへ向かうと、血で汚れるのも構わず高森さんに近づいて声をかけた。

「大丈夫ですか？　高森さん」

首に手をあてて揺らすと、糸の切れた操り人形のようにユラユラと体が揺れた。

こっ、こんなの絶対死んでいるって……。

人間がどれくらい血を流せば死んでしまうのかは知らないが、部屋中が血で染まるくらい出血してしまったら絶対にダメだろうと思った。

だが、高森さんは弱々しく目を開く。

「……車掌に……やられた……」

意識が混乱しているのか、高森さんは妙なことを呟く。

「車掌？　北野さんがこんなことを⁉」

伊丹さんの質問に高森さんは、ゆっくりと頷いて答えた。

「車掌は狂っていて……私は突然襲われた……」

「北野さんが狂っている？」

伊丹さんが不思議に思って聞き返すのも無理はない。

さっきまで車掌業務を普通にこなし、乗客を守るためにあんなにも奮闘してくれていたのだ。

「くっ、狂っていただとっ⁉」

後ろから女性の声がしたので急いで振り返って見ると、そこには目を大きく見開いた若桜博士が体を小刻みに震わせながら立ちすくみ、高森さんを凝視していた。

体に沿わせるようにしてなんとか右手を動かした高森さんは、その手を伊丹さんに預けた。

その手にはL字形をした黒い金属製の物が握られている。

「それって銃じゃないですか⁉」

そんなものを人生で一度も見たことのない俺は心から驚いた。

「こいつを……車掌の奴に……撃ち込んでやったが……逃げられた……」

なっ、なにを言っているんだ⁉　高森さんは⁉

もう高森さんのしゃべっていることがまったく理解できない。

そもそも警官でもない高森さんが銃を持っているのもおかしいし、さっきまで普通だった北野さんへ向けて「撃った」という話も、どうしてそうなったのか分からなかった。

だが、それが混濁した意識から出ているようには思えない。

その言葉はゆっくりだがハッキリしており、冷静に伊丹さんに話しかけていたからだ。

「車掌に……気を……つけろ……ぐぅ」

高森さんはついに口から大量の血を吐いて首を横へ向けた。

それが合図となっていたかのように、ガクリと全身の力が抜けまったく動かなくなる。

「高森さん！　高森さん！」

伊丹さんは何度も呼びかけるが、それから高森さんは一言も発することはなかった。

その様子を後ろで見ていた若桜博士が狼狽した声をあげる。

「まっ、まさか！　そっ、そんな……そんなことって……」

どうしたんだ？　若桜博士……。

若桜博士はブルブルと体を震わせると、腰を抜かしたように壁に手をついたまま、ゆっくりと床へしゃがみ込んでしまう。

伊丹さんは高森さんの右手から銃を外して両手を胸の上で重ね、まっすぐに寝かせてあげる。

そして、遺体に向けて合掌すると静かに目を閉じた。

俺にはそんな冷静なことは、とてもできなかった。

目を開いた伊丹さんは立ち上がり、銃を右手に持ち銃身についていた血をタオルで拭きとって高森さんを見下ろした。

その銃は映画なんかで見かけるオートマチックタイプという奴で、グリップの下から弾倉を入れて、多くの銃弾を発射することができるタイプらしい。

「高森さん、これは借りておくよ」

そう言って銃を胸ポケットにしまい、紙幣が散らばる室内を見渡す。

「札幌の事件の犯人があんただった……とはな」

そのセリフに、俺は凄く驚いた。

「もしかして⁉　高森さんが資産家宅で殺人をして、一億円を奪った犯人だったんですか⁉」

「どうやら、そういうことになりそうだ」

銃の入ったポケットを右手で触りながら、大量の紙幣を見つめて伊丹さんは続ける。

「北斗星に犯人が乗ったという情報を俺は得ていた。そして、南千歳で大量の客が降りた時にチャンスだと思ったんだ。犯人は必ず検問のない列車で移動すると考えたからな」

「それが高森さんだったと……」

「乗客の中の誰かまでは分からなかった。そして、残念ながらこんなことになってしまったのは、俺としても痛恨の極みだ。生きているうちに逮捕できていれば……」

伊丹さんは悔しそうに奥歯をギリッと噛んだ。

そこで俺はすぐ後ろで激しく息をしている若桜博士のことが気になった。

俺と同じように遺体を見て動揺するのは分かるが、それとは少し違うような気がしてきた。

「大丈夫ですか？　若桜博士」

落ち着いてきた俺は立ち上がり、部屋の入口まで戻って手を差し出す。

さっきまでの強気な雰囲気とはうって変わり、若桜博士はうつろな目で俺の手を掴む。

「すっ、すまない……その……」

若桜博士は俺の名前が分からず戸惑った。

「俺、桐生達也って言います」

「そうか、すまんな桐生君」

俺の手をしっかりと握り直した若桜博士は、やっと立ち上がることができた。

これは……震えている？

つないだ手は小刻みに震え、その動揺の大きさを感じさせた。

だが、若桜博士がなんの関係もない、高森さんの死に取り乱しているとも思えない。

「とりあえず、ここを出ましょう」

伊丹さんも「そうだな」と頷いた。

俺たちは部屋から出ると、誰も入れないようにドアをロックすると食堂車へと向かった。

食堂車へ着くまでの間、若桜博士は一言も声を発することなく黙って下を向いていた。

怖かったのなら、食堂車で待っていればよかったのに……。

でも、生物学者なら、動物実験なんかで、血を見るようなことにも慣れているんじゃないのか？

俺は、押し黙ったままの若桜博士の様子が少し気になった。

DD05　走らない列車

(一) 桐生達也　青函トンネル　3時46分

高森さんの部屋から戻る途中、俺たちは更なる犠牲者を発見することになった。

それは三田さんだった。

異様な事態が続いていることに危機感を感じた伊丹さんが、9号車から食堂車へ戻る際に、8号車の二人の部屋を訪ねて声をかけようとしたのだ。

二人の部屋である「5号室」の扉を叩くと、ロックが外れており自然に開いた。

真っ暗な室内には二段ベッドがあり、その下段で三田さんは亡くなっていたのだ。

三田さんの遺体も久美子さんの時と同じく大きな外傷はない。

だが、久美子さんの時には少しだけだった白い液体が不自然に口内に溢れていた。

同室にいたはずの豊島さんは消えており、8号車内を探したがどこにもいない。

食堂車に戻ってみたが、ここにいるのはすでに七名だけとなっていた。

俺の仲間である千原、甘木さん、真琴。

それから刑事の伊丹さん、生物学者の若桜博士。そして、運転士の別所さんがいた。

久美子さん、高森さん、更には三田さんが遺体となって発見され、豊島さんと優奈ちゃんが行方不明。

杏ちゃんだけは自分の部屋で、この事態をなにも知らずに眠っているということになる。

車掌の北野さんも車内のどこかで生きているようだが、高森さんが最後に残したダイイングメッセージによると、「狂っていて襲ってくる」かもしれなかった。

伊丹さんは食堂車へ戻ると、いつもの席に座りブツブツと言いながら考えこんでしまう。

高森さんの部屋で「なにがあったのか？」を隠したままにしていては、次の被害者が出てしまうと考えた俺は、残っていたみんなに、見てきたことをそのまま全て話した。

無論、残虐な状況については、詳細を伝えることなく伏せたが……。

「どういうこと⁉」

理解の範疇《はんちゅう》を越えた説明を聞いた甘木さんは、口をまっすぐに結んで戸惑った表情を見せた。

「それが俺にもよく分からないんだ」

「そんな……分からないって」

「ゴメン……甘木さん」

だが、俺だって植苗駅からここまで、ずっと分からないことが続いているのだ。

それはなにか一つのアルゴリズムを知ることで解決できるような気もする。そして、その因子にはある種の超常的ともいえるなにかが関わっているような気がしてならなかった。

どう考えても常識では全てを理解できないのだ。

「とりあえず、ここにいるメンバー以外には注意した方がいいだろう。今はそれしか分からない」

「それって本当なの？　本当にここにいるみんなは信用できるの？　この中の誰かが狂って私たちに襲いかかってくる危険はないの⁉」

不安げに息を荒げた甘木さんは、周りを見回しながら言った。

「そっ、それは大丈夫じゃないですか？　私なんかは國鉄の運転士ですし……」

あっははとあいそ笑いを別所運転士は浮かべる。

「なにを言っているの⁉　あなたの同僚の北野さんが、高森さんを襲ったんですよ！」

「それは、高森さまが言ったって……いうだけの話ですよね？」

別所運転士は俺が語った話をあまり信じていないようだった。

「この人だって……信用できないわね」

そう言う真琴に甘木さんは抱きつき、その影から別所運転士を睨みつけた。

「そうね。信用できるのは、私たち四人だけだよ」

甘木さんの言葉に、真琴はしっかりと頷く。

「こりゃ～しゃべってもらわないと……話が進まないようだな」

席を立った伊丹さんは、若桜博士のテーブルの前に立ち止まる。

若桜博士は高森さんの部屋を出てからずっと震えていて、食堂車に来てからもイスに座ったままテーブルの一点を見つめたまま黙りこくっていた。

「やっぱり博士は……なにか知っているんですよね？　この事態について」

若桜博士はそんなに寒くもないのに、ガタガタと体を震わせながら見上げる。

「なっ、なにも知らない……」

「博士は『狂っている』という言葉に、何度も反応している」

「そっ、そんなことない……。きっ、気のせいだろう」

若桜博士は顔を背けて窓の外を見たが、その視線は小刻みに揺れていた。

「いや、桐生君がここで『武庫川が凶暴化しているのではないか？』と話した時も、さっき高森さんが『北野車掌が狂っている……』と言った時も、博士は敏感に反応していただろう」

黙ったまま、若桜博士は反応しなかった。

「若桜博士……もう黙っている場合じゃないんだよ。すでに遺体が三つも上がっているんだ」

「そっ、それは……私とはなんの関係もないこと」

伊丹さんは慣れた感じで、取り調べのような尋問を続けていく。

首を左右に振って、伊丹さんは微笑む。

「そんなことねぇだろう～博士。なぜかみんなが次々と『狂ってしまう』ことについて、なにか心当たりがあるんじゃないのかい？」

「じっ、自分は……なにも知らん！」

両腕で自分を抱くようにして、目をつぶって必死に否定した。

「そうかい……まぁ黙っていてもかまわんけどな。それだとあんたも含めて、俺たちはたぶんここで『全員死ぬ』ことになるかもしれないが、それでも博士はいいのかね」

そんな宣告をされて、甘木さんは更に震えあがる。

「ぜっ、全員死ぬの⁉」

甘木さんの瞳は小さくなって瞳孔が開き、焦点が定まらない様子だった。

伊丹さんも甘木さんにはショックが強すぎる話だと分かってはいるが、今はそんなことを気づかう余裕はなかった。

「さっきまで普通だった北野さんが、突然高森さんを襲って殺したなんてことは異常事態だ。しかも、聞いた話が本当なら北野さんは、銃撃をその身に受けたのにも関わらず高森さんの殺害を実行し部屋から逃走している。これはもう『武庫川が女性を襲っている』ようなレベルの話じゃない」

全員を見回しながら伊丹さんは両手を広げた。

「なっ、なんだよ……それ……。きっ、北野さんは……ゾンビにでもなったのかよ？」

さすがの千原でも怯えており、顔から血の気が引いて言葉はうわずっていた。

「車内に無差別殺人鬼がいる……そういうことね」

泣きじゃくる甘木さんを胸に抱きとめながら、真琴は冷静に言った。

伊丹さんは静かに頷く。

「そのどちらもが当たっているかもしれんな。それだけ、今ここで起こっていることは理解不能な話で、単なる刑事事件なんかじゃない。そう考えると、特別な原因があると考えるのが普通だろう……若桜博士」

そこで顔をあげた博士は、ダンと両手をテーブルに叩きつけて叫んだ。

「バカなっ！　ウイルスが漏れるなんてことは決してないっ！」


食堂車内が一瞬で凍りつきザワつく。

伊丹さんは驚くことなく「やっぱり」という目をした。

『ウッ、ウイルス……』

「やはりそういうことでしたか。若桜博士のような有名な方が、どうして南千歳で下車しなかったのか……。俺はどうも不審に感じていたんですよ」

そこで俺は札幌で見た光景を思い出す。

「もしかして！　車内へ積み込んでいたコンテナの中にウイルスが⁉」

「たぶん中身は若桜博士が御専門とされている何らかのウイルスだろう。それも本来なら移動が制限されているような、かなり特別な奴じゃないんですか？」

食堂車内はまるで警察の取り調べ室のような雰囲気になった。

ベテラン刑事である伊丹さんに若桜博士は徐々に追い込まれていく。

伊丹さんが静かに見下ろすと、額から汗をビッシリと若桜博士は浮かばせる。

「若桜博士……あんたもこんなところで、自分が無断で持ち出したウイルスが原因で死にたくはないだろ？」

「そっ……それは……」

「別に俺たちはあなたがウイルスをどこからか持ち出し、寝台特急北斗星に許可なく載せたことをとやかく言うつもりはないんだよ。ましてや、俺は『逮捕しよう』って言っているんじゃない」

黙ったままの若桜博士に対して、伊丹さんは説得を続ける。

「だから、ウイルスが今回の事件に何らかの影響を与えているのであれば、詳しく話してもらえませんか？」

伊丹さんの話を聞いて全員が、若桜博士に注目する。

その沈黙に押されるようにして、博士は小さく「ふぅ」と息を吐いてからゆっくりと口を開く。

「……もしかすると、これは私の開発したウイルス『XQ―03』によるものかもしれん」

それを聞いた甘木さんと真琴の顔が青ざめるのが分かる。

「XQ―03とはなんです？」

真実を語ることで気が楽になったのか、若桜博士の顔は冷静な研究者の表情に戻っていた。

専門分野のことになると、言葉の震えは治まって淡々と解説を始める。

「研究している『多角変化ウイルス』を生成している過程で、偶然この『XQ―03』というウイルスができてしまった。まぁ、簡単に言えば失敗作だ。だが、この失敗作を実験用マウスに注射してみると、激しい興奮状態に陥ることが分かった」

「激しい興奮状態……要するに麻薬みたいな物ってことですか？」

伊丹さんに聞かれた若桜博士は、鼻でフンッと笑う。

「そんなつまらないものと一緒にするな。『XQ―03』を注射されたマウスは、どんなダメージを与えても死ぬ瞬間まで活動が可能なのだ」

「それって……ゾンビみたいな感じですか？」

若桜博士はなぜか嬉しそうな表情をする。

「そういうことだ。こいつを応用して人間の兵士に使用できるようになれば、どんなにケガをしても痛みを感じることなく戦い続けるようになる……。軍隊には夢の薬になるということだ」

「だから、北野さんは銃撃を受けても逃げられたわけか……」

そこで顔をしかめた若桜博士は、不満げな顔をする。

「だが研究所の無能どもめ……。こんな素晴らしい可能性のあるウイルスを『危険過ぎるから、全て廃棄しろ』と言い出した」

伊丹さんは鋭い目で若桜博士を見つめた。

「廃棄するのを拒否したあんたは、それを極秘裏に持ち出したと……」

「あぁ、このコンテナを三沢へ届けるために、私はどうしても青森まで行かなくてはならない」

その地名から伊丹さんが、若桜博士の目的地を推理する。

「三沢……米軍か？」

静かに頷いた若桜博士の目がスッと細くなる。

「さすが刑事は勘がいいな。極秘にコンタクトしたアメリカの感染症医学研究所『フォート・デトリック』がこいつに興味を持った。日本の民間空港からでは難しいが、米軍基地から軍用機に載せればどこへでも持ち出すことができるしな」

若桜博士は自分の作ったものを自慢げに語るが、聞いている俺たちは完全に引いている。

とてもじゃないが若桜博士は、まともな思考をしているとは思えなかった。

それは「自分の研究成果のためなら、それがどう使われようが気にしない」、せっかくの優秀な頭脳を毒ガスや核兵器開発なんかに使ってしまうタイプだ。

若桜博士も研究のためならば、どんなヤバいことにも手を染めるマッドサイエンティストって奴だった。

「そっ、そのウイルスが漏れて、私たち全員が感染したってこと⁉」

怒った顔で真琴は言った。

「それはないはずだ！　ウイルスはマイナス10度以下なら安定している」

「あの大きなコンテナには冷凍装置が入っていたんですね」

若桜博士は俺を見ながら、顔にかかった髪を後ろへはねた。

「だからこそ飛行機ではなく、この寝台特急北斗星を選び、継続して温度管理を行うために必要な電源装備のあった『ロイヤル』にしたのだからな」

「なっ、なんて物を持ち込んでくれたんですか⁉　列車内には危険物の持ち込みを禁じる法律がちゃんとあるんですよ！」

激高した別所運転士は制帽をとって自分の髪をグシャグシャにかき乱した。

もちろん、俺はどうして飛行機を使用しなかったのか理由を知っている。

「空港では手荷物検査がありますからね」

「さすがに零下10度になったコンテナケースを素直に通すとも思えんし、ウイルスにX線など浴びせられてはかなわん。ここにあるサンプルが最後のものなのだからな」

バンと机を叩いて真琴は立ち上がる。

「なに自慢げに語ってるのよっ！　あなたがその変なウイルスを北斗星に持ち込んで、漏れ出してしまったから、こんな事態になってるんでしょ⁉」

「だから、そんなことはないはずだと言っている！」

若桜博士は負けじと言い返す。

「ないはずって……実際にみんなそのウイルスで狂っているじゃない？　武庫川だって、北野さんだって！」

「だっ、だから……それは、まだ『XQ―03』が原因とは限らないだろう……」

だが、その点については、若桜博士もあまり自信がないように見えた。

全ての話を聞いていた伊丹さんは、顎に手をあててウムと唸る。

「北野車掌が狂暴化して人を襲ったということを考えると、マイナス10度以下だったとしても漏れてしまったと考えるべきだろう。博士の理論は信用したいとこですがね」

「そんな非科学的なことはない……はずなのだが」

首をひねった若桜博士は、納得しかねているようだった。

伊丹さんは右手の中指と人差し指を示して告げる。

「ここで我々のとれる方法は二つだ。一つは北斗星から降りて逃げだす。もう一つは北野さんを見つけ出して拘束するということだ」

それには別所運転士がすぐに反対した。

「青函トンネル内で線路へ降りるなんて無茶です！　青森側にしても北海道側にしても距離にして約二十キロ、線路上は歩きにくいし、途中での休憩を考えたら軽く五時間以上はかかります」

「でも、こんな列車内にいたら、みんな殺されちゃうんですよ」

必死に甘木さんが訴えると、別所運転士はポケットから懐中時計を出して確認した。

「それはトンネルを歩いても同じじゃないですか？　現在、時刻は午前4時前くらいです。運転指令所では私からの報告を待っています。青函トンネル内でスマホは使えませんので、鉄道無線で早く状況を報告し、ここで救助を待ったほうがいいと思います」

「でも、車内を歩けば……北野さんに襲われるかもしれないんですよ」

額の横をヒクヒクと動かした別所運転士は「まっ、まさかぁ……」と怯えがちな笑いを浮かべた。

「ここに停車して三十分近くが経過していますから、運転指令所としては調査または救助隊を向かわせるはずです。救助用の列車はここまでは来れないと思いますから、トンネルの入口まで車でやってきて、そこから軌道自転車か徒歩で明け方には救出に来るかと……」

「明け方……？」

甘木さんの表情は絶望の色に染まる。

「こうなったら北野さんをとっ捕まえようぜ！」

右手でサムズアップして千原が促す。

「……そうだな」

俺もそう思っていた。

「危ないわよ、達也」

真琴は心配してくれるが、こうなった以上それしか手がないように思えた。

「気持ちは嬉しいけど、ここにいても絶対安全とも言えない。運転士さんの話からすると、反対に救助されるまで五時間は耐えなくてはいけないってことだろ。北野さんはそれまでにここへ突入してくるかもしれない？」

「それは……そうかもしれないけど」

真琴は唇を噛んで黙った。

「少し危険だけど、先に北野さんを捕まえる方が無事でいられる確率は高いと思う」

頷いた伊丹さんは、全員の顔を見回す。

「ここは私も桐生君の意見に賛成だな。高森さんに襲いかかるような奴が、ここで全員集まっているからと言って、五時間も大人しくしているとも思えない。なにか仕掛けてくるだろう。しかも、相手は痛みを感じることのないゾンビ状態だ」

そんな危険なことに関わりたくないのは、全員同じ気持ちだった。

だが、すでに久美子さん、高森さん、三田さんが遺体になってしまっている以上、ここで静かにしていれば「無事に朝が迎えられる」とは、誰も思えなくなっていた。

俺は立ち上がって通路に立った。

「よしっ、車内を一斉捜索しよう！」

だが、こちらの意図通りに状況というのは進まないものだ。

それは向こうにも意思があり、こちらの出方を黙ってみているわけではないからだ。

バツン！

ブレーカーの落ちるような音がして突然照明が全て消えた。

『**きゃぁぁぁぁぁぁぁぁぁぁぁぁ！**』

突然の暗闇に恐怖が増幅され、甘木さんと真琴は抱き合って悲鳴をあげる。

運転士である別所さんは「停電か？」と呟きながらキッチンへと歩いていく。

「なっ、なんだ⁉　どっ、どうしたんだ⁉」

立ち上がった千原は周囲を見回した。

「桐生君は後方を警戒してくれ！」

指示を受けて「はい！」と返事をした俺は6号車方向に目を凝らし、伊丹さん自身は8号車方向の扉へ向かって走り入口付近にしゃがんで待機した。

キッチンから戻ってきた別所運転士は、パチンパチンと三本の懐中電灯を点ける。

闇の中に三つのビームが走り、一つを伊丹さんに手渡し、一つは真琴に渡した。

「これは電源車でなにかあったようですね」

「でっ、電源車？」

オドオドしながら真琴が聞き返す。

「ええ、電気機関車と11号車の間に連結してある車両で、そこにはディーゼル発電装置が二基あり、車内で使用するほとんどの電気をそこで発電して作っているんです」

真琴は天井を指差す。

「だって、先頭は電気機関車なんでしょ？　だったら、ここは電気で走れる路線なんだから、上の電線から電気をとればいいじゃない」

すまなそうに別所運転士は頭を下げた。

「それが……、こうして電化している区間でも車内の電気は電源車で作った電気を使用するようになっていまして、すぐには切り替えられないんです」

「なっ、なんなのよっ、それは！」

そんな真琴を見ていると、俺は嫌な予感を覚える。

「きっと、北野さんはそれを知っているんだよ」

「知っているって？」

「ここで電源車の発電装置を潰せば、車内の全ての電気を落とせるってさ……」

「そんなことして、なんの意味があるのかしら？」

俺はテーブルに肘をついて体を震わせる若桜博士を見た。

「ウイルスを発症している間は、暗闇でも目が見えるとか？」

「それは分からん。まだ人体には投与したことがないからな。だが、激しい興奮状態にあるということは、身体能力に一時的な上昇があるのかもしれん。だが、それよりも問題なことがある……」

「問題?」

俺は若桜博士に向かって聞き返した。

「電源が落ちてしまったということは、コンテナの冷却機能が低下していく。すぐにではないが、マイナス10度以下を維持できなくなれば、本格的にウイルスが漏れ出して本当に車内に蔓延してしまうだろう。それを狙って車掌が電源を落としたのかは分からんが……」

次々と襲ってくる新たな危機に俺の神経も麻痺してきたのか、もうあまり驚かなくなっていた。

「だったら、電源を早く復活させないと!」

懐中電灯を持った伊丹さんが、俺たちの前へやってくる。

「電源車へ行って復旧させるぞ」

「でも、そこには北野さんが待ち構えているんですよね?」

俺が聞くと伊丹さんは、例の高森さんが所持していた銃を胸ポケットから出して見せた。

「こうなったら北野さんを倒すしかない。このまま電源が復旧しないのであれば、数時間できっと車内はウイルスに汚染されてしまうだろう。トンネル内を逃げたとしても、追われて殺される可能性だってある。それに、今ならここから前の車両に北野さんがいると断言できるのだから」

全員が顔を見合わせて納得した。

「では、私と別所運転士で電源車へと向かう。桐生君たちはここで待っていてくれ」

それを聞いた千原は驚いた。

「二人だけで大丈夫かよっ」

「伊丹さん、相手は銃を持っていた高森さんを殺しているんですよ」

俺が聞くと、伊丹さんは銃を通路後方へ向けて構えた。

「これでも刑事だからな。狂っているとは言え、車掌相手に遅れはとらんさ」

伊丹さんは微笑んだ。

「分かりました。では、俺たちは若桜博士とここに残ります」

「あぁ、頼む。我々は電源車まで行って停電の原因を掴み、可能であればどこかの列車無線を使ってこの状況を鉄道管理局へ伝えてくる」

「絶対に無理しないでくださいね」

懐中電灯を一つ俺に渡しながら伊丹さんは笑った。

「あぁ、あいにく自己犠牲とかいう行動は、昔から大嫌いでね。では、行こうか」

伊丹さんは別所運転士を伴って8号車の方へ向かって歩いていく。

その動きを見ていると、部屋の中に隠れた相手が潜んでいても、後ろから襲われることがないように、一部屋一部屋の扉を開いては中へ銃を向け確認しながら進んでいるようだった。

別所運転士の持つ懐中電灯はフラフラとあちらこちらを照らしながら、ゆっくりと暗闇へと消えていった。

そんな二人を見送りながら今までの経緯を思い返していた俺の中で、一つの思いが強くなった。

やっぱり、優奈ちゃんは⁉

俺はイスを後ろへ押し出しながら勢いよく立ち上がった。

「ごめん、ちょっと3号車へ行ってくるよ」

「しゃ、車内には殺人鬼になった北野さんがウロウロしているのよ⁉」

目に涙を浮かべて甘木さんは言った。

「大丈夫だよ、俺が行くのは3号車だから」

後ろの方を指差して、俺は続ける。

「さっき電源が落ちたということは、北野さんは先頭の電源車にいた。まだこの食堂車では見かけていないいんだから、ここより後部の車両にはいないってことでしょ？」

「それはそうかもしれないけど……やっぱり一人で行くなんて危険よ」

心配する甘木さんを安心させようと俺はムリして笑った。

「そんなに時間はかけないよ。すぐに戻ってくるから」

「わっ、分かったわ……早く戻ってね、桐生くん」

心細そうな声で呟きながら、甘木さんは不安げに俺を見送った。

甘木さんが俺のことを気にかけてくれるのが少し嬉しかった。

きっと、こんな事態でもなかったら、そんな思いを抱いてくれたりはしなかっただろう。

俺は懐中電灯を握り締めみんなを見た。

「じゃあ、ちょっと行ってくる」

「……たっ、達也……」

真琴は手を上げて俺を止めようとする。

だから俺は見ないようにして、サッと振り返って足早に歩き出した。

座る人のいない寂しげなテーブルの脇を抜けて食堂車から、通路へと入っていく。

当たり前だが6号車以降も照明は全て落ちていて、通路も部屋の中も真っ暗だ。

ただ、目の方はすぐに暗い状態に慣れてきて、トンネルを照らす灯りが車内へ入り込んでいることもあって、人影があればシルエットとして認識するぐらいはできそうだった。

こっちにはいない……はずだよな。

どこかに潜んでいて襲われるかもしれない。そんな恐怖が襲ってきて心臓は高鳴る。

自分で組み立てた推理だったが、確固たる自信があるわけではなかった。

ロビーと久美子さんの遺体のある6号車から5号車を抜けて、杏ちゃんの寝ている4号車へと入った。確認のために部屋の扉を触ってみるがナンバーロックがかかっており、鈴鹿さんの部屋には入ることができなかった。

反対に今ならこうしてロックがかかっていたほうが多少は安全かもしれない。

俺は少し安心して扉の前を離れた。

4号車と3号車の間にあるデッキに入ったところで、すぅぅと大きく息を吸った。

「いるとすれば3号車のはずだ」

こんなことになるのであれば、もっと早くこうしておけばよかったと後悔した。

全ての部屋を調べるなんてことは、車掌の北野さんに迷惑がかかると思って言えなかったが、今になって考えれば異常事態はもっと早くから発生していたのかもしれない。

あの時は優奈ちゃんがどこかの駅に下車したかもしれないとか、俺たちに見つからないように隠れたのかもしれないと思っていたが……。

今の状況から考えて見れば、優奈ちゃんもこの一連の事件に巻き込まれたのに違いない。

そう考えれば、多くの不可解な事態との辻褄も合う。

そして、そう考えた時、優奈ちゃんは3号車のどこかに隠されているのではないかという思いが強まった。

3号車に足を踏み入れた俺は、一番手前の「DUET　1」とプレートのある扉のドアノブに手をかける。

カチンと音がして扉が少し開く、ロックはかかっていなかった。

扉を開き、懐中電灯で中を照らす。

その瞬間、ベッドの上に小さな影が映る。

「……やっぱりそうか」

予測はしていたが実際に見るとショックは大きく、知らず知らずのうちに目に涙が浮かぶ。

懐中電灯をベッド全体が照らされるように置いて、俺は一歩一歩近づく。

やはり、そこにいたのは優奈ちゃんで、しっかりと両手を胸の前に組み仰向けでベッドの上にまっすぐに寝かされていた。服の乱れもなく「寝ている」と言われれば信じられそうな感じだった。

「優奈ちゃん……優奈ちゃん……」

久美子さんの時よりも遺体は更にきれいで、眠れる美少女はすぐにでも目を覚ましそうだった。

だが、俺がどんなに呼びかけて、体をさすってあげてもユラユラと体が揺れるだけ。

やはり体は硬直しておらず、あまり揺らすと組んでいる指がほどけてしまいそうだった。

優奈ちゃんはどこで誰に殺されたんだ……。

頭で推理してみるが優奈ちゃんは東室蘭の前でいなくなっており、その後どうしていたのか分からない以上、推理は難しかった。

ただ、不思議だったのは、生きていた時に感じた優奈ちゃんへの想いとはなにか感じるものが違っていた。それは好きとかいう感情とはまったく違っていて、ここにいる優奈ちゃんは単に人形のようにしか見えなかったのだ。

二人で過ごしていた時に感じた「安心感」や「ドキドキする感覚」はなにも起きなかった。

そして、なぜか遺体を前にしているのに「優奈ちゃんはまだ生きている」という妙な感覚に頭が支配され始めていた。

「これは抜けがらなのか？」

優奈ちゃんの遺体を前にしながら、俺の脳裏にはそんな言葉がフッと浮かんだ。

本当は食堂車へ連れていってあげたいところだけど、青森で警察が調べる時に問題になるだろうし、きっと、真琴は嫌がるだろうからここへ置いていくしかない。

俺は涙を自分の指でぬぐい、ゆっくりと通路に向かって後ずさった。

これで久美子さん、高森さん、三田さん、優奈ちゃんが死んでしまったことになる。

これは本当にウイルスによるものなのか？

あまりにも次々と多くの人が死んでいくことに、俺は体がすくんだ。

そして、優奈ちゃんの遺体に気をとられていた俺は、すっかり後方への警戒を忘れていた。

「えっ⁉」

意識を左へ向けた時にはすでに人影が真横に迫っていたのだ。

こんな至近距離からの攻撃を俺が瞬時に避けられるはずもなく、4号車の方向から飛び込んできた影が俺に勢いよくぶつかった。

次の瞬間、人影から二本の腕が伸び、その手が首筋に絡まってくる。

しっ、絞め殺される⁉

絡みつく腕を跳ねのけようとしたが、油断していた俺は後手《ごて》を引いてしまった。首筋に完全に両腕が回されて胸元には顔が押し付けられた。

こっ、殺される⁉

その瞬間、石鹸《せっけん》のような香りが広がり、胸に飛び込んできたのが女性だと分かった。

きっ、北野さんかっ⁉

女性一人くらいの力なんていつもなら跳ね飛ばせるはずなのに、暗がりでバランス悪く立っていたせいなのか、倒れるようにして後退していく。

動きが止まったのは、通路の壁に追い込まれたからだ。

強く壁に叩き付けられたので後頭部と背中に激痛が走り、俺は顔をしかめた。

こっ、こっちへ移動していたなんて……どうやって……。

痛みに身もだえながら考えていると、自分の予想の浅はかさに気がついた。

そっ、そういうことか！

走行中の列車だったら必ず食堂車を抜けなくてはならないが、停車中なら一旦外へ出て車外を歩き、乗務員室の扉や窓からでも入れる。

寝台特急北斗星のマスターキーを持つ北野さんなら、そんなことは造作もない。

きっと、そうやって伊丹さんたちを巧くかわして、身を低くしながら迂回して歩き、食堂車を通り越してから、５号車の乗務員室からでも入ってきたのだ。

北野さんはグイッと頭を持ち上げて、俺に顔を近づけてきた。

俺がやられるのを覚悟した瞬間、

「達也!!」

聞きなれた声が響く。

前を見つめた瞬間、背伸びした女の子がピンク色の唇を俺に押しつけた。

……真琴!?

柔らかい唇が重なり合い、長い黒髪が遅れて俺の顔に降りかかる。

それは北野さんではなく真琴だった。

目をつぶったままの真琴は柔らかい唇に力を入れ、首の後ろに回した腕にクッと少しだけ力を入れて、俺と自分の唇を更に強く重ね合わせた。

俺は突然のことに驚いてなにをしていいかも分からず、壁に背を預けたままただ真琴に身を任せていた。

そんな真琴から「クッ……クッ……」と口ごもるような声が聞こえてくる。

俺の胸元には温かい水滴がいくつもこぼれる。

なっ、涙？

暗がりの中それは想像するだけだったが、きっと真琴は泣いている。

その目からあふれた涙が頬を伝って胸に落ちたのだ。

やがて、ゆっくりと真琴が唇を離したのでお互いに見つめ合う。

暗がりに馴染んでくると、やはり目には涙が溢れていて、それは止めどもなく流れだしていた。

「ごめんなさい、達也。でも……でも……こうしておかないと……」

「追いかけてきたのか？　真琴」

「だって、心配だったから！」

大きく目を開いた真琴は、俺の胸に両手をおいた。

「それに、もしかしたら『私も殺されてしまうかもしれない』って思ったら、生きているうちに達也に自分の気持ちを伝えておかなくちゃいけない……って思って」

髪を振って手を広げ真琴は、自分の想いを全力でぶつけてくれた。

真琴は俺のことが好きだったんだ。

好意らしきものは何となく感じてはいたが、甘木さんが好きな俺は、あえてきちんと真琴には向き合わないようにしていた。

俺たちの日常はこれからも続くのだから、急いでお互いの気持ちをハッキリさせなくても「大丈夫だろう」と思っていたんだ。

だけど、真琴はそんな俺の壁をぶち破り、気持ちを伝えに来てくれたんだ。

そんな真琴の気持ちに「答えてあげられるか？」と聞かれれば無理だが、素直に気持ちをぶつけてくれたのは凄く嬉しかった。

それに……もし、まだ俺たちに長い時間が残されているのなら、真琴と一緒に人生を歩んでいくことも考えらないことではなかった。

そもそも、こんな状況になったからこそ、真琴は俺に告白したんだ。

普通の生活を過ごしていたなら数週間、いや数か月掛かって高まる気持ちが、こんな風に「いつ死ぬか分からない」と感じた瞬間、「伝えておかなければ」という気持ちになったのだ。

ここから生きて脱出するためになにかにすがりたい。その心細い気持を支えて欲しいのだろう。

だから、今は、俺の本当の気持ちを素直に伝える必要なんてない。

「ありがとう、真琴」

俺は、ただそう答えた。

真琴は顔を真っ赤にして首を横に振る。

「ありがとうなんて言われることないわ。『私が達也のことが好き』ってことを知って欲しかっただけなんだから」

真琴は涙を流しながら続けた。

「付き合ってもらわなくたっていいのよ。結果を求めて告白したわけじゃない。達也が私のことを好きじゃなくても構わないわ。それでも私は達也のことが大好き！　それだけよ」

その瞬間、初めて真琴は泣きながらニコリと微笑んだ。

バタンと音がして通路の扉が開く。

俺はやさしく真琴を離すと、部屋の入口に置いていた懐中電灯を素早く取り上げて扉へ向けた。

「誰だ！」

「おっ、俺……だよ」

そこには千原が立っていて、俺と真琴は「ふぅ」とため息をついた。

「おっ、脅かすなよ、千原」

「そっ、そうよっ。黙ったまま近づいてこないでよっ、千原」

真琴に言われた千原は、ハハッと力なく笑った。

「うっ、歌でも歌いながらくればよかったかなぁ、あっははは……」

少し様子がおかしい。

いつもと違ってどうも元気がないように見える。

元々、お気楽な奴だから、こういう時にはすぐに分かるものなのだ。

「お前まで来ちゃったら甘木さんと若桜博士を誰が守るんだよ？」

「あっ、そうだな、すまん」

「急いで戻ろう」

俺に言われて回れ右をした千原が足早に歩き出し、その後ろに真琴と俺が続いた。

歩きながら千原にバレないように、たまにクルリと振り返る真琴は、そのたびに真っ赤にした顔で嬉しそうに笑った。

その時、さっき感じていた千原の違和感について思いあたった。

もしかして、俺たちのことを見ていたのか⁉

千原は真琴のことが死ぬほど好きだ。

だからこそ俺を追って真琴が食堂車を飛び出し時、残る二人のことも考えずに追いかけてきたのだろう。

千原にとって一番大事なものは、真琴なのだから。

それなのに……俺とのキスを目撃してしまったんじゃないか？

すぐにあとを追いかけたわりには、あまりにも時間が空いてしまっているし、さっきの反応はいつもの千原らしくない。

ちゃんと説明すべきかとも思ったが、少し落ち込んでいるような千原の丸まった背中を見ていると、とてもじゃないがそんなことを言い出す気にはなれなかった。

今はいいか……無事に帰りついたら、その時、東京に戻ってから説明しよう……。

俺はそう思いながら一番後ろを歩いた。

4号車を抜け、5号車まで戻ってきた時だった。

待ちきれなくなったのか、食堂車の方から甘木さんが歩いてきた。

さすがに若桜博士と二人きりというのも不安だったのだろう。

だが、その予想は外れていた。

恥ずかしそうな顔をした甘木さんは、手をクイクイと動かして「……ちょっと」と千原を呼ぶ。

それはみんなの前では言いにくいことのようで、俺と真琴に目配せをする。

俺と真琴は立ち止まって二人を見つめていたが、甘木さんがモジモジしているのを見て気を使うことにした。

「先に食堂車に戻っているぞ、千原」

手を上げて俺は真琴と食堂車へ向けて歩き出す。

「おぅ、俺たちもすぐに戻る」

千原は手を上げて応えた。

6号車の通路を歩きながら俺は真琴に聞いた。

「どうしたんだろう？　甘木さん」

はぁ、と小さなため息を真琴はついた。

「そういうとこって……本当に達也っ、鈍感ね」

「えっ⁉　そっ、そっかな」

確かに真琴に強引にキスされるまで、その気持ちにきちんとは気がついていなかったのだから、俺は人の気持ちに対して鈍感なのかもしれない。

「きっと……なつみトイレへ行きたかったのよ」

「あっ、あ～そういうことか……」

よく考えると、食堂車へ呼び出されてから色々とあって、そんなタイミングも無かった。

「こんな状況で、トイレに一人で行くのは凄く怖いでしょ」

真琴は少し呆れていた。

「確かにね……」

でも、そういう時は俺じゃなく千原なんだな……。

緊迫した状態だから、甘木さんも気持ちが素直に出てしまうのだろう。

それは真琴が俺に告白してキスしたことも同じだ。

ロビーの横を歩いていた俺は、物憂げにシャワー室の方を見つめた。

(二) 甘木なつみ　青函トンネル　4時16分

トイレに入って用を済ませた私は、手洗い器で手を洗いながら鏡に写った自分を見た。

本当にどうなっちゃうのかな？

私は壁に背中を押しあてて両手を胸にあてる。

単なる北海道旅行のはずがとんでもないことになっていた。

別に雪で列車の到着が遅れるくらいまではよかったんだけど、駅で銃を乱射する人やレイプ犯、挙げ句に連続殺人を犯すような人と同じ列車に乗るハメになるなんて……。

もしかしたら……このまま全員殺されちゃう？

そんな嫌な予感が頭をもたげる。

そして、「もし死んでしまうのなら……」という思いは、私の心を焦らせた。

だったら、千原くんに想いを伝えておいたほうが……。

今、扉の外で私を守ってくれている千原くんに……きちんと伝えとかなきゃ……。

私は自分を応援するように両手にギュと力を込めた。

……ピチャ。

その時、頬に白い液体が上から落ちてきた。

「なっ、なに？」

頬の液体を手に取ってジッと見つめる。

「なによ……これ」

白い液体は一度触れると山芋みたいに糸を引き、どこまでも伸びた。

液体は天井から降ってきたんだ……。

そう思って、ゆっくりと顔を上げていくと、そこには紺色のなにかが天井に張りついていた。

恐怖で心拍数はドンドン上がり息が苦しくなる。

ここは来ちゃいけない場所だったんだ！

心の奥で警鐘《けいしょう》が鳴りやまず、怖さで目の前の光景が潰れて視界が狭くなっていく。

ひっ、人……いや、大きな……。

そこから生まれる禍々《まがまが》しいオーラは私を硬直させ、声さえも発せない。

「ちっ、千原くん……」

最後の力を振り絞って助けを呼ぼうとしたが声にならなかった。

あっという間に紺色の影が舞い降りてきて私の口を塞ぐ。

そして、後ろから羽交い締めにされると、柔らかい手が腰に巻きついてきて、それが上へ向かって伸びてくる。

たっ……助けて……千原くん……。

両手をあげて背伸びをするように立たされた私は、心の中でそう叫ぶことしかできなかった。

やがて、胸の間を這い上がったそれは、私の口内を犯してきた。

（三）桐生達也　青函トンネル　4時18分

シャワー室の扉は少しだけ中へ向かって開いていた。
しかも、その床下には誰かが倒れている！
「だっ、誰だ⁉」
その光景を見た瞬間に、これは行方不明となっている誰かの遺体だと直感したのだ。

シャワー室へと続く通路へ駆け込む俺を、真琴は不思議そうに見つめた。

「どっ、どうしたの？　達也」

この先になにがあるのか、だいたいの予測はついていた。

俺は大きな声で真琴が来るのを止めた。

「来ないで！　真琴はそこで待っていて」

小さく頷いた真琴は通路で立ち止まる。

俺は呼吸を整えて、奥のシャワー室へとゆっくりと近づいていく。

「おっ、男……か」

隙間から見える男物のスニーカーからそれは予測がつく。

スニーカーは底の部分が見えておりピクリとも動かない。

つまり倒れているということだが……油断はできない。

もしかすると、倒れているフリをして、突然襲い掛かってくることもあるだろうから。

俺は思いきり右手を伸ばしてドアノブを掴みゆっくりと開いた。

ギィィィとヒンジが情けない悲鳴をあげながら開き、ゆっくりとシャワー室内が見えていく。

遺体は上半身がシャワーを浴びる部屋に、下半身は脱衣所にはみ出ている。

血は流れていなかったが、服はあちらこちらが破れていた。

俺は誰なのかを確認するために、ソッと顔を覗き込む。

「むっ、武庫川さん⁉」

そこに倒れていたのは武庫川さんだった。

三田さんがシャワー中に入ってきたが「少しからかったら出ていった」と言っていたが、それはウソだったのか？

襲おうとした方の武庫川さんまで、どうしてシャワー室で死んでいるんだ⁉

これはどういうことだ……。

バカげた妄想だと、あまり考えないようにしていた超常的なことが、俺の中で現実味を増してきていた。

今まではウイルスによって狂暴化した者による殺人と考えていたが、だとすると、三田さんを襲った武庫川さんが、ここで死んでいる理由が分からない。

武庫川さんは他の誰かに殺されたという可能性もなくはないが、だとしてもこのシャワー室に倒れていることが説明できない。

シャワー室を最後に使ったのは三田さんであり、どこかで殺してここに隠したのなら、こんなに雑に扉を閉めはしないだろう。

少しだけ体を触って調べると、服の破れている部分からは大きな切り傷のようなものが見える。

だが、そこからは出血した跡はないから、もしかすると、元々あった傷かもしれないと思った。

しかし、ここで時間をかけて調べている場合じゃない。

今は生き残っている人を守るべきなのだ。

俺は脱衣所にはみ出した遺体をシャワー室へ押し込むと、扉をキッチリと閉めて通路へ戻った。

「なにかあったの？　達也」

真琴は聞くが、こんな話をしても余計に怖がらせるだけだろう。

「いや、なんでもない大丈夫だよ」

俺が真琴に笑いかけると、そこへ千原が甘木さんと一緒にやってきた。

甘木さんは洗った手を拭くために使ったのか、水色のハンカチをポケットにしまう。

目が合った瞬間になぜか、甘木さんは満面の笑みで微笑みかけてくれた。

「どこへ行ってたのっ、桐生くん。私、とっても心配してたんだから～」

「えっ？　あっ……そう……そうなの？」

ほんのちょっと離れていただけなのに、突然どうしたんだろう？

甘木さんの反応に、俺は少し戸惑ってしまった。

「早く食堂車へ戻って、伊丹さんたちを待ちましょう！」

すっかり元気を取り戻した甘木さんは、先頭を楽しそうに歩いていく。

だが、さっきまで怯えているだけの甘木さんが、急に元気を取り戻したことに違和感を覚えた。

「……トイレでなにかあったのか？」

俺は横を歩く千原に小声で聞いた。

「……いや、特になにもなかったぜ。トイレから出てきたら、突然『桐生くんはどこ～？』って探し始めてさ」

千原は首を傾げた。

「……出てきたら、突然？」

まったく意味が分からなかった。

だが甘木さんはすっかり恐怖を忘れ、まるで札幌にいた頃のようにとても明るくなっていた。

俺たちが四人で食堂車へ戻ると、８号車の方から足音が近づいてくる。

一瞬、「北野さんかもしれない」と身構えたが、ゆっくりした歩き方から危険は感じなかった。

しばらくすると、伊丹さんと別所運転士が顔を出す。

二人ともケガはしておらず服装も乱れていなかったから、どうやら無事だったようだ。

「どうだった、電源車は⁉」

待ちわびたように若桜博士は立ち上がり二人を出迎える。

自然に全員が博士と戻った二人の近くに集まった。

そこで、別所運転士は残念そうな顔を見せる。

「ダメですね。燃料に大量の水を入れられたようで、これは車両基地へ戻してエンジンをオーバーホールしない限り電源は復旧しませんね」

俺は目を大きくして別所運転士に言う。

「そっ、それじゃあコンテナ内の温度が上昇してウイルスが……」

「そうですね。ですから、全員、寝台特急北斗星から脱出すべきじゃないかと、伊丹さんと相談していたところです」

「だっ、脱出だと⁉　放置すればウイルスは死滅してしまうんだぞ」

そこで伊丹さんが前に出た。

「博士、もうウイルスは諦めてください」

「気楽に言ってくれる……。二度と得ることのできない、人類の宝かもしれん貴重な研究成果を」

若桜博士は奥歯を噛んだが、伊丹さんは黙殺して全員を見る。

「全員に一つ報告しておくことがある。行方不明だった豊島君の遺体が11号車の乗務員室にあった。他の被害者と同じように、まったく外傷もない状態でな」

「では、俺も報告があります。３号車の一番手前の部屋に優奈ちゃんが、シャワー室では武庫川さんが死んでいました」

「……ということは、これで北野車掌をのぞいて全員の遺体が出てきた……ということだ。あと生きているのは、部屋で寝ている鈴鹿杏君と、ここにいる我々だけってことだな」

腕を組み伊丹さんは呟いた。

その時、ユラリと動いた甘木さんの雰囲気が変わったような気がした。

見かけにはもちろんなんの変化もないのだが、オーラというか醸し出す気配が変化する。

そして、声のトーンが落ちて唇をあまり動かすことなく、脳に直接響くように話しかけてきた。

「あのね……杏も、もう死んでいるよ」

「なっ、なに言ってるの？　甘木さん」

怖くなった俺たちは、甘木さんから距離をとって三人で固まった。

「生命体として『もう原子運動が行われない』と言えばいいのかな？　レコードはちゃんと読んで

いるけど、経験が少なくて、まだ完全解析できてないのよね。いずれにしても杏っていうブロックは、ここへやってきた時に最初に殺したの。だから、死んでいるのよ」

いったい何を言っているのか分からない。いつものような微笑みで言われても、それはもう完全に甘木さんではなかった。

そして、殺意というものを、その目からハッキリと感じる。

「こっ、これがウイルスの症状⁉」

若桜博士は叫ぶと、真琴は目を大きく見開いた。

「なっ、なつみは⁉　ウイルスに感染しちゃったの⁉」

「くっ、仕方ないっ！」

とっさに伊丹さんが胸元から銃を取り出して甘木さんへと向ける。

「いっ、伊丹さん！」

俺はそれを止めようとしたが、距離が遠く届かなかった。

だが、次の瞬間、なにかが甘木さんから飛び出し、伊丹さんの右腕がスパーと切られて鮮血が吹き出した。

「ぐぁぁぁぁぁぁぁぁぁぁぁ！」

痛みで銃は床に落としてしまい、二十センチ程度切れた二の腕を手で押さえながら苦痛に呻く。

床に片膝をつきながら、伊丹さんは甘木さんを睨んだ。

「それ痛いから嫌なのよね。だってブロックの組織にダメージを受けちゃうから」

言葉の一つ一つがまるで別人のようだった。

どう見ても見かけは同じだが、俺たちの知っている甘木さんはそこにはいなかった。

すると、すぐそばにいた若桜博士は素早く立ち上がってダッシュし、甘木さんの左腕になにかを押しあてた。

プシュユユ！

その手にはとても小さなトリガータイプの注射器が握られている。

「ウイルスがあればワクチンもある。まだ、開発段階だから検体そのものも殺してしまうだろうけどな」

若桜博士はウイルスを破壊するワクチンをすでに開発していたようだった。

それを甘木さんに打ち込んだのだ。

だが、注射器が刺された腕をボンヤリ見ていた甘木さんは、バカにしたようにフンッと鼻を鳴らして笑う。

「さっきからウイルスとか、言っている意味よく分からないんだけど」

「……まさか、効かない⁉」

驚愕した若桜博士は目を見開く。

「なにか勘違いしているんじゃない？」

甘木さんがかわいく微笑んだ瞬間だった。

左肩の一部が膨れ、白く鋭利に尖った突起物が服を突き破ると、もの凄い速さで突出して若桜博士の胸にグサリと突き刺さった。

あまりの速さに若桜博士は逃げることもできなかった。痛みもまだ伝わってこないのか、自分の胸に刺さったものを他人事のようにボンヤリ見つめていた。

「こっ、これはウイルスじゃない。なにかの寄生生物……じゃ……」

「なにを言っているのか、私も分からないな」

ニコニコとしながら甘木さんが肩に力を入れると、突起物は更に太くなり傷口を拡大していく。

甘木さんの肩から生えている突起物はまるでレーザーか鋭い刃のようで、触れた個所は蒸発するようにして瞬時に侵食されていく。

人間をまるで紙のようにあっさり貫いたそれは、博士の背中から凶悪な姿を見せていた。

傷口から溢れ出た血がドロドロと流れ出し、口からは噴水のように鮮血が吹き出す。

「あう……あう……あう……」

心臓も肺も焼き貫かれた若桜博士は、言葉すら発することができずに、ただ口だけを動かし苦悶の表情で呻いた。

これはウイルスが感染して狂暴化しているんじゃない！

その姿は甘木さんのものだが、体内はなにかに侵されているんだ。

そして、こいつが高森さんを殺した奴だ！

その残虐な行為から俺は直感した。

どういった方法を使っているのかは分からないが、こいつは人間の肉体を乗っ取ることができるらしい。

だから、きっとどこかで車掌の北野さんに乗り移り、その姿で高森さんの部屋を訪れたのだ。

車掌姿の北野さんに声をかけられたら、油断して扉を開けてしまうだろう。

室内に入ったところで襲われた高森さんは、銃で反撃したが、この鋭利ななにかに串刺しにされたのだろう。

こいつについてはなにも分からないが、いまできることは一つだ。

「みんなっ、逃げろ！」

目の前で若桜博士が惨殺されたことで全員があ然となっていたが、俺の叫び声で我に返った。

一番先に別所運転士が先頭へ向かって逃げ出す。

「うわぁぁぁぁぁぁぁ！」

俺は口をアワアワとさせて動けなくなっている真琴の手をとって千原に渡す。

「千原、真琴を頼む！」

「おっおう、こっちだ！　目黒！」

ヨロヨロとした足取りで走り始める真琴の手を千原は強く握る。

「うっ、うん。分かったわ」

千原に強引に引かれたことで真琴も必死に走り出し、先に逃げる二人を庇いつつ俺も先頭車へ向かって逃げ始めた。

そんな俺たちを見ていた甘木さんは、きょとんとした顔をする。

「どうして桐生くんまで逃げようとしているのかな？　私のこと好きなんでしょ？」

「お前は甘木さんじゃない！」

手を振りかざして俺は否定した。

それでも甘木さんは楽しそうにフフッと微笑む。

「どうしちゃったのかな？　桐生く〜ん。あんなに仲良しだったじゃな〜い」

甘木さんがこちらを向くと、若桜博士を貫いていた突起物がすっと体へ戻る。

支えを失った博士の体はズルリと床へ落ち、床に血の海が広がっていく。

甘木さんが俺に向かって迫りくるその瞬間。

ダ————ン‼　ダ————ン‼

左手に銃を持ち替えた伊丹さんが、甘木さんの体に二発撃ち込んだ！

続けざまに弾丸を喰らった甘木さんは、目をつぶって「ぐふっ‼」と絶叫し後方へと倒れ込む。

だが、これまでの話からすると、この程度では死なないはずだ。

ユラユラと体を揺らしながら、伊丹さんが叫ぶ。

「**前方の車両へ早く逃げろ！**」

俺は伊丹さんの真っ赤に染まってダラリと下がった右腕に、自分の肩を通した。

「今のうちに一緒に逃げましょう」

「すまん、桐生君」

俺と伊丹さんは二人三脚の要領で、8号車と9号車の通路を足早に急いだ。

一両二十メートルが、まるで二百メートルくらいに感じる。

伊丹さんの出血は激しく、血の臭いが鼻をつき俺の服にも鮮血が飛び散った。

「桐生君、先頭の電気機関車まで走れ。そして、全員乗ったら後ろの客車を切り離して逃げるんだ。さっき、別所運転士にも話しておいたから、彼は発車の準備を整えているはずだ」

「分かりました！　でも、どうしてそんなことを俺に言うんです？」

「こりゃダメかもしれん……って思ってな」

痛みで額から汗をダラダラと流し、伊丹さんが弱気なことを言う。

「そういうのは『しない主義』って言っていませんでしたか？」

「そうだったな。だがな、こんなに血が抜けて、体も重くなってくりゃ弱気にもなるさ」

「大丈夫ですよ。頑張ってください！」

伊丹さんの肩を俺はしっかりと担ぎ直して、再び歩みを進めて10号車に入る。

「刑事さんが生き残ってくれないと、あとの話が面倒ですからね」

フッと伊丹さんは遠い目をした。

「……そいつはウソだ」

「ウッ、ウソ⁉」

「俺は単なるジャーナリストだ。やばい事件ばかり探ってきたから、銃だとか殺人にも詳しくなっただけだ。だから、今回も例の強盗事件を記者として追っていただけなんだ」

「じゃあ、あの警察手帳は？」

静かに頷いた伊丹さんは、無理して微笑む。

「あれは舞台用の小道具で、ネットで買えるレプリカだ。たいていの奴は本物の警察手帳なんて見たこともないんだから、堂々と出せばバレないもんさ」

そこで、やっと先頭の客車となる11号車へと転がり込んだ。

「早く！　早く！　達也！」

11号車の一番先では、真琴が電源車と繋がる扉の前に立ち、腕をグルグル回している。

その時、俺と伊丹さんは後方を振り返った。

それは、こちらに向かって走ってくる足音が急速に近づいてきたからだ。

「弾丸を二発も喰らっていやがるのに、もう走れるまでに回復したのか⁉」

「痛むとは思いますが、伊丹さん急ぎましょう！」

「もう痛みすぎて、感覚は麻痺しているよ」

俺と伊丹さんが必死の思いで通路を進み電源車へと乗り込むと、真琴が扉を閉めて鍵を回す。

電源車の中には発電用の巨大なディーゼルエンジンが二台縦に置かれていたので、俺たち三人は脇にある細い通路を進んだ。

その間に甘木さんの姿をした化け物は扉に到達して、ドアノブをガチャガチャと回すが、鍵が掛かっているので開けることはできなかった。

ディーゼル発電機の脇を歩いていると、後ろからパリンと音がする。

俺と伊丹さんが振り返ると、扉についていたガラスは化け物の突起物によって一撃で粉砕され、粉々になったガラス片が電源車内に散らばっていた。

あんな扉一つじゃ大してもたない……。

前を見ると奥の車体側面にある乗務員扉が開いていた。

すでに別所運転士は電気機関車へ乗り移っていて、扉の前には千原が待っている。

千原は電源車の乗務員扉から、先に外へと飛び降りて地上に立って両手を広げた。

ホームだとあまり感じないが、列車は地上からだと割合高さがあって初めてだと怖いものだ。

「目黒、飛べ！」

真琴は躊躇することなく頷いた。

「千原、受け止めて！」

目をつぶって車外へ飛び出した真琴を、千原がしっかりと抱き止める。

「ありがとう、千原」

「おう、おまえなんて軽いもんさ」

そして、お姫様抱っこで抱えたまま電気機関車側の乗務員扉へと運び、一気に持ち上げて車内へ運び入れてあげた。すぐに戻ってきた千原はもう一度手を広げる。

「よしっ、いいぞ。伊丹さん、飛び降りてくれ！」

もうすぐ甘木さんが、後方の扉をこじ開けてこちらへ侵入してくるような気配がした。

俺は支えていた腕を外して伊丹さんを降ろし、乗務員扉の前に座らせる。

「先に行ってください！　千原が運びますからっ！」

だが、伊丹さんはニヤリと笑う。

「桐生君は銃を撃ったことがあるか？」

「そんなもんが撃てる高校生なんて、いるわけないでしょ？」

再び左腕で銃を車両後方へ構えた伊丹さんは、小刻みに揺れる腕で狙いをつけた。

ダ――――ン‼

ケガのせいで照準が安定しなくなっていて、車内側面に着弾してキンと大きな金属音を立てる。

だが、近くに着弾したことで、甘木さんは扉の影に身を潜めた。

「だったら、俺がここであいつを防ぐ。だから、君たちだけで行け！」

「そっ、そんな……」

だが、確かに誰かがここで食い止めなくてはいけなかった。

バカ――――ン‼

もの凄い大きな音がして、ついに扉が化け物の突起物によって吹き飛ばされた。

その瞬間、人間離れしたスピードで甘木さんが電源車内にシュンと忍び込んでくる。

ダ――――ン‼　ダ――――ン‼　ダ――――ン‼

物陰から物陰へ移動しながら迫る甘木さんの影を、伊丹さんは追いかけて撃ちまくった。

「早く行け！　グズグズしていたら全員やられる！」


俺はぐっと歯をくいしばって答えた。

「すっ、すみません！　では、先に行きます！」

「あぁ、今度は東京でランチでも食おう」

伊丹さんはその時、ニコリとやさしく笑った。

そんな笑顔を振り切って、俺は乗務員扉から車外へと飛び出した。

ゴォォォォォォォォォォォォォォ！

電気機関車のモーターはすでに始動しており、大きなモーター音がトンネル内に響いていた。

別所運転士は後方客車との連結器の解除作業を終えており、運転席で待機している。

「もう出しますから、早く乗って！」

前方運転席から顔を出していた別所運転士は、後方を確認しながら叫んだ。

「はい！　分かりました」

ダッシュで後部ステップへ俺が片足を掛けた瞬間、赤い電気機関車は一両だけで動き出す。

「達也、手を掴め！」

車内から千原が右手を伸ばした。

「千原っ！」

俺が右手でパシンと掴むと、千原がグイッと力強く持ち上げてくれる。

そのまま勢いよく電気機関車の中へ、放り投げられるようにして転がり込んだ。

グゥゥンというモーター音が高鳴ると、電気機関車はスピードを徐々に上げる。

電気機関車の内部は思ったよりも機材が詰まっており、空いていたスペースは通路一本程度。

前後にはたくさんのレバーとメーターが並ぶ運転台があり、車体中間には巨大なモーターが数個とその制御装置で埋め尽くされている。

各部からは巨大な機械音が鳴り響き、各所でランプがチカチカ光っていた。

その時、銃声の響きを聞いて俺たちは開いたままの扉から、急速に離れていく電源車を見た。

パンパンと、伊丹さんの別れの射撃音が響き、車両内でオレンジ色のフラッシュが瞬き消えた。

……伊丹さん。

胸が掴まれるようにグッと痛む。千原は俺の横に座り込んだ。

「なっ、なんとか……なったみてぇだな……」

「でっ、でも……甘木さんが……」

腰から砕けるように、両足を後ろへ曲げてペタンと真琴はフロアに座る。

電気機関車のフロアは機械油で汚れていたが、そんなことは誰も気にしなかった。

「あの状況じゃ、誰にだって甘木さんは救えなかったよ……真琴」

悲しげな表情をした真琴を見つめて俺がそう呟くと、千原も続けた。

「桐生が声をかけてくれなかったら、全員、あそこで死んでいたところさ……」

「それは……そうだけど……」

電気機関車まで逃げ切れたのは、俺と千原、真琴……そして別所運転士だけだった。

他の人は……きっとあの得体のしれない化け物に、寄生され殺されてしまった。

ハッキリ言って、まだなにが寝台特急北斗星の車内で起こったのかサッパリ分からない。

分かったことは、全ては「勘違いだった」ということだけだ。

武庫川さんが人を殺したわけでも、若桜博士のウイルスが漏れていたわけでもない……。

俺が列車内で起こった事件について、もう一度考えようとした時だった。


バアーーーーーーン!!


突然の破壊音に、俺は再び後方を振り返る。

「なっ、なんだ⁉」

最後尾の後部ガラスが白い突起物によって叩き割られ、車体の枠を白い手が掴みズルっと電気機関車内へ誰かが入ってきた。

一人立てばいっぱいになってしまう幅しかない機関車内の通路に、ユラリと黒い影が立ち上がりその顔をトンネル内のライトが、フラッシュのようにパッパッと照らし出す。

その顔は間違いなく、俺の大好きだった甘木さんだった。

服はあちらこちらが破れて肌が露出し、顔は若桜博士の返り血を浴びて半分血まみれになっていたが……その見かけは甘木さんのままだった。

甘木さんは嬉しそうに口角を少し上げながら一歩一歩近づいてくる。

「桐生く〜ん、どうして逃げるのかな？」

甘木さんは俺だけを見つめて、語りかけてくる。

千原も真琴も甘木さんにとっては、まったく興味がないような雰囲気だった。

どうして甘木さんは俺だけに執着しているのだろう。俺にはその意味が分からない。

俺と千原は急いで立ち上がり、真琴の前に立ち塞がった。

「ふ〜ん、桐生くんはそっちのブロックの方が好きになったのね？」

「ブロック⁉　それ、どういう意味？　甘木さん」

甘木さんは少し呆れた表情で顔を左右に振る。

「どうしたのかな？　桐生くん。色んなこと……忘れちゃった？」

「……忘れた？」

俺の頭の片隅でなにかが浮かび上がろうとするが、ハッキリとは分からない。

甘木さんは冷ややかな目で、座り込んでいた真琴の体を上から下まで舐めまわすように見つめる。

「じゃあ、そっちのブロックを消さなきゃダメだね。そうしたらきっと思い出せるよ」

口元からは例の白い液体がだらりとこぼれ落ち、眼球が激しく動いて白目と黒目を繰り返した。

「もう……私……もう無理……」

あまりの緊張感と恐怖で真琴は、失神寸前となって動けなくなってしまったようだった。

若桜博士を刺した時のように、甘木さんの左肩の一部がスゥと盛り上がり始める。

まっ、真琴を殺そうとしている⁉

俺より早く察知した千原は、拳を構えてダッシュした。

「俺の真琴に手を出すな――――‼」

拳が寸前に迫った瞬間、甘木さんは右腕をムチのようにしならせて千原の左肩を叩いた。

狂暴化した甘木さんのパンチは強烈で、一撃で千原を壁へと吹き飛ばす。

千原は「うはっ」と顔をしかめて吹き飛び、制御機などが集中している場所に叩きつけられた。

鍛えられていた千原の体が砲弾となって、制御機の鉄のカバーに衝突し一瞬でくの字に曲がる。

金属同士が接触する音がして、衝撃で機材を覆っていたカバーが次々と床に落ち、隠されていた基盤やモーター本体が剥《む》きだしとなった。

「うっ、後ろでなにが起こっているんですか⁉」

前を向いて必死に運転する別所運転士が叫ぶが、それに答えられる余裕は誰にもない。

「桐生くんの一番の親友だから手加減したけど。もう一度邪魔したら殺しちゃうからね」

なぜ、こいつは俺を擁護《ようご》しようとしているんだ⁉

それが俺にはよく分からない。

投げつけられた千原は体だけでなく、頭も強打したらしくまったく動かない。座り込んだまま動けなくなっている真琴は涙を流しながら、近づく甘木さんから目を離せないでいた。

「たっ……達也……」

一歩、一歩……体を引きずるように甘木さんが近づいてくる。

なっ、なんとかしないと……このままじゃ全員が殺されてしまう。

俺は現在の状態を推理して必死に考えた。

甘木さんがあと二メートルに迫った時、

「……甘木さん」

と、俺は一歩前に踏み出し、血だらけの甘木さんをスッと抱きしめた。

今まで狂気に満ちていたその顔が、一瞬でいつもの甘木さんに戻る。

「桐生くん……。やっと思い出してくれたんだね……よかったよ」

「あっ……甘木さん。おっ……俺、ずっと好きだったんだ……」

必死で抱きしめた俺だったが、怖さのあまり声が震えた。

クロスするように両腕を背中に回して、甘木さんもやさしく抱きしめてくれる。

「私も……。ずっと探していたんだよ」

言っている意味はほとんど分からなかったが、こうやってなんとか時間を稼ぐしかなかった。

甘木さんは首を傾けて俺の肩に頭をおいてくれる。

これは俺が待ち望んだシーンのはずだったが、とてもそんな気持ちにはなれない。

もしかすると、俺もあの突起物に貫かれるかもしれない。

そんな恐怖と戦いながら、甘木さんを抱いたまま千原の倒れている場所へ少し歩み寄る。

胸の前にあった頭を上へ向けて、甘木さんは上目使いに聞いた。

「どうしたのかな？　桐生くん。そんな震えちゃって……」

その目に化け物の狂気がスッと戻ってくる。

とっさに体を離した俺は、両手で甘木さんの両肩をグッと握った。

「やっぱり、甘木さんじゃないんだね……」

「どうして桐生くんまで……そんなこと言うかな～」

甘木さんの体の一部が盛り上がり始めた瞬間、俺は胸に両手をあてて思いきり突き飛ばした。

「ごめん、さよなら……甘木さん！」

バランスを崩した甘木さんは、顔をしかめながら数歩後ろへ下がる。

そこにはカバーが外れて露出したモーターの本体部分があった。


バジジジジジジジジジジジジジジジジジジジジジジジジジジジジジジジ！


モーター本体に接触して、甘木さんの体は感電し激しくスパークする！

壮絶な量の電流が甘木さんの体に流れ込み、電気機関車内のライトは明滅を繰り返し、モーターがウワゥゥゥゥゥとサイレンのような悲鳴をあげる。


「キャァァァァァァァァァァァァァァァァァァァァァ！」

目を白黒させた甘木さんは体をビクビクと震わせ絶叫し、体からは白い煙がシュュと上がった。

その時間は十秒もなかったと思ったが、やがて跳ね飛ばされるようにして床に倒れ込んだ。

「あっ、甘木さん！」

俺は素早く駆け寄り、甘木さんを抱き起こす。

こんなことをしてしまったのは俺だったが、それでも甘木さんを好きな気持ちは変わらない。

昨日まで一緒に過ごしてきた甘木さんのことを……。

激しい電気ショックで上に着ていた服はボロボロとなり、ほとんど下着姿だった。

甘木さんを抱えた俺は、何度も呼びかける。

「甘木さん！　甘木さん！　甘木さ――ん！」

開かれた胸元に耳を押しあて心音に耳を澄ますが、ドクンとも音はしなくなっていた。

俺はボランティア活動の一環で、心肺蘇生を学んだことがあった。

素早く甘木さんを床に寝かせると、横に座って両手を重ね柔らかい胸の谷間に手を置く。

「甘木さん！　死なないで！」
一、二、三、四、五……三十回胸を上から押したが反応はない。心肺蘇生は胸骨圧迫と人工呼吸を繰り返すことになる。
だが、それは危険を伴うような気もした。寄生しているなにかが体内にいて、まだ生きていた場合、それが俺を襲う可能性があるからだ。

でも、俺はこの時、自分を犠牲にしてでも甘木さんを救いたかった。

右手を額にのせて顔を少し上へと向かせ、左手で細い顎をやさしく掴んで気道を確保すると、俺はすっと空気を含んで唇を重ねた。

俺の口の中にある空気がゆっくりと甘木さんの肺へと入り込んでいく。

その瞬間だった。

甘木さんは「うっ」と唸って胸を突きだすように、体を大きくビクつかせて顔を横へと向けた。

俺は体を起こして上から見守る。

「あっ、甘木さん⁉」

甘木さんが突然口を大きく開くと、そこから牛脂の塊《かたまり》のような白くブヨブヨしたものが、大量の白い液体と共にはい出してきてフロアへと転がり出た。

「なっ、なんだこれは……」

それは見たこともない異様な物体だった。

巨大なカブトムシの幼虫のようにも見えるが、口のようなものはあっても目はなく、どちらが前か後ろかもよくは分からなかった。

「こっ、こいつが全ての元凶かっ！」

俺はそいつを掴み上げると、素早く後方へ向けて投げつけた。勢いよく飛んだその白い生物は開きっぱなしになっていた乗務員扉から外へと落ち、加速している車体から転げ落ちながらレールとコンクリートの枕木によって粉砕された。

あいつが「体内に寄生していた」ってことだろうか？

信じがたいことだが、人間を狂わせる寄生生物が寝台特急北斗星に入り込んでいたらしい。

いったいどういう生物だったんだ？

「ケフッ……ケフッ……ケフッ……」

驚いたことに甘木さんは息を吹き返し始めていた。

俺は上半身を起して抱き上げると、右手で背中を支え左手で頬を擦って甘木さんを揺り起こす。

「大丈夫？　ねぇ、甘木さん⁉」

薄らと目を見開いた甘木さんは寝起きのような、いや、生まれたての子どものような表情をしていた。

「おはよう……桐生くん」

「あっ……あぁ……おはよう……甘木さん……」

言いながら俺の目からは涙がボロボロとこぼれ出した。

まだ、よく分からないけど、その雰囲気はやさしい普段の甘木さんに戻ったようだった。

「どうしたの？　桐生くん涙なんか流してぇ」

甘木さんはスッと右手を上げて、俺の涙を拭いてくれた。

「よかった……甘木さんが無事で……」

「私は大丈夫だよ。それより今日は北斗星に乗って帰るんだよね？」

甘木さんは記憶が混乱している様子だった。

だけど、あんな残酷な事件は覚えていない方がいい。

そして、思い出さなくてもいい……。

「あぁそうだね……そうだよ一緒に帰ろう……」

俺が泣きながら言うと、甘木さんは「また泣いているよ」と持っていた水色のハンカチで俺の涙を拭ってくれた。


……いったいなんだったのだろう。

まともに考えていたら分からないことだらけだったが、直感的にとでも言うのか、俺の中で感覚として理解し始めていることがある。

あの謎の生物のような物は、おそらく人の体内に侵入して、寄生する生命体……。

寄生した対象の記憶と肉体は保持したまま、その人物に成りすますことができたのだろう。

しかも銃で撃たれても死なず、強い衝撃にも耐える驚異的な生命力を持っていた。

強い電気ショックを受けた甘木さんが運良く蘇生したのも、宿っていた寄生体の生命力が影響したのかもしれない……。

おそらく北野車掌だけでなく、不自然にキレイな遺体で発見された人たちも同じように寄生されてしまったのだろう。そう、きっと優奈ちゃんも……。

だとすると、初めに寄生されていたのは優奈ちゃんだった可能性が高い。

思えば、植苗駅で優奈ちゃんに猟銃を突きつけて、執拗に追っていたあの男は、優奈ちゃんを寄生体と見抜いて襲っていたのかも……。いや、あの男の家族や集落の人々が、寝台特急北斗星の乗客たちのように次々と襲われてしまい、反撃しようとしていたのかもしれない。

そして、あの寄生体には、人から人へと乗り移る力があるのだろう。

だから、優奈ちゃんから一緒に遊んでいた杏ちゃんへ、杏ちゃんから久美子さんへ……。

更に武庫川さんや、三田さん、豊島さん、そして北野さんにも入り込み……。

そして、最後にトイレで、甘木さんを襲った……。

これまでの経緯を振り返って推理してみたが、死亡者が多すぎて確実な情報はもう得られない。

結局、俺には生物のことも事件のことも、その真相は分からず終いだった……。


「でっ、出口だっ！」

別所運転士の声を聞いて前方を見ると、青函トンネルの出口が迫りゆっくりと光が近づいてくるのが見えた。

かわいくあくびをする甘木さんを抱きかかえながら、俺は一連の奇怪な事件が終わったことに、とりあえず胸をなでおろしていた。


そして、まだこれが事件の序章に過ぎなかったことを、俺は近い将来知ることになる……。

Special
キスから始まる死亡フラグ！
～寝台特急北斗星に揺られて～
キャラデザ
大公開！
本編に登場した主なキャラクターを
デザイン画と共に大公開！
※ネタバレ注意
Illustration：甘露アメ

「ドアを開けて下さい！
俺があの子を助けに行きます！」

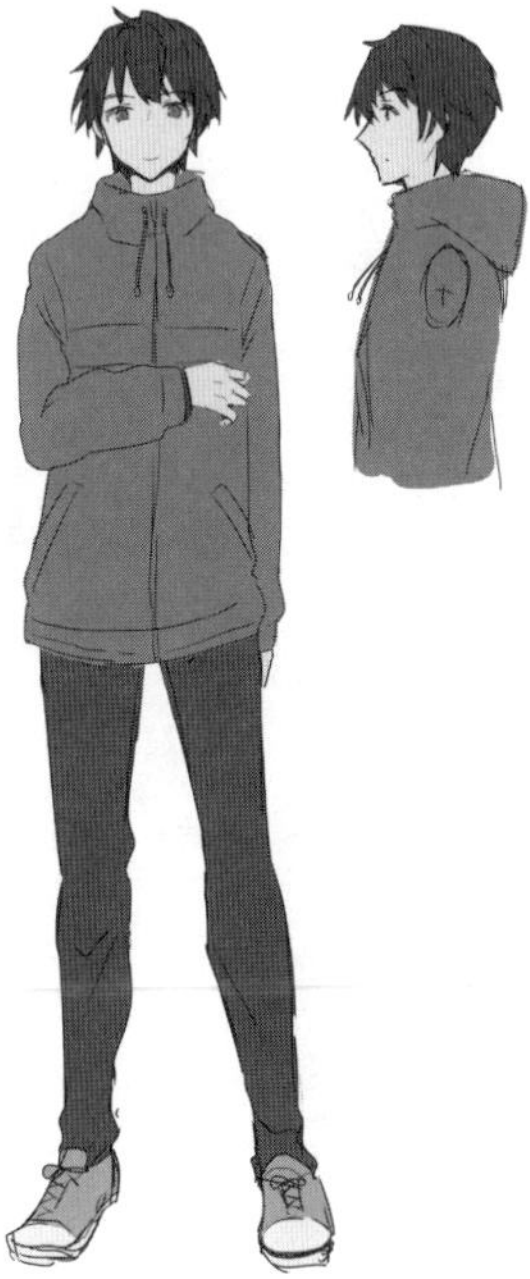

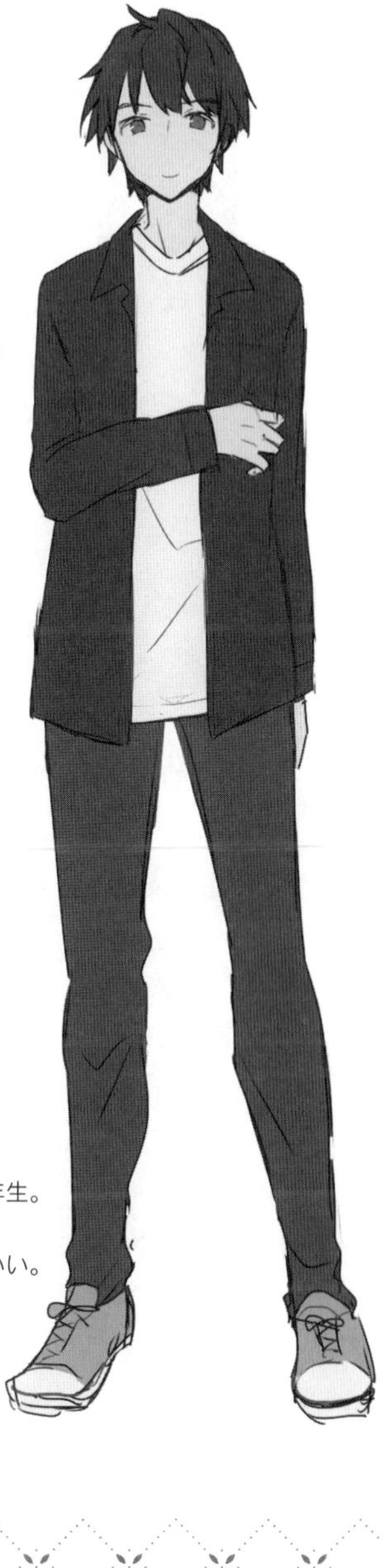

桐生 達せ

（きりゅう たつや）

本作の主人公で、神奈川の県立校に通う高校３年生。
押しは強くはないが行動力があり、
ピンチの時には自ら飛び出すタイプで面倒見もいい。
成績や運動能力は平均的だが、恋愛事は苦手。
今回のツアーに同行しているクラスメイトの
「甘木なつみ」に恋している。

「じゃあ……私も達也と同じ、上段ベッドにしようかしら」

目黒 真琴

（めぐろ まこと）

物静かだが気が強く、
上から目線な口調の美人顔のクラスメイト。
モデルのような外見からクールに見られて
敬遠されがちだが、優しくて、怖がりな面もある。
中学校から一緒だった「達也」のことが好き

「俺の真琴に手を出すな――‼」

千原 陸

（ちはら りく）

達也の親友で、鍛えられた筋肉質な体格の
スポーツ万能男子。
勉強は常に赤点ギリギリだが、楽天的な
明るい性格で男女問わず人気がある。
「目黒真琴」のことが好きで、常に気にかけている。

「桐生くん、ずっと私に隠していることがあるんじゃない？」

甘木 なつみ

（あまぎ なつみ）

かわいらしい容姿＆性格の良さからクラスでも慕われている文系女子。
真面目で成績も良いが、運動は少し苦手なホンワカ系。
いつもぶ厚い小説を読んでいることが多く、
部活は茶道部に所属している
「千原陸」のことが好き。

「わっ、わたし……。この列車を降りたくないの……」

瀬戸　優奈

（せと　ゆうな）

吹雪の中を猟銃を持った男に追われ、
寝台特急北斗星に逃げ込んできた美少女。
名前と小学校４年生ということ以外は語らない。
「達也」に親近感を持ち、側から離れようとしない。

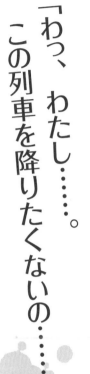

「他に用がなければ、部屋へ戻りたいと思うのだが……」

＊中は シンプルな
ブラウスと
スキニーのパンツ
(ユ●クロ系です)

若桜 直美

(わかさ なおみ)

札幌科学技術大学の准教授で、
ノーベル賞候補の生物学者。
偶然に開発された未知のウイルスを、
秘密裏に国外へ持ち出そうと北斗星に乗車する。
雰囲気は明るい感じではなく、
引きこもって資料の分析や実験をしているような理系美人。

「すまない。
少し聞きたいことがあるんだがね」

伊丹 健太郎

（いたみ けんたろう）

札幌で発生した強盗殺人事件の犯人を追って、
北斗星に乗り込んだ刑事（実はジャーナリスト）。
ハードボイルドでスタイリッシュな落ち着いた感じの
大人の魅力ある男性。
基本は無口で、刑事らしい威圧感がある。

「でっ、でも……。私たちはお客さまの安全を――」

襟章

帽章

北野 愛

（きたの あい）

寝台特急北斗星の女性車掌。
まだ入社数年目のような初々しい感じで、
少しタレ目の顔は人を和ませる雰囲気がある。
基本的に車掌としての職務に実直に対応する。

「げぇ⁉　道警のサツが、
どうして寝台列車に乗ってんだよ？」

武庫川 浩二

（むこがわ こうじ）

高校球児のように短く刈り揃えた髪型で、
パッと見は言葉使いも丁寧な好青年。
実は、女性の旅行客を狙ってレイプし
金品を強奪するのが専門の、コソ泥。
正体がばれてからは、
丁寧だった口調もガラの悪い言葉づかいに戻る。

「そろそろ潮時かしらね……駿とは」
「そんなことねぇよ。豊島は理沙のことが……理沙が一番好きだ」

豊島 駿／三田 理沙

（とよしま しゅん／みた りさ）

見た瞬間「チャラそう」と言われそうな豊島は、女好きで浮気性な性格。
自分のことは豊島と呼ぶ。
豊島と付き合っている理沙も、気に入った男性には気軽に誘いを掛けるタイプ。
脱いだ服はきちんと畳んでおくような几帳面さもある。

「えぇ～ママ～。せっかくの寝台列車なのに、もう寝ちゃうの？」

「しょうがないわね。寝るまで添い寝してあげるから……」

鈴鹿 久美子／鈴鹿 杏

（すずか くみこ／すずか あん）

鉄道好きな娘のために仲良く旅行中の母娘。
見た目は二十代後半ぐらいの若さで、おっとりしたやさしそうな母親の久美子。
娘の杏は、活発で純真な感じの小学４年生。

あとがき

多くの皆様には「初めまして」かと思いますが、小説家の豊田巧と申します。

今回は『キスから始まる死亡フラグ！』をお買い上げ頂きましてありがとうございました。

私は児童書『電車で行こう！』とか『ＲＡＩＬ　ＷＡＲＳ！』シリーズなど、鉄道を舞台とした小説をよく書いております。「鉄道ホラーはどうですか？」というアイデアは、私がデビューした頃からあり、なん度かゲームシナリオ、書籍化のお話を頂いていて仕上げていたのですが、最終的にまとまることがなく約十年が経ちました。

「『キスから始まる死亡フラグ！』は、もう死亡したな」

と、完全に諦めかけていたところ……。今回、新紀元社様にお声をかけて頂き、奇跡の書籍までたどり着くことが出来ました。新紀元社様と共に、十年経っても成長しない原稿にお付き合い頂きました、編集担当の山本様に感謝申し上げます。ありがとうございました。

それから、本当にエロくてキレイ、カッコいいキャラクター達のデザインをして頂き、私が執筆をしながら脳裏でモンモンと描いていた通りの、素晴らしいイラストを頂きました「甘露アメ」先生に、心からのお礼を申し上げます。


初めてお読み頂いた方には「國鉄～？」と困惑されたと思いますが、これは過去の話ではなく現代（2021年想定）ですので、桐生達もスマホを持っているわけです。『RAIL WARS!』と同じく、日本國有鉄道は分割民営化されずに存続しているパラレルワールドで、鉄道好きの人には心躍る世界になっていますかと……。どうしてもホラーとなれば……実際の列車を破壊することにもなりかねないこともあり、私が持っている「國鉄がもし続いていたら」という世界の中とさせて頂きました。

ただ、十年間「鉄道小説家」として書き続けた全ての知識を叩き込んでおりますので、鉄道描写については「今でも北斗星って走っているの？」と思って頂けるくらいに、違和感のないように書いておいたつもりですので（笑）そこもお楽しみ頂ければ幸いです。

さて、一巻で「完全に終わってしまった感」があるのですが、私としては「桐生達のこれから……」ではなく、「モンスターのこれから……」を引き続き書きたいと願っています。

個人的にはモンスターに襲われるシーンでの「甘露アメ」先生のイラストを、もっともっと見たいと願ってやみません。（笑）ですので、キスしたら即死んでしまう、まだ得体の知れないウニョウニョモンスターが皆様から愛され、またお会いできますことを心から願っています。

では、ご乗車ありがとうございました。次の列車へのご乗車を心からお待ちしております。

えっ⁉　ムーンライトながら廃止～⁉　二〇二一年　一月　**豊田巧**

キスから始まる死亡フラグ！
～寝台特急北斗星に揺られて～

2021年4月26日 初版発行

【著　　者】豊田巧

【イラスト】甘露アメ
【編集】J' s パブリッシング／山本宣之／パルプライド／新紀元社編集部
【デザイン・DTP】株式会社明昌堂

【Special Thanks】野村泰彦／榎本紗智

【発行者】福本皇祐
【発行所】株式会社新紀元社
〒101-0054　東京都千代田区神田錦町1-7　錦町一丁目ビル2F
TEL 03-3219-0921 ／ FAX 03-3219-0922
http://www.shinkigensha.co.jp/
郵便振替　00110-4-27618

【印刷・製本】株式会社リーブルテック

ISBN978-4-7753-1905-5

※本作品はフィクションです。実在の人物・団体・出来事などには関係ありません。